UNE JEUNE FILLE EN FEU

À sœur Anne

«*La jeune fille en flammes*
Au regard qui foudroie
Portait le cri des femmes dans sa voix
La jeune fille en feu
A allumé la mèche
Et ouvert de ses vœux une brèche
La jeune fille en flammes
N'a jamais reculé
Et pour toutes les femmes a parlé.»

«La Jeune Fille en feu», Jeanne Cherhal et Julien Clerc

«*Christina the Astonishing*
Lived a long long time ago
She was stricken with a seizure
At the age of twenty-two
They put her body in a coffin
To a tiny church in Liege
Where she sprang up from the coffin
Just after the Agnus Dei.»

«Christina the Astonishing», Nick Cave

«*Pies para qué los quiero*
si tengo alas pa' volar.»

«El diario de Frida Kahlo», Frida Kahlo

1

La veille du 1er mai, date des premières floraisons, les garçons vont cueillir, dans la forêt et les jardins, des branches, pour les mettre devant les portes ou les fenêtres des jeunes filles à marier. Quant aux étrangers au village, ils sont priés de s'abstenir. Mais aujourd'hui, 30 avril 1165, nulle fête, nulle distraction, nul cortège bruyant, nulle torche de paille au poing des jeunes prétendants, nulle couronne de fleurs au front des demoiselles, nulle « panse après la danse ». La jeune Christina, âgée de quinze ans, après avoir dépéri jour après jour, est morte sans bruit. « Elle était si belle, dit Marcella, sa sœur aînée ; comment peut-on partir, quand on possède une telle beauté et une âme aussi parfaite ? » « Et où trouver la force de laver et d'ensevelir dans un suaire un corps si pur ? » demande Mechthild, son autre sœur.

Mais maintenant, tout est fini. Le petit corps fragile repose sur un drap blanc au fond d'un cercueil en bois de hêtre.

L'office étant presque achevé, l'abbé Guibert, curé du village de Saint-Trond, hameau du Hasbaye situé dans le diocèse de Liège, s'avance afin de bénir la petite morte. Dans la grande nef, sous la protection du vitrail du Christ Saint-Sauveur, l'assistance n'a jamais été aussi nombreuse et recueillie, et la ferveur brûlante. Dans l'étrange mélange d'obscurité et de lumières, où les lampes et les chandelles dispensent une clarté vacillante, ils sont tous venus, ceux du village et ceux des alentours : de Tirlemont, de Donk, de Tongres, de Munsterbilzen, certains même de Louvain et de Flône. Tous, autour de l'autel principal et près des chapelles secondaires dédiées à la Vierge et aux saints ; tous, agenouillés ou debout, assis sur la paille répandue sur le sol. Pas de mobilier, pas de chaise, pas de banc. L'église de Saint-Trond est aussi pauvre que la foi des fidèles y est triomphante. Tous pauvres, tous humbles, en cotte d'étoffe grossière, beaucoup sont pieds nus, le ventre vide, rares sont ceux qui mangent de la viande quand ils ne sont pas affamés. Dans l'air flotte une odeur d'encens, d'épice précieuse : « La bonne odeur du Christ devant Dieu », a pour habitude de répéter l'abbé Guibert, citant saint Paul et sa seconde épître aux Corinthiens.

Lors des messes dominicales, les interruptions bruyantes sont fréquentes, les obscénités pleuvent, déclenchant l'hilarité générale. Il n'est pas rare de voir certains villageois venir avec leurs chiens, leurs derniers-nés, leurs fagots. Certaines mégères se disputent durant l'office. Des hommes jouent aux dés derrière les colonnes. Les obscénités fusent. Et, quand sonne la cloche de l'Élévation, les soudards, qui jaillissent en titubant des tavernes ou attendaient sur la place, pénètrent dans l'église et ressortent aussi vite qu'ils étaient entrés en s'aspergeant d'eau bénite.

Mais aujourd'hui, tout est différent. C'est Christina qu'on enterre et le silence régnant dans l'église s'insinue jusqu'au plus profond des os et du cœur des hommes. Des trois orphelines, Christina était la plus secrète, la plus mystérieuse, la plus lumineuse. Certes, chacune a son rôle dans cette maison sans parents – Mechthild est vouée à la prière, Marcella à l'entretien de la maison, et Christina était chargée de la surveillance des bêtes –, mais cette dernière, chacun le sent bien, était venue sur terre pour une autre mission que celle de s'occuper des vaches, des cochons, des moutons ou des oies. À tel point que si d'aucuns ont émis l'hypothèse que pouvaient la hanter des forces obscures, le Mal, Satan, beaucoup ont vu en elle une possible auxiliaire de Dieu sur terre.

Derrière un des piliers du transept, caché par le lutrin de bois doré en forme d'aigle et de serpent s'affrontant pour la maîtrise du monde, Herman de Hollogne est là, lui aussi. Vassal de Guillaume de Looz, seigneur de Hamal régnant sur le comté de Liège, on le dit cruel et sans scrupules. Nourrissant une passion excessive pour la danse et la sodomie, voire la nécrophilie, on l'accuse d'avoir violé une jeune fille prénommée Belote, en présence de sa mère, menacée de mort si elle tentait de s'interposer. On raconte aussi qu'il serait l'auteur de récits démoniaques… Mais l'homme a un secret, que nul ne partage, qui explique sa présence ici ainsi que les larmes qui coulent de ses yeux et inondent son visage. Il est là, bien évidemment pour représenter son seigneur mais aussi parce que, dès le jour où son regard croisa celui de Christina, une après-midi où elle gardait son troupeau, jaillissant des herbes de la clairière comme le cœur d'une fleur nimbé de sa corolle, il en était tombé immédiatement amoureux. Trouble si singulier, aimantation si vive qui, chez lui, signifiaient tout à la fois qu'il aurait pu en faire sa dame ou la prendre sans ménagement, et la laisser dévêtue et quasi morte, le corps sanglant, souillé de sperme et de terre.

C'est l'abbé Guibert qui extirpe le vassal de son songe, à l'instant même où il rappelle à l'assistance que la messe célébrée pour le repos de l'âme de Christina touche à sa fin. Le petit corps a été veillé, les psaumes chantés, les prières récitées, il ne reste plus au prêtre qu'à s'avancer dans la nef en direction de la morte qu'il s'apprête à bénir, geste ultime prescrit par le rituel. Tous ont les yeux fermés, la tête baissée. Tous pensent à la terre qui va bientôt la recouvrir, à la terre à laquelle elle retournera – « car tu es poussière et retourneras à la poussière ».

Voilà pourquoi personne ne s'aperçoit du prodige qui est en train d'advenir. Depuis quelque temps déjà, on peut dire que Christina a cillé, à plusieurs reprises, comme le font les gens de théâtre quand ils doivent simuler les pleurs ; que ses cils et ses paupières ont battu, comme il est d'usage devant une lumière trop forte, ou après le sommeil ou à la suite d'une émotion… En réalité, il s'agit d'autre chose de plus grand : les yeux de Christina se tiennent immensément ouverts et fixent les sculptures en forme de colombe ornant la clef de voûte. Et ce n'est pas tout. Elle commence à respirer, un souffle léger s'est emparé d'elle. Elle sent dans tous ses membres, dans ses jambes, dans ses bras, au bout de ses doigts, de ses lèvres, la vie qui palpite à nouveau, qui entre dans ses yeux et éloigne toute amertume. Elle est tout sourire, toute joie. Elle sent en elle une force puissante, une sève qui l'habite, qui la dépasse, une formidable sérénité. Elle n'hésite pas. Aucune peur. Aucune crainte. C'est la force de Dieu qui est en elle, qui la pousse, qui la fait se dresser sur son séant, rejeter le linceul, et bouger les bras comme le ferait un oiseau. Elle a des ailes, elle vole. En un instant elle se retrouve propulsée au sommet du chœur. Elle peut presque toucher du bout des doigts les colombes de pierre qui ornent la clef de voûte. Elle lévite. Elle est ressuscitée des morts. Oui, elle est oiseau. Et ce qui lui semble si naturel, si évident ne l'est nullement pour ceux d'en bas qui commencent à s'enfuir en poussant des cris d'épouvante. Les plus couards ou les plus rapides ont fui les premiers, suivis par les femmes grosses, les vieillards, les infirmes, les sceptiques enfin, qui avaient cru un instant qu'il s'agissait du corbeau d'or ayant momentanément délaissé la tour de l'église Sainte-Marguerite pour venir faire sonner à Saint-Trond la cloche mortuaire. Le dernier fidèle à quitter la nef est Herman de Hollogne dont l'amour s'est soudain transformé en haine : puisque Christina est habitée par le Diable, elle doit mourir, et il sera le bras armé qui délivrera la terre de ce monstre impie. Ce sera sa mission : l'éliminer physiquement, définitivement. Aveuglé par son désir, il avait voulu voir en elle une exception. Mais les prédicateurs et les prêtres dans leurs sermons avaient raison... Épidémies, famines, guerres, mauvaises récoltes, hivers à pierre fendre, tous ces maux ont une source commune : les femmes et leur coquetterie, leurs mensonges, leurs duperies. Il faut avoir peur de la femme, cet agent de Satan. Il le subodorait, il en a maintenant la certitude.

L'abbé Guibert est le seul à faire face à Christina, les bras ouverts, cherchant désespérément un signe de Dieu pour venir l'aider lui, l'humble vicaire du Christ. Aux antipodes de nombre de curés de la région, bâfrant avec leurs ouailles avant le carême, amateurs de bonne chère, coquets, séducteurs, belliqueux, paillards, fils de ces familles aisées qui, lorsqu'elles ne fournissent pas les villages en ecclésiastiques et autres nonnes, les pourvoient en marguilliers, administrateurs municipaux, bayles ou prévôts, il se veut un homme parmi les hommes, simple, modeste au service des pauvres, des exclus, profondément bon. Moine, puis chantre, il a fini par demander ce poste d'abbé pour se donner corps et âme aux autres. Mais, en ce jour particulier, face à cette merveille qui le dépasse, il se sent impuissant.

– Christina, redescends ! Rejoins-nous !

Le regardant sans le regarder, le voyant sans le voir, Christina ne sait que répondre. Les mots lui manquent, lui semblent inutiles.

– Je t'en supplie, au nom du Père, du Fils et du Saint-Esprit, reviens parmi tes semblables !

Que dire, que faire ? Tandis que dans l'église continue de stagner une lumière éblouissante, et qu'une grande force, sous ses pieds, persiste à la maintenir en l'air, comme si toute pesanteur l'avait quittée, Christina reste muette.

– Au nom de l'amour de Dieu, parle, ne me laisse pas dans la peur, aide-moi.

Christina sent bien que ce n'est pas elle qui est maîtresse de quoi que ce soit, et que les larmes dans lesquelles elle baigne lui viennent de cette extase qui l'emporte et la submerge.

– Mon enfant, ta place est parmi nous, aux côtés de tes sœurs, sur terre et non dans les airs. Viens, prions ensemble.

Nul ne pourrait dire combien de temps dura ce dialogue. Mais quand Christina « redescend sur terre », la nuit est tombée. Chacun est rentré chez soi, avec ses frayeurs et ses angoisses. Herman de Hollogne a regagné ses quartiers où, entouré de ses sbires, il prépare sa vengeance. Mechthild et Marcella, sur les conseils de l'abbé, sont rentrées chez elles, attendant l'hypothétique retour de leur sœur : «Je l'accompagnerai, Dieu me secondera.»

Seule, dans l'église silencieuse et vide, Christina parle enfin à l'abbé Guibert, le rassure, le soulage. Qu'il ne s'inquiète pas. Elle n'a jamais été aussi calme, aussi paisible.

– Mais Christina, tu es revenue de la mort !

– Quel voyage... Nous en parlerons demain, voulez-vous ?

– Je te raccompagne. Il fait nuit noire. La campagne est dangereuse, dit l'abbé, dépassé par ce qui est advenu et qui est trop grand pour lui.

– Je ne crains plus rien. Jamais. Voyons-nous demain. Je vous raconterai.

– Tout ?

– Mon père, tout m'était étroit et maintenant, je me sens si vaste. Je n'ai plus de limite. Mon âme est désormais si libre. Mon père, si vous saviez comme c'est terrible de savoir tout soudain. Comme si un éclair illuminait la terre... Je vous raconterai demain, oui, presque tout...

Quand elle quitte l'église et s'enfonce dans la nuit, Christina pense simplement que c'est le plus beau jour de ce mitan de printemps. L'air est aiguisé, net comme un rasoir. Il fait encore chaud. Il n'y a plus de nuages.

Elle entend le vol des grives dans les genévriers. Un lièvre se fige, puis part d'un grand bond. Des pies s'appellent. Puis, de nouveau, tout fait silence. Christina ne voit pas Dieu mais le sent. Il est partout. En elle et au-dehors. Elle sent l'herbe mouillée sur ses chevilles. Des ronces nues retiennent la toile légère qui lui couvre le corps. C'est comme si le chemin qui mène à sa maison, construite dans une clairière cernée par la forêt, se frottait contre elle. Et dans le ciel, on dirait qu'une grande faïence sombre se craquelle.

2

– Quand es-tu rentrée ? demande Marcella.
– Hier, tard.
– Tu aurais dû nous réveiller ! dit Mechthild.
– Vous dormiez, si profondément…
– Tu vas nous expliquer ? poursuit Mechthild, les yeux pleins de frayeur.
– Personne ne peut comprendre. Je dois en parler à l'abbé Guibert.
– Tu crois vraiment qu'il comprendra ? murmure Marcella.
– Je l'espère. Le voilà, ajoute Christina, montrant la haute silhouette de l'homme d'Église qui se profile sur le chemin, tracé au milieu des noisetiers, conduisant à la maison des trois sœurs.

Simple construction en torchis, et couverte d'un chaume si fragile qu'une pierre jetée sur le toit pourrait tomber dans l'habitation et tuer celle qui est assise près du foyer, ou qu'un voleur, ou un homme en recherche de femmes à violer pourrait, sans difficulté, y pénétrer, elle constitue cependant leur seul bien, le seul lieu où elles se sentent quelque peu à l'abri de la haine du monde. Depuis la mort de leurs parents, il y a de cela déjà plusieurs années, l'abbé Guibert est le seul être à y avoir rompu le pain en leur compagnie.

C'est Marcella qui s'est chargée du repas et fait asseoir le prêtre, près de l'âtre, là où, sur des braises sages, cuit une soupe de châtaignes. Par quoi commencer ? Par où commencer ? Il y a tant de questions ! Tant de marécages où l'esprit humain a peur de s'embourber. Dans la maison enfumée, rendue noire par les poussières de la tourbe qu'on y brûle, une pièce unique servant de cuisine et de chambre, aucune provision, ni bûche, ni lard, ni chandelle, rien, sinon un lit pour trois, un rouet à filer, quelques ustensiles de cuisine, une table, deux bancs qui se font face. Sur l'un, les deux sœurs ; sur l'autre, l'abbé Guibert et Christina.

– Tu as vu l'*autre côté* ? demande Mechthild, fatiguée par ce qu'elle vient de vivre et toutes ces journées passées à ensemencer la terre qui entoure la maison, travail traditionnellement dévolu aux hommes.

– Comment est-ce possible ? Est-ce bien toi qui es ici à nos côtés ? ajoute Marcella qui, pour gagner quelque argent, tout en parlant, file la laine et coud des draps de lin.

– Pour se mettre dans la lumière de Dieu, il faut que l'âme pleure amèrement le péché qu'elle a reconnu ; puis elle doit le confesser publiquement ; le troisième stade est la pénitence ; et le quatrième la reconnaissance de la miséricorde divine, énonce l'abbé Guibert, en préambule au précipice dans lequel il sait que cette histoire peut le plonger.

Pour Christina, ce qu'elle vient de vivre et qu'elle a à raconter relève de l'évidence. Elle ne nourrit aucune crainte, aucune hésitation. En ce temps où la religion structure toute la vie, la vie terrestre n'est qu'une préparation à la vie éternelle. C'est ce qu'elle expose dans un premier temps.

– Il faut se conduire selon les principes enseignés par l'Église qui détient la vérité, interrompt immédiatement l'abbé Guibert, comme pour se protéger, se persuader qu'il est dans le droit chemin.

– La foi, mon père…

– Oui ?

– Je me pose des questions sur la foi… Ce voyage…

– Oui ?

– Dans des contrées inexplorées…

La peur se lit sur le visage du prêtre. Quels sont ces propos tenus par Christina ? Il s'attend au pire. Que va dire cette enfant qu'il a vue grandir, qu'il croit connaître, dont tout, dans le regard, les gestes, la parole, dit qu'elle peut bouleverser la vie de toute une communauté, qu'elle va peut-être apporter la peur et le sang, le blasphème, le désespoir, l'horreur du doute. On raconte que, dans certaines couches de la société flamande, une forme de liberté commence à être accordée aux femmes. Plusieurs d'entre elles liraient la Bible et des ouvrages de dévotion en langue vulgaire. Que va bien pouvoir raconter Christina ? Qu'a-t-elle *réellement* vu ? Qu'une femme prétend avoir eu accès aux choses secrètes de la divinité dont le savoir appartient aux prélats, aux recteurs et aux docteurs, et c'est tout l'ordre du monde qui risque de s'en trouver changé !

– Je me suis retrouvée comme aspirée dans une sorte de tunnel. Je n'en voyais pas les parois, mais je sais que c'était très long, très sombre.

– Effrayant ? avance Marcella.

– Non, justement, pas du tout. J'avais l'impression d'aller très vite, plus vite que le lapin dans la garenne, ou la biche traversant une clairière. À toute vitesse vers un point très lumineux. Qui était tout au bout et qui grandissait à mesure que je m'en approchais. Je ne sais pas pourquoi mais j'étais en confiance. Comme si je savais ce qu'il y avait en son extrémité. Je me suis retrouvée dans un paysage magnifique d'arbres et de fleurs où les sons et les couleurs dépassaient en intensité tout ce que j'avais pu connaître.

– Encore un de tes mensonges, dit Mechthild en se signant deux fois.

– Non. J'ai même reconnu des proches que j'avais perdus…

– Nos parents ? dirent ensemble les deux sœurs.

– Oui. D'autres personnes aussi que je ne connaissais pas. Mais que je savais avoir connues et qui m'enveloppaient de leur amour et de leur joie. On communiquait sans utiliser de mots, d'esprit à esprit… Elles étaient là pour m'accueillir.

À mesure qu'elle avance dans son récit, Christina voit le visage de ses sœurs passer de la surprise à l'effroi et celui du prêtre de l'intérêt au scepticisme. Car leurs questions restent sans réponse, comme ont dû rester sans réponse les questions que posèrent à Lazare Marthe et Marie au sujet de son passage dans l'au-delà et de sa résurrection.

– Tu nous racontes un de tes rêves, voilà tout, dit l'abbé Guibert, comme pour se rassurer.

– Non. Ce que je raconte n'est pas né de l'étoffe des rêves.

– Ne blasphème pas, je t'en conjure. Tu sais bien que notre sainte Église impose au chrétien de repousser le rêve, de ne pas en chercher la signification, de ne pas céder à cette occasion de pécher. Les rêves sont l'œuvre du Diable !

– Ce n'est pas un rêve que je décris.

– En quelle langue dois-je te le dire ? Dois-je te parler en thiois ! Le rêve n'est pas le fait du rêveur mais d'un esprit malin, d'une puissance invisible qui gouverne l'esprit des hommes, et encore plus celui des femmes ! Christina, l'homme ne rêve pas, c'est un autre qui rêve en lui, ajoute le prêtre sur le point de quitter la pièce.

– Attendez, mon père, il y a autre chose encore…

– N'est-ce pas suffisant ? dit Marcella.

– Que t'arrive-t-il ? Je ne te reconnais plus, ajoute Mechthild, tremblant comme un cerf malade.

– L'autre chose, c'est le Paradis…

– Le Paradis, maintenant ! dit l'abbé Guibert, tout en avalant à grandes lampées sa soupe de châtaignes. Tu l'as vu, peut-être ?

– Oui. Une vaste prairie, des hommes vêtus de blanc vivant dans des maisons faites de briques d'or… Un parfum suave, qui tient lieu de boisson et de nourriture… Et, au-dessus, suspendue, une nuée plus lumineuse qu'aucune autre lumière… Des anges, pour recevoir mon âme… Et…

– Christina, dit tendrement Mechthild, tenant les mains de sa jeune sœur comme si celle-ci était atteinte d'une terrible maladie, pourquoi nous racontes-tu tous ces mensonges ?

– Parce que c'est la vérité. Parce que je le dois. J'ai aussi vu… l'Enfer…

– Évidemment, dit le père Guibert, si tu as vu le Paradis, tu as aussi vu l'Enfer !

– L'Enfer supérieur et l'Enfer inférieur. Et toutes les peines sous une nuit toujours sombre et veuve d'étoiles. Le feu, la glace, les serpents, les dragons, la puanteur. Les démons frappant les pécheurs comme forgeron le fer. Les ténèbres. Et tous les vices, et toutes les clameurs lamentables. Et toutes ces femmes et tous ces hommes placés la tête en bas. Et toutes ces femmes et tous ces hommes suppliant de mourir alors que la mort les fuit.

Tous rassemblés, les pieds dans un fleuve où roulent des ondes d'une noirceur sinistre : les orgueilleux, les luxurieux, les avares, les menteurs, les envieux, les infidèles qui brûlent tous ensemble…

– Arrête, lance l'abbé Guibert. Si tu continues dans cette voie, c'est toi qui vas te retrouver en Enfer.

– J'aimerais mieux être avec Dieu en Enfer qu'au Ciel avec les Anges sans Dieu. Partout où est le Christ, là est le Paradis.

Alors que pénètre par la porte ouverte la douce tiédeur de la campagne, comme une forme de sérénité contrastant avec la tension régnant dans la pièce, l'abbé Guibert, une nouvelle fois sur le point de partir, est arrêté par Christina qui veut lui confier un dernier secret, à mi-voix.

– J'ai menti, mon père.

– Je le savais. Tu n'as vu ni l'Enfer ni le Paradis. Se repentir, ma fille…

– Non, ce n'est pas cela : j'ai menti à mes sœurs. Pour ne pas qu'elles soient tristes. J'ai bien vu nos parents, mais ailleurs… Dans un troisième lieu appelé le Purgatoire.

– Le « Purgatoire » ? Qu'est ceci ?

– Un lieu où achèvent de se purifier ceux qui se sont repentis de leurs péchés sur terre mais qui n'ont pas fait suffisamment pénitence.

L'abbé Guibert se jette dans de violentes prières, tenant sa croix dans sa main, crispée par la peur.

– Que me racontes-tu là ? Ne peux-tu arrêter ce délire ? Tu m'obscurcis l'esprit, m'embrume l'entendement.

– Je ne peux que répéter ce que je vous ai déjà dit. J'ai vu un lieu qui s'appelait le « Purgatoire », un lieu près des Enfers, institué par Dieu afin de purger ceux que d'horribles crimes ont souillés, mais qui se sont repentis. Cet endroit est si effroyable par ses tortures qu'il n'y a aucune différence avec les supplices de l'Enfer, si ce n'est que ceux qui y sont suppliciés peuvent soupirer grâce à l'espoir du pardon. Des démons président à leurs tortures et ceux qui sont livrés à leurs tourments le sont d'autant plus cruellement que ces démons savent ne disposer que d'un temps très bref pour les harceler.

Marcella et Mechthild, qui écoutent en silence, pétrifiées, l'une contre l'autre comme pour se protéger d'on ne sait quel mauvais sort, font en chœur une même remarque, la voix tremblante :

– Le feu y règne en maître ?

– Oui, sous toutes ses formes : cercles de feu, lacs et mers de feu, anneaux de flammes, murs et fossés de feu, gueules de monstres lance-flammes, charbons ignés, âmes sous forme d'étincelles, fleuves, vallées et montagnes de feu.

L'abbé ne sait que faire. Il se sent impuissant. Se répand dans l'humble demeure comme une poix de silence, lourde, poisseuse, mélange de tristesse et de colère contenue, et cela d'autant plus que Christina continue de raconter. C'est un flot ininterrompu, une rivière qui déborde de son lit.

– Mon père, je n'ai rien décidé. On m'en a intimé l'ordre…

– Qui, « on » ?

– Lui.

– Comment oses-tu ?

– C'est pourtant vrai : « Lui », Dieu, admirable dans ses saints, Dieu béni.

Tandis que les deux sœurs sortent en se signant, effrayées par le démon qui gesticule devant elles, et que l'abbé Guibert semble prêt à les suivre, non par peur mais parce qu'il se sent impuissant, dépassé, Christina se met en travers de sa route, sans violence, l'arrêtant dans sa course d'un simple geste de la main.

– Encore une chose, mon père, la dernière. Mon Dieu m'a fait une proposition. Il m'a offert d'entrer au Paradis, et d'être immédiatement sauvée, ou de revenir sur Terre, pour y souffrir dans un corps de chair et œuvrer au salut des pécheurs.

– Et tu as choisi cette dernière, visiblement…

– Oui, afin d'y endurer mille souffrances et ainsi délivrer les âmes du Purgatoire, et servir d'intermédiaire entre les vivants et les morts. Comme le Christ en sa Passion, j'aiderai les vivants à entrer dans le royaume des morts, et les morts à communiquer quand cela s'avérera nécessaire avec les vivants. J'accompagnerai les âmes des défunts. J'entrerai dans les tombes des morts.

« Une force intermédiaire, comme le démon », ne peut s'empêcher de penser l'abbé, qui finit par ne plus pouvoir se maîtriser.

– Tais-toi, cela suffit, j'en ai assez entendu. Je ne peux pas t'aider. Je suis impuissant. Trop humble, trop petit, dit l'abbé, oubliant après tout que l'intercession des vivants pour les morts est inscrite dans ses gestes mêmes lorsqu'il divise l'hostie en trois : une part pour les vivants, une part pour les morts, une part pour les saints…

Et puis, le temps de ce jour a passé, comme sable entre les doigts. Il fait déjà nuit noire. Mechthild et Marcella sont toujours sur le pas de la porte, l'oreille tendue, sans comprendre ce qui se passe, en prière permanente, dans la fraîcheur qui commence à tomber et, avec elle, une brume légère qui recouvre tout.

L'abbé Guibert, vaincu, semble avoir baissé les bras. Dieu l'a abandonné. Il n'a pas les armes pour combattre. Il ne sait qu'aimer, or cela n'est pas suffisant face à la tempête qu'il a devant lui. Tout de même, il faut bien se rendre à l'évidence, les liens entre les femmes et les morts existent depuis la nuit des temps. Il y a chez elles une aptitude tenace à retenir ou à percer l'incompréhensible, un goût pour l'illogisme et le déraisonnable, toutes choses qui ne sont pas « humaines ».

Mais, il ne s'enfuit pas, du moins veut-il le croire, il s'efface, cède la place, proposant aux deux sœurs de venir avec lui et de partir, ce qu'elles refusent. Bien que la peur ait mouillé leurs cuisses d'urine, elles ne veulent pas, ne peuvent pas laisser Christina toute seule.

– On ne le peut pas, mon père.

– Si au moins elle acceptait de se confesser, cette femme qui a sauté hors de son ombre !

– Jamais, répond Christina, qui a toujours tout entendu depuis qu'elle est enfant, même les bruits et les paroles les plus lointains, ceux qui viennent du fond du bourg comme du plus lointain de la forêt. Jamais, je n'accepterai de me confesser en public.

Cette deuxième nuit après son retour dans le monde des vivants, Christina la passe dans sa maison. Épuisées, ses deux sœurs dorment l'une contre l'autre, blotties sur le châlit recouvert de paille et de feuilles séchées. Elles n'ont rien pu dire à Christina. Rien échangé avec elle. Elles sont exsangues, comme si un vent du Nord les avait fracassées contre un mur. Christina ne les blâme pas. Qui peut dire avec certitude que l'ascension prodigieuse de son corps de jeune fille est un signe évident de sa disposition à la sainteté plutôt qu'une manifestation diabolique ? Cette souffrance présente, Christina l'offre à Dieu. Son chemin de croix va commencer. Son grand œuvre. Alors que ses deux sœurs dorment déjà, mourant de faim, elle se jette sur la tranche de pain noir et les gros oignons blancs posés sur un coin de la table. Le bol d'eau qu'elle boit à longues gorgées est un délice. Préférant rester dans le noir afin de ne pas réveiller

Mechthild et Marcella, elle n'allume pas la mèche de la lampe d'argile. Que va-t-elle devenir dans ce monde qui n'est déjà plus le sien ? Celui des hommes qui se servent du feu pour éclairer le noir empli de dangers et écarter les carnassiers qui voient la nuit.

Avec tendresse, elle regarde ses deux sœurs qui dorment la tête contre le mur. Toutes et tous ont cette crainte : qu'on vienne les surprendre en pleine nuit, pour les tuer, les violer, les détrousser. La nuit, les hommes tuent d'autres hommes, les loups attaquent leurs troupeaux, les sangliers éventrent leurs chevaux, les criquets ravagent leurs champs, les rats dévorent leurs réserves. Dans ce monde, où Dieu est partout et nulle part, attentif et absent, les piqûres des insectes peuvent être cruelles, les ours blesser les chasseurs, les reptiles silencieux empoisonner les paysans inattentifs.

Les cloches de l'église de Saint-Trond viennent de sonner complies.

En proie à un feu intérieur qui la brûle, Christina imagine s'échapper en volant, comme elle l'a fait dans l'église. Elle sent dans ses pieds une force qui ne demande qu'à la propulser vers le haut. Mais très vite elle renonce. Son temps n'est pas encore venu. Elle doit rester auprès de ses sœurs et accomplir le premier temps de sa mission sans quitter l'espace familial. Assise sur le pas de sa porte, elle voit à ras de terre les fantômes animaux, et au-delà de la crête des arbres rongés quotidiennement par les vents, les pluies et les ombres du soir, le grand couvercle d'étoiles. Soudain, elle se sent plus sereine, plus calme. Si elle n'avait peur de réveiller ses sœurs, elle pourrait presque rire de cette grande folie qui l'habite, de cet état démesuré de joie. Elle est revenue des morts. Mission lui a été fixée. Le pire et le plus beau l'attendent. Parce que non seulement son comportement, incompréhensible pour tous – la réaction de l'abbé Guibert en est la preuve –, a offensé l'honneur des habitants du village, jusqu'aux êtres les plus familiers et ses amis, mais pour beaucoup souillé à jamais le nom de sa famille. C'est dans cette souillure qu'elle va trouver sa rédemption, dans la honte de s'être donnée en spectacle, dans l'angoisse qui est la sienne, dans les larmes qui couvrent ses joues. Maintenant, elle peut se dire : « Ces choses de brouillard qui étaient restées en moi, et dont je me disais, ce ne sont que rêves, sont en réalité du vrai, dans lequel je pénètre comme ivre, la tête pleine de soleil. Et mes paroles seront comme le feu qui nettoie tout sur son passage, et mes actes comme des marteaux qui briseront les pierres. Maintenant, je le sais avec certitude : l'Amour est l'accroissement de nous-mêmes. »

Dans la nuit, un chien hurle. Un long hurlement qui monte vers le ciel. Christina l'imagine, le cou tendu, la gueule en l'air, le poil dressé, car il sent dans la nuit la présence d'un loup avec son grand couteau caché dans son dos. Le hurlement a allumé tous les nuages. Il a fait saigner le ciel sur les bois et s'envoler les oiseaux au-dessus des maquis d'arbres. Un jus tout chaud coule dans les veines de Christina. Elle le sait, bientôt elle volera à nouveau et passera dans le ciel, laissant un long trait noir, enlacé comme les tortillons de la vigne. Mais avant elle doit retrouver la vie quotidienne, son travail au sein de la ferme : garder les bêtes.

3

Les filles de Saint-Trond, comme beaucoup d'autres, n'interviennent guère dans la vie rurale. Elles sont surtout employées dans les métiers du textile où elles sont couturières ou lingères. Elles travaillent dans la boulangerie ou la pâtisserie. Beaucoup sont placées comme servantes. Christina est une exception. Elle nettoie l'étable, en extrait le fumier et en sort les vaches. L'après-midi, elle les emmène aux champs où elle surveille son arche de Noé : bovins, canards, dindes, cochons, moutons, chèvres. C'est un vrai travail, harassant : il faut empêcher que les moutons et les chèvres ne saccagent les jeunes pousses et les taillis ; que les animaux ne se blessent ou ne soient attaqués par les carnassiers ; les réunir pour la traite ou le retour à la ferme présente une vraie difficulté.

Christina s'occupe seule du troupeau et la forêt grouille de menaces, surtout d'hommes forts, puissants, ivres ou non, en mal de femmes : bergers, cueilleurs de baies, arracheurs de racines, défricheurs, bûcherons, boisilleurs, grappilleurs, ramasseurs d'écorce ou de cendre, charbonniers, férons, fèvres, *ferrario* là où, dit-on, on peut récolter un peu de minerai à fleur de sol. Mais aussi maraudeurs, braconniers, marginaux, fugitifs, bannis, truands, routiers, soldats… Combien de ces femmes, combien d'entre elles sont revenues des bois vacillantes, déshonorées, la robe en sang, le ventre déchiré ? Combien ont été retrouvées mortes, déchiquetées par les bêtes sauvages ? « Quand on marche dans la nuit, on trébuche », prévient Jean dans son évangile…

Or, depuis son retour de l'au-delà, Christina est une autre personne. Les sous-bois ne lui font plus peur. Les hommes l'effrayent un peu moins, si ce n'est leur odeur qu'elle ne supporte plus, mélange d'urine acide et de sueur salée, parfum du péché. Pour le reste, elle éprouve comme un grand calme. Comme si, au-dessus de sa tête, flottait un rond d'azur étalé tout net, tout propre. Sur le pourtour de l'horizon vibre une épaisse barre de nuages violets et lourds, qui est là chaque matin et chaque soir, qui ne bouge pas, toujours la même, écrasant le dos des choses – un gage de sérénité. Tout est là mais différent, à commencer par son troupeau. Hier encore elle ne voyait dans le porc qu'un animal inépuisable dont toutes les parties pouvaient être mangées, et dans la brebis qu'une rente sur pattes dont on dit que « le pied change le sable en or ». Car enfin le mouton n'est pas doux mais incontrôlable, le bouc un animal des plus agressifs, la vache un monstre froid qui l'oblige à vivre les pieds dans la boue et le purin. Aujourd'hui, oui, tout est différent, Christina peut même dormir en toute quiétude dans les prés où chantent les herbes et, parfois, à la nuit tombée, dormir la figure contre les étoiles. La fumée qui flotte autour du mulet est un parfum suave et, quand elle se retrouve seule dans la forêt, seule dans le monde de la forêt, bien campée sur ses jambes, elle ne sent plus autour d'elle un grand vide, mais le grand plein tout peuplé de la présence divine.

Ce matin encore, elle en fait l'expérience : elle n'a jamais été aussi proche des bêtes de son troupeau. Naguère, elle pouvait rire des simulacres de procès attentés à un cochon qui avait blessé un enfant, à un blaireau puant qui avait ravagé une vigne, à un loup qui avait attaqué un voyageur, procès dont le verdict se soldait inévitablement par une pendaison haut et court !

Mais aujourd'hui, elle sent que ses animaux sont ses frères. Elle a avec eux un véritable dialogue, entretient avec eux des révélations intérieures, des échanges secrets. Quiconque la surprendrait alors colporterait la nouvelle qu'elle est folle. Quoi, une femme qui parle avec ses vaches et ses cochons ? Qui dialogue avec des moutons ? Et que font tous ces animaux en cercle attentif autour d'elle ? Que peuvent-ils bien se dire ? À moins que Christina ne soit, elle aussi, un animal ? Parfois elle danse, fredonne un psaume, un verset du Cantique. Elle connaît chaque fleur de la clairière, chaque arbuste des sous-bois, chaque sentier, chaque insecte, le nom de tous les champignons, de toutes les herbes médicinales, et surtout, elle parle aux oiseaux, comme le fera bien plus tard un moine italien en son champ de Bevagna. Appelant à grands cris les oiseaux sauvages de toutes espèces, ceux-ci se rassemblent autour d'elle. On dirait une poule parmi ses poussins. Elle les caresse, les couvre de baisers. On dirait même qu'elle parle avec eux de la marche du monde. Ils sont tous là : pinsons, mésanges, alouettes, rouges-gorges, merles, chardonnerets, moineaux, colombes, et même quelques corbeaux. Son dialogue terminé, elle en tire la conclusion que les hommes et les oiseaux ont un même cœur, une même âme. Qu'on les déchiffre, on y verra les mêmes ombres, les mêmes broussailles, les mêmes clartés, les mêmes terreurs, les mêmes mensonges, les mêmes feux profonds et les mêmes âmes claires.

De temps en temps, elle revoit l'abbé Guibert dont le labeur principal est de calmer les mégères du village. Certes, aucun habitant n'a oublié le cataclysme qu'a représenté le souvenir de cette messe de la jeune morte vivante, infernale, mais pour l'instant rien ne semble venir vouloir troubler la quiétude du village. Tant que Christina se contentera de garder son troupeau et de ne pas venir défier tel ou tel habitant, tout ira pour le mieux. Depuis ce que l'abbé Guibert appelle pudiquement « la chose », le temps a suivi son cours. La fenaison de juin a mis en bottes tout le foin des alentours. L'été a apporté son lot de moissons, de battages et la cueillette des fruits. Les vendanges de septembre ont été des plus joyeuses. Quant au glanage de l'automne il a commencé sous les meilleurs auspices.

– Alors, tout va bien, dit l'abbé Guibert.

– Oui, répond Christina. Tout est stable, n'est-ce pas, immuable ?

– Que veux-tu dire ?

– Que la terre, l'eau, l'air et le feu sont bien enserrés comme dans une coquille d'œuf par un ciel tout rond.

– Encore une de tes énigmes, dit l'abbé Guibert, le visage soudain assombri.

– La forme ronde est la forme la meilleure. Les voûtes des maisons, les ponts, les tonneaux, les cuves, les roues. Ce qui est rond n'a ni commencement ni fin, comme Dieu.

– Laisse Dieu de côté, s'il te plaît !

– Comment le pourrais-je ?

– Ne le provoque pas.

– Loin de moi une telle idée ! Je peux finir ma démonstration ?

– Mais oui…

– La coquille de l'œuf représente le firmament, la pellicule blanche est la terre, le blanc l'eau, le jaune le feu…

– Et le Ciel ?

– Au-delà du firmament s'étend un Ciel où sont les anges et les bienheureux, puis le cercle où furent jetés les mauvais anges, enfin le Ciel de pourpre où demeure Dieu.

– Il est tard, je dois rentrer, dit soudain l'abbé Guibert, comme pour couper court à une conversation qui le dépasse et le met mal à l'aise.

Se peut-il que, en quelques mots, Christina ait ruiné tous ces mois de calme et de paix relative ? Sans doute pas. En la quittant, l'abbé Guibert lui a fait un large sourire, bien ouvert et franc comme une main de laboureur. Côté pile, il pense que la jeune fille qu'il connaît depuis qu'elle est enfant a tout d'une sorcière ; côté face, qui l'emporte pour l'instant, il est certain que la lumière de Dieu est si présente en elle qu'il n'est sans doute pas assez armé pour l'accueillir, que les facultés lui manquent, comme les études qu'il n'a pas faites dans les meilleurs monastères, les meilleures universités.

Ce que Christina ne lui a pas dit, évidemment, qu'elle n'a révélé à personne, surtout pas à ses sœurs, c'est que ses allers-retours avec l'au-delà ont commencé. Enfin, elle accomplit les missions qui lui ont été données. Ainsi a-t-elle aidé la femme de Jean Cordier, bourgeois de la ville de Looz, à faire comprendre à son mari qu'il n'était pas responsable de son décès et qu'elle l'attendait, là-bas, de l'autre côté. Tout comme elle a accompagné de jeunes enfants, étouffés par leurs parents dont ils partageaient le lit et qui ne trouvaient pas le sentier escarpé qui menait au Paradis. Quant à Colette Cavelier, femme d'un fripier de Liège, atteinte de maladie mentale, qui, profitant du sommeil de ce dernier, s'était jetée, toute nue, par sa fenêtre donnant sur la halle, et avait été retrouvée morte au matin gisant dans une mare de sang, il fallait bien que quelqu'un l'aide à ne plus hanter les nuits de la nouvelle épouse du jeune veuf.

Chaque mission est une montagne à gravir. Comment assister ces femmes, lesquelles, parce que mortes en couches, sont exclues de la communauté des défunts ? Comment aider ces jeunes enfants, morts non baptisés, qui n'ont nul droit à une sépulture chrétienne et errent sans fin sur les routes du Ciel ? Que faire de ces fœtus, extraits du ventre d'une mère qui n'en voulait pas et pour cela inhumés à l'extérieur du cimetière, mais que Christina se doit de conduire à bon port ?

Si toutes la comblent de joie, certaines la font toucher à une forme d'extase comme lors de cette nuit pascale durant laquelle un prêtre, pour l'âme duquel elle avait prié, lui était apparu trois fois : la première entièrement vêtu de noir, la deuxième d'une sorte de chasuble grise, la troisième dans un vêtement resplendissant de lumière signifiant qu'il avait été « libéré » et que les prières de Christina lui avaient épargné des milliers d'années de Purgatoire…

Mais ce qui est le plus éprouvant, c'est le passage par le cimetière. Ou plutôt la différence entre la réalité des cadavres en putréfaction et la joie qui règne dans ces pâtures plantées d'arbres où les morts sont enterrés la plupart du temps dans un linceul à même la terre. La proximité de la mort dérange si peu les vivants qu'on y danse et qu'on y joue lors des fêtes, que foires et marchés s'y installent, qu'on y dresse le four commun. Mais lorsqu'il faut dialoguer avec un cadavre, l'aider à rejoindre la paix, accompagner un vivant sur la tombe d'un défunt et lui annoncer que son heure est venue, c'est une autre affaire. C'est le rôle de Christina. C'est sa croix, son devoir. Plus elle souffre et plus elle remplit sa tâche. Plus l'odeur des corps en décomposition lui donne envie de vomir et plus elle comprend le sens de sa magnifique mission. Aujourd'hui, elle a accompagné l'âme d'une femme tueuse de son mari qui la battait comme un homme gâchant du plâtre, exclue de la communauté, rejetée du cimetière, laissée à l'abandon, parce que meurtrière, dont la dépouille, déterrée par des porcs sauvages, avait constitué pour eux un merveilleux festin.

Sera-ce cela, désormais, la vie de Christina : hanter les cimetières, parcourir les sentiers abrupts qui mènent en Enfer et au Paradis, assister les voyageurs dans leur long périple vers le Purgatoire, et aider les âmes à en sortir, prévenir des vivants que leur mort est proche et les morts que les vivants qu'ils attendent depuis si longtemps vont venir les rejoindre ? Sans doute, mais bien d'autres choses encore qu'il lui reste à découvrir. C'est en se vautrant dans le monde de la souillure et de la souffrance qu'elle accomplira le mieux sa mission et qu'elle lavera les âmes dans les larmes de l'Amour.

Ce matin, jour de plein automne, jour d'orages et de ravines charriant de longs cadavres d'arbres, jour de fleuve en crue rempli d'herbes arrachées aux berges et de feuilles, et de branches en charpie qu'on dirait de la viande de malade, alors que le doute s'empare d'elle et qu'elle pense que Dieu a abandonné les humains, elle sent une force intérieure s'emparer d'elle, la recouvrir tout entière. Cette sensation, elle l'a déjà éprouvée, elle la reconnaît, c'est celle qui l'a fait s'échapper de son cercueil et s'envoler dans l'église. C'est le signe qu'elle attendait. Le supplément de joie qui lui manquait. Voilà qu'elle s'élève de terre, qu'elle vole d'un bond sur les hauteurs, sur les arbres dont les branches semblent aussi insensibles à son poids que si elles eussent porté un petit oiseau. La force est si grande qu'elle s'envole sur les cheminées des maisons, le toit des granges à blé, le faîtage des palais, sur la plus haute tour de l'église, allant jusqu'à parcourir plusieurs lieues pour finir par atterrir sur la croix de la chapelle dédiée à sainte Balbine en pays liégeois. Et lorsque la nuit commençant de tomber, elle revient à son lieu de départ, passant au-dessus de la montagne et du plateau de Sainte-Walburge, elle reste un moment en suspens entre ciel et terre, hésitant à redescendre.

Pourquoi sa joie n'est pas totale ? Ses pieds touchant à nouveau la terre de la clairière, tandis que s'installe la pénombre, tel un voile, qu'une brume légère s'accroche à tous les angles de la forêt comme si le vent était lourd d'herbes de mer, elle sent tout mais de façon incomplète. Ce sont les bêtes qui l'entourent qui lui font comprendre ce qui se passe : l'oreille dressée du chien errant, l'agitation inhabituelle de la vache qui hoche la tête de droite et de gauche, le renard, patte en l'air humant le vent, les oiseaux battant des ailes prêts à s'envoler à la moindre alerte…

À la lisière de la forêt profonde, un homme est là, qui fait le mort, qui la surveille, les yeux emplis de noir mystère, armé jusqu'aux dents comme s'il revenait de la croisade, fébrile, la peau suintante de peur et de passion. C'est Herman de Hollogne, qui l'attend comme le prédateur sa proie. C'est le temps de la glandée, époque où les porcs sont lâchés dans la forêt, l'affreux groin sali par les chairs arrachées aux cadavres qu'il leur arrive de déterrer. L'époque aussi où les truies venues se remplir des fruits des jeunes chênes, le cul rougi, luisant de crème blanchâtre, sont saillies par les sangliers. L'homme est là, silencieux, qui observe, dont l'odeur nauséabonde arrive jusqu'à Christina. Elle sait qu'il ne lui fera rien, pas encore, pas pour l'instant. Elle sait qu'il va revenir, plusieurs fois, et que souvent comme aujourd'hui, il reproduira le geste d'Onan, offrant à la terre sa semence.

Ce qu'elle ne sait pas, c'est qu'il a décidé de la tuer, cette sorcière qui se refuse à lui, et que la prochaine fois, il viendra avec son faucon pour semer le trouble dans la haie de volatiles qui semble la protéger aussi sûrement qu'une armée. Il en jouit déjà, de voir cette femme blanche et vermeille, aux cheveux blonds ondulés ; au front bien proportionné, lisse et dégagé ; aux sourcils circonflexes ; aux yeux vifs et noirs ; au nez fin et droit ; aux joues rondes ; à la bouche charnue ; aux dents éclatantes ; aux bras minces ; aux doigts longs ; aux ongles roses ; aux seins hauts ; au ventre saillant ; aux hanches étroites ; aux chevilles fines, telles Guenièvre ou Iseult. Femme idéale qu'il déchiquettera de sa lance voyant enfin quel duvet recouvre son sexe dont on dit qu'il pourrait être d'herbes tendres, d'écailles ou de plumes.

4

– Une femme l'a vue grimper au sommet d'un arbre, dit un marchand, en long manteau de peau de loutre.

– Et courir le long des marais, plus agile qu'un rat, assure une paysanne vêtue d'une cotte à manches longues.

– Elle aurait prié dans l'église contre le saint autel, les mains tendues, les genoux fléchis, entièrement nue, assure une vendeuse d'onguents, la tête protégée par un capuchon en fourrure.

– On dit qu'elle est la maîtresse de la pluie.

– Qu'elle endort les brûlures rien qu'avec sa salive !

– Certains ont vu une hostie passer des mains du prêtre aux lèvres du communiant prêt à la recevoir… Qui d'autre qu'elle aurait pu fabriquer un tel prodige !

– Je la verrais bien adorer un bouc et dévorer des cadavres de nouveau-nés !

En ce jour de marché, Guillaume de Looz, seigneur de Hamal, tout en souliers montants, chausses bariolées, manteau rouge sang au col garni de deux zibelines, rubis au doigt, traverse la place de Saint-Trond, en maugréant. À peine rentré dans son palais, une grande et haute maison de bois, qu'un charpentier a aménagée sur trois niveaux, il peste contre son entourage. À quoi lui sert d'avoir tous ces pouvoirs et d'être un homme de guerre si c'est pour entendre ces sornettes lancées par tous ces manants qui devraient mieux s'occuper de ses terres, de ses troupeaux, de ses forêts plutôt que de dégoiser ainsi ? L'Église qui n'a pas totalement réussi à « christianiser » la chevalerie – si on laisse de côté les ordres religieux qu'il fuit comme la peste –, ni à enfoncer un coin entre Dieu et le monde d'ici-bas, ce que d'aucuns ont appelé le « saint et le boucher », y est hélas parvenue avec ce peuple ignorant. Voilà le résultat de cette mainmise de l'obscurantisme sur les esprits faibles !

– Mais quelle est cette femme ? On va bientôt nous expliquer qu'elle a mis au monde un enfant sans tête, avec des yeux et une bouche dans le ventre, et des bras et des mains attachés sur le côté ! Il y a des témoins ? Herman, qu'en dites-vous ?

Le vassal, qui veut garder pour lui son secret, contourne l'obstacle :

– Ce ne sont que propos rapportés… Mais…

– Mais ?

– Il n'est pas besoin de voir pour croire…

– Mais vous, Herman, vous l'avez vue. Vous étiez présent à cette malheureuse messe d'enterrement…

– Oui, mais le temps a passé, plus d'un an et demi et, depuis, plus personne n'a entendu parler d'elle. Un jour, j'ai bien cru la voir. Mais c'était lors d'un orage tout massif, tout serré, épais comme un fleuve. J'ai eu l'impression qu'elle partait devant moi, droite, dressée dans le haut du ciel. Il tombait des grêlons plus gros que des œufs de poule.

– Et alors ?

– Ensuite, la nuit est venue d'un bloc, et je me suis dit que c'était sans doute un peuplier qui se tordait en pas de vis et qui était parti là-haut.

– Là-haut ?

– Oui… là-haut…

– Vous aviez rêvé en somme…

– Oui, sans doute.

– Tenez, prenez un peu de vin, dit Guillaume de Looz, en tendant à son vassal un verre rempli à ras bord, ça va éclaircir vos idées, ajoutant : me voilà bien entouré – un vassal inutile et un peuple de manants qui colporte tout et n'importe quoi.

La main sur le pommeau de son épée, l'autre tout occupée à tenir son verre de vin, Herman ne sait que dire. Un silence gêné s'installe entre les deux hommes, vite rompu par Guillaume de Looz :

– Et l'abbé Guibert, qu'en pense-t-il ?

– Il connaît Christina depuis longtemps. En vérité, c'est un pasteur lucide, courageux. Mais comme nous tous, vous savez, il ne la voit plus. Ni au moulin, ni à la corvée d'eau, ni aux veillées funèbres, et encore moins à la messe.

– Excepté ceux nombreux qui ont croisé des personnes qui leur ont assuré qu'ils l'avaient vue !

– Une chose est certaine : l'abbé Guibert a toujours repoussé l'idée qu'elle était victime de maléfices du démon, voire même qu'elle était un suppôt de Satan.

– C'est votre avis ?

Herman repose son verre, vide, immédiatement rempli par le chevalier.

– Je ne sais vraiment pas.

– Tous ces bruits ne vont pas en faire une sainte, tout de même ! Je ne voudrais pas qu'une foule impatiente finisse par se masser devant l'église et en ouvre les portes. Je ne vois qu'une solution : la prison. Cette idée nouvelle qu'on appelle prison, ça calmera tout le monde !

– Et une fois jetée en prison, qu'en ferons-nous ? On y jette les détenus en attente de procès. On ne va pas lui faire un procès. Pour quel motif ?

– Je vous le répète : ça calmera tout le monde, un temps, du moins.

– Et qui va se charger de l'arrêter ? On ne sait pas où elle se trouve. Dans la ferme, avec ses sœurs, je suppose ?

– Trouvez-la, je saurai vous récompenser.

Dans les semaines qui suivent, Herman revient plusieurs fois dans la clairière où Christina garde ses bêtes, l'épiant, à l'aube, au crépuscule, toujours dans le froid coupant de l'hiver. Et toujours quelque chose l'empêche, le retient de sauter sur son corps si frêle et d'exorciser cette faim d'elle qui lui enserre la tête à le rendre fou. Qu'adviendra-t-il le jour où elle sera, sans connaissance, jetée en prison ? Qui lui dit que les soudards qui la garderont jour et nuit n'abuseront pas d'elle. Il doit être le seul homme à la toucher et celui qui la tuera pour la soustraire à la justice des hommes et à celle de Dieu. Qu'un ecclésiastique s'en mêle et il sera prompt à décréter qu'elle est possédée par le Démon, puisqu'il ne fait aucun doute que celui-ci lui a fait perdre connaissance pour jouer dans son corps le rôle de l'âme.

Un mois passe. Un jour, il la surprend en grande conférence, avec des êtres humains ayant effectué – c'est du moins ce qu'il comprend – des voyages dans l'au-delà, et qui reviennent sur terre, momentanément, pour aider les vivants à mourir. Caché derrière des néfliers, il voit défiler une véritable troupe, orientée par Christina, reconnaissant même des voisins morts depuis peu. Comme ce Robert de Brême, potier de son état et qu'il hésite à qualifier de « mort-vivant ».

L'émotion, souvent, le submerge, comme cet autre jour, où il aperçoit un faisan, lequel d'ordinaire finit sur la table des nobles, s'approcher de Christina qui l'appelle « frère faisan » tout en le caressant avec de douces paroles et en l'adoptant définitivement. Et quand il se décide à lui envoyer son faucon, bien que son vol, il le sait, soit moins beau en hiver, il constate que l'animal, dressé pour tuer, dont il a cousu et décousu lui-même les paupières, ne fond sur aucun volatile. Perdrix, alouettes, cailles, pies, geais, chouettes, sarcelles, vanneaux, bécassines, merles, pigeons, dont l'oiseau couleur de neige est friand, l'accueillent comme un des leurs !

D'autres jours passent encore, et puis, une nuit, une nuit d'avant la nuit, il se décide, c'est ce soir. Christina sera sienne. De tous ses muscles, de tout son corps. Il va éventrer la sorcière, fini, terminé, fin de l'histoire. Il va assouvir sa soif. Il va accomplir sa mission. Arrivé à quelques mètres d'elle, pouvant presque sentir son parfum, cette odeur étrange qui s'exhale de sa peau, il se sent comme arrêté, paralysé par une force qui le dépasse. Lui qui est convaincu de faire face à une sorcière habitée par le démon se trouve face à une femme qui n'a pas honte d'être femme. Qui n'éprouve pas le besoin de cacher ses cheveux, de comprimer son corps, de baisser le regard, de marcher à petits pas. C'est tout le contraire de ce qu'il ressent, lui qui ne peut s'empêcher de ressentir cela qui n'est pas lui. Voilà une femme qui n'est pas indécente. Qui est puissante. Beaucoup plus puissante que lui, que tous les hommes. Elle se sent reine en son royaume. Ses richesses, ses visions, son grand amour irraisonné pour ce Dieu qui l'habite et la meut, n'appartiennent qu'à elle. Elle peut vivre partout, ailleurs. Elle peut vivre seule, en compagnie. Personne ne peut la voler, la léser, la violer : son royaume est intérieur…

C'est comme si Christina lui parlait : «Je t'attends, viens, viole-moi, plus je souffrirai, plus j'accomplirai ma mission : te sauver ! » Autant de lumière, aveuglante, fait fuir Herman qui reste trois jours et trois nuits enfermé chez lui, tremblant de peur, mangé par la crainte.

La partie la plus haute du palais de Guillaume de Looz comprend deux grandes pièces : la chapelle pour les offices et la loge où les seigneurs s'assoient pour s'entretenir ou se divertir. Mais cette fois, le temps n'est ni à la joie ni à la gaieté.

– Cela va faire deux mois que j'attends. Vous comptez m'amener cette Christina quand la neige aura fondu ?

– Il n'est pas facile de…

– Vous vous moquez de moi, monsieur mon vassal ? Je vous ai confié une mission. Dois-je envoyer ma garde personnelle ? Elle me ramènera cette femme, vivante ou morte !

– Non, demain…

– Dois-je vous citer la Bible ? N'est-ce pas une femme, Ève, qui est la cause de notre chute ? La femme est une incapable, l'égale des malades mentaux et des infirmes ! Sa foi est mensonge, elle ne vaut pas mieux que celle d'un Juif ou d'un Sarrasin !

– Demain, demain…

– Vous voilà venu comme le papegai des voyageurs. Vous répétez les mêmes mots à l'infini ! «Demain, demain, demain…» !

– Christina sera en prison demain, avant que les cloches n'annoncent la fermeture des portes de la ville et que ne résonne le couvre-feu. Vous avez ma parole.

Christina n'a rien fait pour s'opposer à la venue des arbalétriers et des archers dont elle savait qu'ils étaient assez fous pour la prendre pour cible si elle avait eu la moindre velléité de fuite. Aussi est-elle montée sans se rebeller dans la charrette qui la conduisait au village. Quant à Herman de Hollogne, elle ne le connaît que trop pour savoir quelle était sa souffrance à devoir accomplir cette tâche qui le répugnait, non parce qu'il s'agissait de la mettre en prison mais parce qu'il se faisait voler son arrestation, son déroulement, et qu'il n'avait pu exprimer toute la violence qui était en lui. Ce serait pour plus tard. Lui ne le savait pas. Mais elle le savait : sa vengeance, elle aurait bien lieu, et elle serait terrible. Elle ne ferait rien pour aller contre. C'est l'accomplissement du temps. Elle qui peut tant de choses ne peut rien contre cela.

Dans la prison de Saint-Trond, on lui a infligé les petits fers et les ceps. De peur qu'elle ne s'enfuie, on l'a enchaînée par les jambes, les bras, la tête, le cou qu'on a chargé d'un collier de bois. Tout juste a-t-elle pu s'élever d'une demi-aune au-dessus du sol, sans que ses pieds le touchent, avant qu'elle ne retombe lourdement. Voler ne lui est pas toujours facile. Certaines conditions doivent être réunies, qui ne le sont manifestement pas.

Et puis, sans doute, ne sera-t-elle emprisonnée que quelques semaines, voire quelques jours. Que peut-on lui reprocher ?

La nuit descend. La même que celle qui sur le tableau représente dans le chœur de l'église de Saint-Trond la Crucifixion : une nuit de nuées bleues cachant le soleil et la lune de part et d'autre de la croix. Le geôlier, qui fait aussi office d'aubergiste, lui a mis dans une gamelle, comme il l'aurait fait pour un chien, un peu de pain et de l'eau. Pour toute couche : un tas de fourrage, dans un coin, à même le sol. Que lui importe, les punitions des hommes sont peu de choses, comparées à l'exigence divine. Que lui importe les verrous, les serrures, les fers, comme la flèche qui est d'autant plus fortement lancée que l'arc est fermement tendu, plus les entraves qui la retiennent sont puissantes plus l'esprit qui l'habite lui donnera la force de trouver la voie de la liberté. En cet hiver si rigoureux, alors que dans toutes les fermes avoisinantes on tue le cochon, une neige épaisse recouvre tout, les toits des maisons, les plaines, les montagnes, les forêts, les pas des hommes. Tout est couvert. Tout est effacé. Il n'y a plus de monde. Plus de bruits. Plus rien.

5

En janvier, les jours ne se rallongent que très lentement, et cela d'autant plus lorsque, comme aujourd'hui, la neige continue de tomber. Dans la prison de Saint-Trond, le prévôt est le premier levé. La nuit s'achève. Le jour est corné du haut du donjon. Les cloches sonnent prime. Lentement, la ville va retrouver ses activités.

Par les ouvertures ménagées dans les portes, le prévôt regarde l'intérieur de chaque cellule. La plupart des détenus dorment encore. Certains semblent être réveillés. Nul doute que par ce froid, tranchant comme des haches, plusieurs sont morts durant la nuit. Qu'importe, s'ils se sont retrouvés ici, hommes ou femmes, c'est qu'on a jugé bon de les y jeter.

Arrivé devant la cellule de Christina, le prévôt n'entend aucun bruit. Même le soldat, avachi devant sa porte, est enfoncé bien profond dans son sommeil comme un bienheureux. Pourquoi s'inquiéter ? Étant donné la quantité de fers et d'entraves qui maintiennent la prisonnière collée au mur on voit mal comment elle aurait fait pour s'échapper. Sans parler des gonds de la porte montés à l'envers pour empêcher que celle-ci ne soit ouverte de l'intérieur. Et puis tout le monde, telle la nonne de Sainte-Walburge, n'a pas sous la main un jeune damoiseau pour lui apporter des limes lui permettant de scier ses barreaux. D'autant plus que celle-ci, tombant de l'échelle que lui avait tendue son amoureux, vint se briser le crâne contre les pierres ! Autant la laisser dormir, pour quelques heures encore…

Mais lorsqu'il revient, alors qu'un soleil froid fait briller la neige comme la surface gelée du lac, le prévôt doit bien constater que l'oiseau s'est envolé. Quel profond mystère ! Quelle intervention du Démon ! En général, au matin, les cellules puent les excréments. Les détenus ont déféqué et uriné sous eux. Une odeur pestilentielle émane de ces culs-de-basse-fosse où ils ont pourri toute la nuit. Mais ici, rien de tout cela : Christina serait-elle fermée à toute absorption, à toute excrétion ordinaires ? Un parfum des plus suaves flotte dans l'air…

– La prisonnière s'est échappée ! hurle le soldat de garde.

– Ce n'est pas possible, pas possible ! ne cesse de répéter le prévôt, bientôt rejoint par les autres gardiens.

Et quand arrive Herman de Hollogne, tout en rage, des pieds à la tête, il exige qu'on rassemble immédiatement les hommes de troupe, les meilleurs arbalétriers, les archers les plus habiles, et qu'on aille quérir l'abbé

Guibert lequel, par on ne sait quel miracle, est déjà là, la soutane couverte de sueur, trempée de brume.

– Échappée ! dit le vassal.

– Les doigts des anges veillent sur elle. C'est eux qui l'ont délivrée de ses chaînes, énonce l'abbé.

– Vous n'avez pas d'autre explication !

– Non, répond l'abbé, ajoutant après un léger silence : là où est l'Esprit du Seigneur, là est la liberté…

– Voilà qui va nous aider !

Les chiens de chasse sont envoyés en éclaireurs. Les molosses les plus sanguinaires. « Il faut ratisser tout le secteur, tout le diocèse de Liège ! Et pourquoi pas, ceux de Cambrai, de Thérouane, de Cologne, je l'ordonne ! », hurle le vassal à tous les carrefours, tandis qu'une neige tenace tombe partout, effaçant toutes les traces, toutes les pistes. « Il faut demander à tout le monde, entrer dans toutes les maisons, obtenir des renseignements du plus insignifiant au plus important, par la force s'il le faut ! »

Lentement, un chemin possible de fuite est dégagé. Malgré la neige, la pluie froide qui tombe par endroits, le brouillard qui brouille la vision, on commence à se faire une idée des chemins empruntés par la fugitive.

À Saint-Trond, on a entendu les cloches sonner sans aucun secours humain. À Looz, la statue de la Vierge était entourée de cierges allumés et de branches fraîches. Qui avait bien pu accomplir un tel miracle ? Dans la région de Tongres, la ville des manieurs d'argent, changeurs et autres banquiers, on a vu une jeune fille se tenir debout sous la roue d'un moulin afin que l'eau se déverse sur le sommet de sa tête et tous ses membres, puis nager dans le courant et chuter avec l'eau dans le mouvement de la roue, sans qu'aucune lésion ne vienne lui briser les os ! À Liège enfin, ville de batterie et de métallurgie, après qu'elle se fut orientée vers l'église Saint-Christophe, on a aperçu une femme enlevée de terre de telle sorte qu'à la fin elle disparut aux yeux de tous, comme si elle était montée aux Cieux. De toute évidence, ces quatre phénomènes « inexpliqués » ont comme point commun d'avoir été initiés par la même personne :

– Christina la fugitive ! tempête Herman de Hollogne, le visage carmin.

Une neige grasse mêlée de pluie redouble d'intensité. Alors que la troupe des poursuivants est prête à renoncer puisque visiblement Christina a une nouvelle fois échappé à la meute, le vassal menace tout ce beau monde de terribles sanctions. Depuis quand ces gueux remettent-ils ses ordres en question ? Exténués, les os glacés par le froid, tous finissent par repartir – qui à cheval, qui à pied. Bien leur en a pris. Devant eux, dans une des boucles de la Meuse, là où la glace s'étalant recouvre par endroits presque entièrement la rivière – « Avec le niveau d'eau très bas à cet endroit, ça a gelé rapidement », dit un homme ; « Ça coule en dessous mais en dessus c'est complètement figé par les bétins », répond un autre –, soudain elle apparaît. Ce ne peut être qu'elle, cette femme observée par quelques paysans, qui se tient sur la berge de la Meuse, hésitant à la traverser, coincée entre l'eau glacée et les chasseurs lâchés à sa poursuite tel le peuple d'Israël poursuivi par les six cents chars d'élite et tous les chars d'Égypte commandés par Pharaon. Mais la Meuse n'est pas la mer Rouge. Nulle colonne de nuée, nul ange de Dieu, nul bâton de Moïse pour étendre sa main sur les vagues en furie. Que peut faire Christina ? S'envoler dans les airs, marcher sur l'eau comme s'il se fût agi d'un simple chemin de terre ? Archers et arbalétriers n'attendent que l'ordre de Herman de Hollogne pour faire prendre à leurs flèches le chemin de cette cible si fragile et si frêle.

Christina sourit, d'un sourire désarmant, merveilleux de candeur, terrible de certitude. La courbe dépassée, la Meuse, ici, entre bois profonds et roches escarpées, fait plus de cent pieds de largeur et n'est pas guéable. Profonde, furieuse, on la passe sur des nacelles quand le temps le permet, ce qui n'est pas le cas aujourd'hui. La porte de l'hiver ayant été depuis longtemps franchie, il y a eu depuis la nuit d'avant une pluie de neige, brusque et lourde, qui a écrasé le bois, fait tomber les dernières feuilles, mis l'os des branches à nu, et partout, après avoir couché tout ce qui de la nature vivait encore, en tourbillons dans tous les sens, a jeté un grand manteau de neige qui a tout tué, tout réduit au silence, tout étouffé comme un puissant nuage de mort. Alors, au milieu de ce grand désastre, le fleuve a décidé de se mettre en retrait, d'attendre l'autre porte, celle du printemps, du dégel de l'hiver qui desserre son étreinte, de la neige qui continue de couvrir la terre mais qui glisse des branches des arbres, pour reprendre le combat et renaître. Mais aujourd'hui, vaincu, il a cédé la place à un grand serpent froid qui l'a recouvert de sa peau de glace.

Christina, qui n'a pas pour habitude d'hésiter ni de tergiverser, sans se retourner, sans jeter le moindre regard au flot de peuple qui a fini par grossir les quelques curieux venus assister à cet étrange théâtre de la vie et de la mort, quitte la berge, descend lentement dans l'eau glacée et s'y enfonce. À travers la carapace brisée par endroits des glaces, elle découvre une peau sombre, foncée de vert glauque. On pense qu'elle va déchirer son corps sur la plaie noire de l'eau. Il n'en est rien. Elle disparaît lentement : le buste, le visage, la chevelure d'or. Puis tout se referme, tout est silence. Dans les vastes espaces liquides, elle sent contre son corps l'eau circuler à son gré. Plus aucune pente ne la sollicite, plus aucune pesanteur. Elle avance sur cette vaste route couverte de reflets, de grandes plantes immobiles. À peine distingue-t-elle le frisson de son mouvement. Elle est dans une sorte de ville aquatique. Avec ses rues, ses maisons, ses champs autour, ou comme dans un cœur qui se craquelle, comme dans un étang où elle peut enfin dormir.

Sur la rive, c'est un cri unique d'épouvante. Quel terrible malheur que d'avoir laissé cette jeune fille disparaître, tel un fantôme, dans ce fleuve de glace, dans ses remous profonds et mortels. La plupart rentrent chez eux, défaits, effrayés. Quel châtiment biblique ne va pas maintenant s'abattre sur leur tête !

Comment pourrait-il comprendre, ce peuple, que dans ce cercueil de glace c'est sa propre souffrance qui rend Christina heureuse ? Plus elle souffre et plus une joie immense l'inonde. Plus elle souffre, et plus ce peuple de vivants et de morts sera sauvé grâce à elle.

Herman de Hollogne reste une journée entière aux côtés de l'abbé Guibert puis décide de rebrousser chemin. Saint-Trond n'est guère qu'à quelques lieues. Que lui servirait de demeurer plus longtemps sur cette berge ? La femme qu'il voulait posséder vient de lui échapper à jamais. Il n'éprouve aucune tristesse, aucune mélancolie, ne sentant ni l'odeur forte des feuilles tombées qui pourrissent, ni le frisson du jour qui décline. Il ne ressent que de la rage. Ce matin, il était presque heureux de voir que Christina s'était échappée. Cela voulait dire que la traque pouvait commencer, qu'il pouvait de nouveau laisser libre cours à son être de chasseur, jouer de nouveau avec sa proie pour finir par la rattraper et la soumettre. Maintenant, tout est fini : il ne lui reste plus qu'une vengeance à exercer sur les plus faibles.

L'abbé Guibert ne peut se résoudre à partir. Nuit après nuit, jour après jour, il reste là à prier et à observer les grands pans de glace énormes qui craquent et s'entrechoquent, ces blocs puissants qui roulent les uns contre les autres, qui se heurtent, s'affrontent, se chevauchent, se dressent comme des monstres à la dérive, qui finissent par s'effondrer et par repartir lentement dans un entrelacement fluide qui les cerne et les capture, telles les mailles d'un filet géant.

Pourquoi ne peut-il se rendre à l'évidence ? Le pauvre corps fantôme, pris dans les glaces, les plantes aquatiques, a soit dérivé en contrebas du fleuve, déchiqueté par les schistes coupants qui en recouvrent le lit, soit a été dévoré par les brochets aux dents acérées et les silures monstrueux dans le ventre desquels il n'est pas rare de retrouver des chiens et des chats, voire de jeunes enfants. Il se dit qu'il pourrait essayer d'avancer doucement sur ces eaux figées redoutables ou qu'il pourrait emprunter une carriole tirée par un cheval pour tenter de regagner l'autre rive et ainsi, au moins, retrouver le corps désarticulé de Christina. Mais il se souvient que chaque hiver des chevaux et leurs cavaliers disparaissent au fond de la Meuse, après s'être en vain débattus dans la purée glacée, et que nombre de carrioles, broyées par les blocs de glace, craquent comme une vieille noix creuse et terminent leur carrière en épave flottante.

Après sept jours d'attente, passés dans le froid, nourri par la bienveillance de quelques villageois lui apportant soupes brûlantes et bois pour alimenter son feu, le père Guibert finit par admettre qu'il n'y a plus rien à faire, et que cette nuit qu'il passe au bord du grand fleuve est la dernière. Cette « disparition » n'est peut-être pas aussi grave qu'il voudrait le croire car Dieu est aux côtés de Christina. Ce Dieu qui l'a fait ressusciter des morts et lui a permis de revenir de l'au-delà pour accomplir sa mission. En réalité, en se plongeant dans la Meuse Christina a comme plongé dans une eau baptismale, s'est lavée de tous péchés – plus vive que morte. D'une rive à l'autre de la Meuse, elle n'a pas eu besoin d'un passeur comme Christophe, le géant réprouvé, le porteur de Christ décrit par la légende. Ni de la barque de Charon, le nocher des Enfers. Il se souvient alors des paroles de Christophe adressées à l'enfant : « En te portant, il m'a semblé porter le monde sur mes épaules. » Et de la réponse que l'enfant a faite à Christophe : « Non seulement tu as porté le monde, mais aussi celui qui l'a créé. »

Maintenant le jour se lève. La harde de loups qui toute la nuit a hurlé avant de se rapprocher et de venir rôder près de son feu est toujours là. Si ce n'était leur pelage, à dominante grise, agité de vagues reflets rougeâtres, et qui ne laisse aucun doute sur leur pedigree, on dirait de gros chiens. Après avoir fait des gestes menaçants et poussé des cris, l'abbé Guibert se tait car les loups ne manifestent aucune crainte, à peine une légère vigilance, celle de la bête féroce toujours traquée et qui en cette période hivernale meurt de faim. Ils sont là comme une escorte apaisée. Ce n'est pas aussi étrange qu'il y paraît : les loups ont la tête tournée, en direction de l'autre rive du fleuve. Alors qu'il fait cette constatation, il sent son visage qui commence à s'enflammer d'une grande ardeur et ses yeux jeter des larmes en grande abondance.

Ce qu'il voit en premier plan, c'est une immense nuée d'oiseaux de toutes sortes, si compacte qu'on dirait un nuage de sauterelles, là, de l'autre côté de la Meuse. Et au centre du nuage, en majesté, comme illuminée, Christina, jaillie des eaux. Non pas «vivante» mais «présente», au monde et à son regard. Et tout autour un immense manteau neigeux qui fait silence sur les bois de hêtres et de chênes, les molles collines couvertes de prairies. Christina, soulevée du sol, flotte dans l'air, de trois coudées, puis de quatre. Comme un oisillon qui apprend à voler. Puis elle finit par monter au sommet d'un hêtre, puis si haut, dans l'air, entourée d'une telle clarté qu'il peut à peine la distinguer.

La journée suivante, la dernière avant de revenir en l'église de Saint-Trond, l'abbé Guibert constate que Christina a bel et bien disparu. Que les loups ont disparu. Que les oiseaux ont disparu. La nuit est une nuit embrasée. Une nuit admirable. À laquelle il ne comprend pas grand-chose, sinon qu'il n'en a jamais espéré tant. Rugit dans le ciel une grande débâcle, épaisse comme une soupe de pois. Ses yeux ne voient rien, mais son cœur est éclairé comme en plein jour. Il se souvient d'une phrase, scandaleuse, étrangère au temps qui est le sien, que Christina lui avait un jour glissée à l'oreille, et dans laquelle elle affirmait que « chaque personne est unique et que l'homme doit chercher une expression individuelle de soi ». Face à ce grand vide, il entend dans sa tête des mots qui résonnent. Proférés par lui ou par un autre, dictés par Dieu ou suggérés, peut-être, encore, par Christina :

« Prêtre, tu n'es pas toi car tu es Dieu.
Tu ne t'appartiens pas car tu es le serviteur
Et le ministre du Christ.
Tu n'es pas toi-même, car tu n'es rien.
Qu'es-tu donc, ô prêtre ? Rien et tout. »

Sur le point de partir, il entend derrière lui un cheval qui s'ébroue. Regardant une dernière fois le grand fleuve de glace, il se retourne. C'est Herman de Hollogne, enveloppé dans un grand manteau de fourrure noir, faucon au poing :

– Elle est revenue, n'est-ce pas ? Tu l'as vue ?

– Oui, répond l'abbé.

– Je m'en doutais, répond le vassal, la bouche déformée par un rictus dont on ne sait s'il est signe de soulagement ou de haine.

6

Maintenant, du temps a passé depuis l'hiver. Maintenant, c'est le plein été, celui du halètement des belles choses du monde. Christina n'a pas disparu, ni de la terre ni de la tête des gens, et a tenté de revoir ses sœurs – en vain. Mechthild et Marcella sont des bigotes ignorantes. Elle a beau leur expliquer que « son » Dieu, ne lui appartient pas, qu'il est le même que le leur, cela n'y change rien. « Comment pourrait-il en être autrement, il n'y a qu'un Dieu, non ? » Mais elles ne la croient pas. « Son » Dieu les effraie. Ses exigences ne sont pas de ce monde.

– Tu n'as pas peur ? demande Mechthild.

– Non. Et pour trois raisons, répond Christina sans hésiter.

– Trois raisons ? Pas deux, pas une, trois ? lance Marcella avec ironie.

– Je n'ai pas peur parce que je suis à Lui. Je n'ai pas peur parce que je suis loin de la porte des sens et à l'intérieur de moi-même. Je n'ai pas peur car mon cœur est avec Lui.

– L'abbé Guibert a raison : tu parles trop par énigmes. On ne comprend rien à ce que tu dis, réplique Mechthild en haussant les épaules.

– Satan, c'est Satan, c'est tout ! ne cesse de répéter Marcella en se signant.

C'est un fait : pour Mechthild et Marcella leur sœur est habitée par le démon. Sa force, elle la tire des ténèbres. Ses certitudes sont puisées dans les entrailles de la terre, là où les anges déchus ont bâti leur repaire. En réalité, Mechthild et Marcella sont mangées par la jalousie, la haine. Christina est trop grande pour elles. Sa clarté leur est insupportable. Elle est pierre précieuse. Elles ne sont que boue.

La mort dans l'âme, Christina quitte la maison familiale. Elle ne la reverra jamais, elle le sait. Dans un premier temps, elle envisage d'aller vivre au plus haut de la montagne de Chèvremont. Située à deux lieues au sud-est de Liège, bien protégée par des parois à pic, elle abrite des troupeaux de chèvres noires menées à paître par de pauvres chevriers. Puis elle se ravise, pourquoi ne pas rejoindre les épaisses forêts de chênes et de hêtres du diocèse ? Certes de nombreuses abbayes commencent à les défricher, s'appropriant les terres sans maître, les essarts, asséchant les marais ; mais il en reste encore, profondes, longues, larges, dont on ne connaît ni l'entrée ni la sortie. Dont les odeurs, les bruits, les bêtes qui y vivent sont encore sources de frayeurs tenaces, donc protectrices pour qui veut s'y cacher. Qui aura le courage de s'aventurer tout au long de leurs layons qui sont des labyrinthes ; de leurs épines qui accrochent le voyageur ; de leurs troncs abattus s'opposant à la marche ; de leurs fondrières qui guettent ceux qui s'y perdent ? Ne sont-ce pas des pièges posés par le Malin ? N'est-ce pas lui, et tous ses suppôts dévoués – à commencer par les sotais et autres nutons vivant dans les cavernes des hauteurs de Liège – qui en sont les véritables maîtres ? C'est là qu'on assassine, les princes, les seigneurs, les pauvres paysans ; que les femmes sont violées, les enfants kidnappés. C'est là que se cachent les bandits et les voleurs, qu'on rencontre les phénomènes les plus inexpliqués. C'est là qu'un empereur allemand est mort de frayeur faute de pouvoir jamais en trouver l'issue. C'est là, dans une autre forêt, tout aussi obscure, celle d'Éphraïm, que le bel Absalon, fils de David, fuyant en pleine bataille, sa longue chevelure prise dans les branches d'un térébinthe, fut transpercé à trois reprises par l'épée du roi Joab.

Christina n'a jamais eu peur de la forêt. Les arbres ont toujours été ses amis : le gui des druides gaulois annonçant l'an neuf, le laurier couronnant les gloires d'ici-bas, le myrte et tant d'autres espèces sauvages guérissant bien des maux, le sapin, toujours vert, évoquant la naissance de l'Enfant-Dieu. Elle les enlace pour se mettre en contact avec leur énergie vitale, absorbe le suc fécond de ces géants feuillus dont la tête est voisine du ciel et les racines enfoncées dans l'empire des morts. Les clercs, aspirant à la perfection, ont édifié leurs couvents en lisière des forêts, et des ermites, bien connus des paysans qui les nourrissent et leur demandent parfois conseil, y ont élu domicile.

Christina s'est construit une cabane en feuilles et en écorces. Elle se nourrit de peu. Une source coule non loin de là, où elle peut se désaltérer. Depuis qu'elle vit dans ces sous-bois, elle n'a croisé personne. Elle est trop à l'écart des sentiers fréquentés par les vagabonds ou les chasseurs, et encore moins par les officiers gruyers en quête de miel ou de bois d'œuvre. Sa grande affaire, ce sont les animaux. Elle qui a toujours eu avec eux un rapport privilégié en a fait désormais plus que des amis : de véritables alliés qui l'aident, la protègent, lui annoncent les tempêtes, les pluies, avec lesquels elle parle des choses du monde et de celles de l'au-delà, où le langage n'est pas celui des hommes mais un autre qui tient compte du poids silencieux de la forêt. Parfois, il en tombe sur elle, comme une pluie. Elle en est tout inondée, écrasée, comme sous une chute d'eau. C'est comme si le ciel et la terre se mettaient à suer. Et tout dévale. C'est un éboulement, un écroulement. Tous serrés les uns contre les autres, ventre à ventre, dos à dos, poil à poil. Poules et coqs fous échappés des poulaillers, blaireaux, renards, sangliers, loups, écureuils, rats, vipères, vipereaux, gélines… Mais les plus actifs, les plus présents, de toutes races, de toutes plumes, de toutes couleurs, ce sont les oiseaux. Leurs chants l'aident à élever son cœur vers Dieu. Hirondelles amassées pour le départ vers d'autres continents et qui ont changé leur route, aigles, grives vétéranes, chauves-souris qui volettent déployant leur grande peau velue, lourds corbeaux huilés de nuit, fous de Bassan, mouettes rieuses, goélands pygmées, cormorans, plongeons, tournepierres, bécasses, paradisiers, tous ont quitté leur terre natale pour venir la rejoindre, les lointaines Sibérie, les savanes, les fleuves à alligators, les pays de sable nu. Ils ont tout quitté, les oiseaux, et ils sont tous là. À commencer par les petits moineaux, les mésanges, les douces colombes. Ce sont eux qui, alors qu'elle est là depuis quelques mois déjà, la prennent par la main et la conduisent en une clairière secrète cachée où l'air est bon comme de la soupe d'arbres. Où ça sent la feuille humide, l'herbe épaisse, les tourbières. Où la nuit est sur elle comme un capuchon luisant. Où même le tonnerre ne semble pas pouvoir venir.

C'est là que se tient une femme, devant un oratoire de feuilles et de branchages où elle vit, retirée du monde. Une rivière de gentianes la couvre jusqu'au ventre. On dirait qu'elle est nue et fredonne une chanson qui se termine par ces mots : « Il me faut quitter ma part, et sur les routes cheminer au gré du libre amour. »

– Je t'attendais, dit-elle simplement, en voyant

Christina arriver accompagnée de sa nuée d'oiseaux. Je m'appelle Juette.

La femme possède une longue chevelure rouge, toute frisée comme la laine d'un mouton. De grands yeux verts. Une peau rose tendre parsemée de milliers de taches de rousseur. Sa voix est d'une douceur extrême, rappelant celle du chant monodique.

– Juette ? demande simplement Christina.

– Mon père a prétendu que ma mère était une diablesse qui avait profité de son absence pour faire venir dans son lit, pendant son sommeil, un incube. Je serais le fruit de cette union satanique.

– Je suppose que c'est faux.

– Tu supposes bien. Mon père n'était pas prisonnier mais présent. Plutôt deux fois qu'une. Comme tous les hommes, il battait sa femme. Une nuit, il est venu se coucher sur elle, l'écrasant de tout son poids, la laissant presque morte, le ventre saccagé, baignant dans son sang. Neuf mois plus tard elle n'a pas survécu à l'accouchement. Il m'a abandonnée dans la forêt afin que les bêtes féroces me dévorent.

– Mais celles-ci t'ont sauvée…

– Elles m'ont sauvée, oui, mais Lui, surtout. Après une telle histoire, je n'allais pas m'unir à un homme, jamais. Et surtout pas à celui qui couchait sous le même toit que ma nourrice, et qui pourtant, une nuit d'horreur, a essayé.

– Alors tu t'es unie à Dieu ?

– Oui, par l'abstinence, par l'ascèse, le jeûne… Par eux, j'imite les saines blessures du Christ. Je ne veux pas supprimer ma chair, mais la fondre dans sa Chair qui, par ses souffrances, a sauvé le monde. Je suis toujours avec Jésus, bouche contre bouche, corps contre corps. Je me laisse dévorer par lui, mais je participe aussi au festin : je le mange goulûment… Cela, depuis le jour où je me suis dévêtue devant le crucifix, où je me suis offerte, nue, au Christ, faisant vœu de chasteté perpétuelle, où le tison incandescent de mon Bien-Aimé m'a comblée.

S'étant rapprochée d'elle, Christina s'aperçoit que Juette est bien entièrement nue, aussi manifeste-t-elle une forme de surprise, que celle-ci remarque immédiatement :

– C'est pour ça que je t'attendais : tu vois ma nudité, ma pudeur virginale…

– Que devrais-je voir d'autre ?

– Mes vêtements… Ma longue robe, mes manches de dentelle, mes bijoux, mes pigaches pointues. Ces atours existent. Jésus m'habille. Ils m'aident à me déplacer quand je vais dans les villages, sur les chemins. Le commun des mortels ne voit jamais ma nudité mais ces habits imaginaires qui la cachent. Toi, tu la vois car tu es un être de pureté, Christina.

– Vous savez comment je m'appelle ?

– Je te le redis : je t'attendais. Je te connais. Tout le

monde te connaît. Tu es bien celle dont on dit qu'elle prêche aux oiseaux et qu'elle a converti un loup ?

– Prêcher aux oiseaux, oui ; convertir un loup, ça je ne l'ai pas encore fait. Je le ferai plus tard.

– Avant, après, peu importe. Le temps des humains n'est pas le nôtre… Tu ressuscites des morts, tu lévites, tu peux vivre des jours dans l'eau glacée de la Meuse. Tu ne crains ni les ours ni les faucons…

– Oui…

– Et puis… tu… mets en contact… les vivants avec les morts… les morts avec les vivants… Tu voyages, entre…

– La Terre et le Ciel, ou plutôt ses régions…

– Et tu… tu… es revenue à la vie. Tu as ressuscité des morts, dit Juette, soudain très sérieuse, presque apeurée, ajoutant, bouleversée : tout le monde sait pour l'église…

– Tout cela est exact, acquiesce Christina. C'est ce que je suis.

– Tu vois, nous devions nous rencontrer. Nous allons faire de grandes choses ensemble…

Au fil des jours d'été, les deux femmes apprennent à vivre l'une à côté de l'autre, et à se connaître. Chacune confiant à l'autre certains de ses secrets, pas tous, pas les plus fermés. Mais l'échange est bien réel, fluide contre fluide, intuition contre intuition. Christina donne à Juette la clef qui ouvre la porte du Purgatoire. Juette offre à Christina d'abord réticente, puis attentive, studieuse, les secrets de l'étude et de l'Écriture.

– À quoi cela peut-il me servir, à moi, une paysanne ignorante qui jusqu'alors ne maîtrisait que les graffiti et les tatouages ?

– Ne serait-ce qu'une certaine connaissance liturgique des Écritures. Dieu est aussi dans le texte, la réflexion, le savoir…

Un lien les relie aussi très fort, puissant. Non pas la haine des hommes mais de certains d'entre eux, ou plutôt d'une société qui ne donne pas assez la parole aux femmes. Elles ne veulent plus qu'on prenne soin d'elles seulement en les mariant civilement ou symboliquement, en les rendant mères ou moniales cloîtrées, plutôt vivre dans une récluserie ! Juette a pour héroïnes Judith la veuve chaste et pure, et la reine de Saba, première reine orientale convertie à la vraie foi, mais femme forte, puissante. Juette sait de quoi elle parle : la femme, on ne la connaît que par la voix des hommes, théologiens, juristes, médecins. « Que savent-ils de nous ? de nos vies ? de l'enfantement ? de l'accouchement ? Il paraîtrait que certaines d'entre nous peuvent s'accoupler avec des animaux, ou donner naissance “par un surplus de sang menstruel” à des monstres ! Il faut être un homme pour affirmer de telles inepties ! » Christina comprend : elle devait aussi croiser la route de Juette pour que toutes deux parlent des femmes. Ce pourrait être aussi une de ses tâches sur terre que de protéger les femmes.

– S'occuper des morts est une bonne chose, mais les vivants eux aussi doivent être sauvés : de certains d'entre eux, dit Juette.

Régulièrement, Juette quitte la forêt profonde pour se rendre dans sa maladrerie, elle en revient toujours pleine de tristesse et de bonheur.

– Peut-être éprouveras-tu le désir de venir m'y rejoindre un jour, dit Juette, mais quand cela deviendra pour toi nécessaire, pas avant, prends ton temps.

– Oui, dit Christina. Mais aujourd'hui entre mes voyages au Purgatoire et mon aide aux morts, mes journées sont bien remplies, ajoute-t-elle en plaisantant.

Voilà des journées bien remplies, en effet, lesquelles pour chaque femme sont fortes d'émotion, y compris la nuit où, endormies l'une contre l'autre, Christina éprouve un étrange sentiment de proximité, une curieuse sensation de bien-être. Elle avait dormi dans le même lit que ses sœurs, mais le corps de Juette contre le sien, ce n'est pas pareil. Elle est troublée par tant de douceur, par ces mains ouvertes posées sur son visage, par leurs lèvres et leurs cheveux mêlés, par ce bonheur qui ne disparaît pas totalement lorsque levées les deux femmes vaquent chacune à leurs occupations. Plus troublée en tout cas que par la présence d'une bande de loups venue se blottir contre elles le plus naturellement du monde. Combien de temps peut durer un tel équilibre ?

– Que veux-tu dire ? demande Juette.

– Je veux dire l'équilibre entre ce que je suis ici et ce que je « vis » sur les routes du Purgatoire, tout ce chemin aux côtés de cette humanité lourdement chargée de péchés. Aurai-je longtemps la force de porter ce fardeau pénitentiel ? Comment répondre efficacement à tous ces morts qui me demandent de faire comprendre à « leurs » vivants qu'ils doivent restituer pour eux les biens mal acquis ?

– Personne ne sait. Si ce n'est qu'un soir, un matin, tout peut être remis en cause.

– Tu veux dire ma tête pleine d'oiseaux et d'arbres, de pluie, de vent, pleine du tressautement de la terre ?

– Oui, et d'autres choses encore…

Juette ne croit pas si bien dire, ou alors, comme Christina, elle sait ce qui peut advenir. Il est très tôt. C'est le matin. Juette est déjà sur le chemin qui la mène à Huy et à la maladrerie. Christina est seule. La forêt est couverte de rosée et de nappes de brume.

C'est maintenant que tout bascule. Les loups eux-mêmes qui les avaient accompagnées toute la nuit ont fui, dès l'aube venue. Christina aurait dû savoir interpréter ce signe : pour une fois, les loups ont eu peur, sont repartis dans leur tanière. En silence, sans même accompagner leur fuite des hurlements dont ils sont friands.

C'est comme si la terre s'entrouvrait. Non loin de l'endroit où Christina est en train de prier, un bruit énorme vient fracasser le silence. Elle a cru un instant que cela pouvait être les grives attirées par les baies de genévrier qui se jettent dessus régulièrement comme la foudre s'abat sur la terre. Mais il n'en est rien. Un homme la regarde, caché dans les taillis. Observe dans le silence revenu cette femme, chevelure dénouée. Sur sa main gantée un faucon. Il savait bien qu'il la retrouverait un jour. Christina pense à Juette, puis disparaît se cacher au plus profond de la forêt. En vain. Certes, le faucon n'a pas bougé, malgré l'injonction de son maître, Herman de Hollogne, mais il n'en est pas de même des molosses qui l'accompagnent. Ceux-ci brisent leurs chaînes et se lancent à la poursuite de Christina.

7

Herman de Hollogne aurait pu venir à l'aube accompagné d'une grande foule de chevaux qui hennissent, de gens de pied qui s'interpellent, de maîtres donnant des ordres à leurs serviteurs, de jeunes gens portant des épieux et des filets et conduisant des chiens avides. Mais il a préféré venir seul. Christina n'est pas un grand cerf aux poils bruns, au ventre tombant garni de touffes blondes, à la croupe large, aux imposantes fesses blanches et hautes, aux flancs pleins, au cou charnu vers les épaules. C'est une femme, qu'on dit douée de certains pouvoirs, ce qui reste à démontrer. Herman de Hollogne n'est pas dupe. Il n'aura même pas besoin d'exiger de son faucon qu'il la fixe au sol, en lui déchirant la poitrine ou les yeux à coups de serres et de bec, jusqu'à l'arrivée des chiens ou des hommes. Lâcher sur elle ses monstres ombriens et bavarois devrait suffire.

La poursuite est meurtrière, sanglante, dure toute la journée. Les crocs des bêtes furieuses dressées pour tuer font sur son corps autant de ravages que les ronciers qui entravent sa course. Juette n'a rien pu faire, d'ailleurs la terrible phalange canine ne s'est même pas aperçue de sa présence : elle n'a qu'une proie, Christina. Celle-ci franchit comme elle peut les obstacles, troncs qui entravent sa course, taillis, cours d'eau, fondrières, montées harassantes, dangereuses descentes. Malgré sa vaillance, elle sent lentement la fatigue s'emparer d'elle. Elle est couverte de sang, de plaies – quelle étrange impression que cet être recouvert d'une sécrétion rouge vif qui traverse la forêt poursuivie par un orage d'aboiements. Elle pourrait s'envoler, se réfugier au sommet des arbres comme elle l'a si souvent fait : elle n'en a plus la force. Un instant, elle croit qu'elle pourrait s'échapper, car elle traverse un long champ tout plat entouré par des arbres et un bout de ciel gris. Toute folle de son corps qu'elle sent blessé de partout, elle est comme une jument apeurée. Et tandis qu'une pluie commence à tomber, vite se transformant en un déluge furieux, elle se met à danser devant les chiens et devant l'homme. Ni les chiens ni l'homme ne la quittent des yeux. En arrêt. En attente. Elle danse, comme en luttant, contre son gré, à grands coups de gestes rouges tout gluants. C'est toute sa mécanique d'os et de muscles qui tressaute, éperdue. Ses bras s'arrondissent, ses épaules se mettent à flotter. Ses pieds soulèvent des pâtés de boue, des flaques toutes rouges du sang qui coule de son corps. C'est fini, les chiens se jettent sur elle, immédiatement arrêtés par Herman de Hollogne, qui la ceint de ses bras, et l'enchaîne, sentant contre lui battre ce corps entièrement enduit de sang, les vêtements déchirés, le couvrant – il est à moitié nu – d'une couverture de toile grossière qui d'ordinaire lui sert à réchauffer son cheval, de retour encore fumant de sueur, d'une de ses courses à travers la campagne.

Maintenant, il fait nuit. Herman allume une torche. Il peut entrer dans la ville. Dans la main droite, le faisceau de joncs enduit de résine, d'encens et de poix qui coupe la nuit d'encre de son rai de lumière vacillant. Dans la gauche, la lourde corde qui maintient sa prisonnière. Le précède, volant dans le ciel, son faucon qui pousse un cri perçant. Le suit, la meute des chiens énervée par tout ce sang versé.

On ne sait qui a propagé la nouvelle, mais toute la ville est en émoi. Les portes sont restées ouvertes. Des torches brûlent aux quatre coins des rues pour accueillir la sorcière. En ce mois de septembre, avant que le froid de l'hiver n'ait compromis la qualité du raisin, vendangeurs des deux sexes sont dehors, tenant encore en main leurs couteaux et leurs seaux, beaucoup de paysans esclaves et de serfs, de brassiers et de manouvriers. Ce ne sont pas les seuls. L'événement est d'une telle ampleur que les parents n'ont même plus fait attention aux enfants mêlés à la foule. L'entrée de Herman de Hollogne et de son trophée ne fait nullement penser au retour de Jésus à Jérusalem : personne n'agite des branches de palmier et Christina ne se déplace pas sur un ânon. Cette entrée dans Saint-Trond rappelle plutôt la marche de Jésus portant sa croix en direction du lieu du Crâne qui se dit en hébreu Golgotha. Au bout du labyrinthe de rues, tout le long duquel s'est rassemblée une foule moitié empathique moitié hostile, où malgré tout les jurons l'emportent sur les paroles de réconfort, Guillaume de Looz est là, entouré de ses hommes en armes, invitant son vassal et sa prise de guerre à le suivre dans la grande salle du château.

La voilà donc, cette femme dont tout le monde parle, réduite à l'état d'esclave. On la disait d'une grande beauté. Herman de Hollogne lui avait assuré qu'elle était blanche de peau, blonde de cheveux, dotée d'un nez droit et fin, de joues rondes, d'une bouche charnue et vermeille, de dents éclatantes, de bras minces, de chevilles fines et pourvue d'attributs féminins qui auraient conduit tout homme ayant fait vœu de chasteté en Enfer… Or, il a devant lui une sorte de couleuvre à collier, tête grosse, museau court, grands yeux, pupille ronde, iris jaune, dont il sent malgré tout qu'elle refuse le spectacle du monde car elle se considère comme le spectacle du monde ; un petit être sauvage, vaincu, une biche écartelée par les chiens au terme d'une journée de ténèbres. Mais ce que tous ignorent, aimantés qu'ils sont par le bruit de cette arrestation et la folie grégaire qui s'est emparée de la ville, c'est que tandis que Guillaume de Looz s'apprête à poser à la captive les questions qui lui brûlent la langue, le corps de Christina, blessé par les épines, les ronces, les crocs, ne porte plus désormais aucune trace de lésion. Petit à petit, il a repris forme humaine, est redevenu blanc comme neige. Seule trace du combat violent dans la forêt : son vêtement déchiré.

– Tu as déjà brisé tes chaînes, quelle nouvelle démonerie vas-tu faire à présent ?

– Aucune. Beaucoup de bruits courent sur moi qui sont faux.

– Tu n'as eu aucune liaison avec un animal ? Aucun enfant au corps d'homme et au visage d'ours ? Tu sais très bien que les ours produisent une semence compatible avec un engendrement humain !

– Pas d'ours, pas d'enfant, et j'ignore tout de cette semence !

– As-tu pris part à des veillées funéraires où l'on traite les cadavres de chrétiens selon des rites païens ?

– Je ne suis pas une païenne !

– As-tu chanté des incantations diaboliques ?

– Comment le pourrais-je ? Les seuls chants qui me hantent ce sont ceux des oiseaux, ainsi que le *Kirye Eleison* et l'*Agnus Dei*... Et l'on dit que j'ai une belle voix, mélodieuse... Voulez-vous que je... ?

– Chante ? Ce n'est guère le moment ! Tu n'as jamais participé à des sabbats ?

– Jamais.

– Certains prétendent que tu assistes les mourants au moment du trépas ?

– Beaucoup de prêtres le font…

– On dit que tu as vu des défunts venant demander le suffrage de vivants ; ou que tu as aidé certains à s'amender afin qu'ils évitent les peines infernales.

– Il m'arrive d'effectuer des voyages en compagnie de vivants dont le corps reste au Ciel et l'âme revient sur terre. Une « mission » que Dieu m'a confiée.

– Rien que cela !

– Dieu a voulu que…

– Laisse Dieu où il est, veux-tu !

– Les morts, pourvus d'un corps, bien qu'invisibles, se rencontrent partout, près des villages, sur les chemins, dans les forêts.

– Ce qu'on appelle des morts-vivants !

– Non, de pauvres morts, abandonnés, solitaires, perdus, qu'il faut aider. Tout naturellement, ils visitent les églises où se trouvent leurs tombes. Seuls les damnés sont emportés dans les ravins par les démons. Les âmes, à la Toussaint, se dirigent vers un lieu calme et dépourvu de peines avant de rejoindre le Paradis au moment du Jugement dernier.

– Que signifie ce charabia ? rétorque Guillaume de Looz.

– L'âme et le corps étant séparés au moment du décès, il est normal que le défunt puisse apparaître parfois loin de son cadavre. Les esprits sont dégagés des contraintes de l'espace et du temps.

Se tournant vers Herman de Hollogne, Guillaume de Looz lui glisse à l'oreille qu'il ne s'est jamais trouvé confronté à « si grand mystère »...

– Tu voles paraît-il, aussi ?

– C'est Dieu qui...

– Dieu, encore !

– Oui... C'est sa volonté... Voler n'est rien d'autre qu'un moment d'extase nécessaire.

Dire que Guillaume de Looz est séduit serait fort excessif. Mais ce discours fait plus que l'intriguer : il le déséquilibre. Cette jeune fille qui n'est certes pas une sainte n'est pas non plus une sorcière. Il en est presque certain. Il aurait aimé disposer d'une cour de cinquante philosophes qu'il aurait convoquée afin de voir si elle était capable de leur tenir tête, tout simplement pour la confondre ou la faire taire. Mais il n'est pas en face d'une autre « vierge discoureuse ». Après avoir proposé à Christina de se restaurer, de boire un gobelet d'eau de source, ce qu'elle refuse, il essaie de la confondre par le biais d'autres questions, plus terre à terre mais pas moins dangereuses.

– Quelle place accordes-tu aux femmes dans notre monde qui bouge ?

– Une grande place.

– Elles en ont une ou tu voudrais leur en donner une plus grande ?

Christina hésite, puis se lance sans précaution aucune. Que risque-t-elle ? Dieu est avec elle. Ne vient-il pas de se manifester bruyamment en lui permettant de souffrir le martyre lors de cette course effrénée dans les bois ? Tout ce sang jaillissant de ses plaies est comme un miel sacré qu'elle lui a offert dans l'exaltation.

– Il y a des femmes enlumineuses, copistes, artisanes, médecins, bâtisseuses de cathédrales. Mais celles-ci sont ignorées, restent toujours des subalternes. Elles ne sont toujours qu'épouses, veuves ou vierges. Elles restent toujours subordonnées aux hommes, toute leur vie…

– Tu trouves ?

– Oui, et…

– Vas-y, parle sans crainte.

– Disons que l'Église les exclut des activités qui dépendent d'elle.

– Tu joues à la savante, maintenant ?

– Je dis ce qui est avec les mots qu'il faut.

– C'est fini ?

– Non : dans la cléricature, l'université, il n'y a pas de femmes.

– On me rapporte que tu dors dans la forêt avec une femme. La nature veut que l'homme dorme avec une femme, une femme avec un homme, et non deux hommes et deux femmes ensemble.

– Tout le monde dort avec tout le monde. Les enfants avec les parents, les cousines avec les oncles, les frères avec les mères. C'est coutume d'époque, non ?

– Tu crois que ces paroles vont me convaincre ?

– Je ne sais. La seule certitude, c'est que Juette…

– Juette ?

– C'est son nom. Juette a peur de la nuit. Elle ne cesse de demander si c'est encore la nuit…

– Ta réponse c'est de dormir contre elle, comme deux femelles démoniaques !

– Non. Je la rassure. Je la réchauffe. Je lui dis que de la nuit naît souvent la lumière.

Chacun a ses limites, ses obsessions. Depuis l'an mil, l'Église s'est efforcée de canaliser la chevalerie : elle a proclamé la Trêve de Dieu. Pour, paraît-il, limiter les pillages et les meurtres auxquels se livraient des groupes de chevaliers et de seigneurs. Elle les a enrôlés dans les croisades. Une mission divine, en somme, se substituant à leur recherche de gloire, d'honneur, de fortune. Et ça, Guillaume de Looz n'en a que faire. On ne lui demande plus seulement d'être courageux et fort mais d'être sage et de se conformer aux valeurs morales imposées par l'Église !

Face à Christina, Guillaume de Looz est davantage bouleversé par un discours sur la place des femmes dans la société que par une remise en cause de la divinité. Mais au fond, que cette Christina soit à ses yeux plus dangereuse quand elle revendique une plus grande place des femmes dans la société que lorsqu'elle prétend se promener entre la vie et la mort ou léviter jusqu'au sommet des arbres, cela revient au même : elle est source de troubles et remet en cause l'ordre précaire de la cité. Il faut donc la punir, voire la réduire au silence.

Il se souvient d'avoir lu, dans le livre de Cicéron qu'il possède dans sa bibliothèque, l'histoire de ces sages qui vivent nus et supportent sans douleur les neiges du Caucase et la rigueur de l'hiver puis se lancent dans le feu et s'y font brûler sans gémir. Et puis, il y a aussi cet autre livre, illustré de riches enluminures, dans lequel il est raconté qu'un certain Tamino et une certaine Tamina passent à travers deux grottes dont la première contient une chute d'eau et la seconde est remplie de feu. L'eau et le feu, voilà les deux éléments permettant de savoir si cette Christina est fille de Dieu ou du Diable.

L'Église a recours à l'épreuve de l'eau pour déterminer si une femme est une sorcière. Plongée dans une rivière, elle coule comme pierre si le Diable est en elle. La noyade est la preuve suprême : Dieu a refusé de la sauver. Mais si elle remonte, saine et sauve, flotte, respire, revient à la vie, c'est bien la preuve que Dieu a voulu sauver une âme que Satan n'avait pas souillée. Nombre de témoins, à commencer par Herman de Hollogne, lui ont rapporté que Christina non seulement ne s'était pas noyée, mais avait supporté la neige et la glace et était restée plusieurs jours au fond de la Meuse.

– Qui d'autre que Dieu a pu l'aider à sortir vivante de cet enfer ? demande Herman de Hollogne. Dieu ? le Diable ?

– Alors, il ne nous reste donc plus que l'épreuve ultime, celle du feu, répond Guillaume de Looz à son vassal. Le feu purge les âmes des péchés. L'épreuve du feu, avec toutes ses variantes, eau bouillante, fer rougi, est une pratique ancienne qui existe dans tous les pays. Passer dans la flamme, c'est se délivrer des esprits malins.

– Quand commence-t-on ? demande Herman de Hollogne.

– Maintenant, sans plus tarder.

– En pleine nuit ?

– Oui, le spectacle n'en sera que plus beau…

Sur la place du village, une énorme langue de feu commence à brûler, éclairant toutes les ruelles alentour et les façades des maisons. Le peuple fait comme une haie. Perdues dans la foule, Mechthild et Marcella regardent leur sœur qui n'est plus leur sœur, sans haine mais sans regret. Apeurées, serrant contre leur poitrine leur chapelet aux boules de buis usées par le temps. L'abbé Guibert fait lui aussi partie des badauds qui se goinfrent du spectacle de cette femme qui a commencé de traverser le brasier. Quel plus beau théâtre que celui d'une femelle en sang dont la chevelure finira par prendre feu !

Pas après pas, Christina s'enfonce dans le brasier ardent. Les bûches empilées les unes sur les autres flambent violemment. Les flammes, formant comme une voûte, encerclent le corps de ce qu'il faut bien appeler une martyre. Bien que la fumée cache aux curieux une grande partie du spectacle, beaucoup commencent à témoigner de choses extraordinaires. Il semblerait que malgré les flammes qui atteignent la jeune femme, ni elle ni le vêtement grossier qui l'enveloppe ne souffrent aucun dommage. Des cris se font entendre, rendus presque inaudibles par le ronflement monstrueux du feu qui monte très haut, droit dans le ciel :

– C'est Marie la Salamandre !

– C'est saint Polycarpe !

– C'est frère Jean le Bon qui piétina les braises comme si c'était de l'eau !

Il faut quelques minutes à peine à Christina pour atteindre l'autre extrémité du chemin de feu. Avant de sortir de la fournaise, elle se penche, remplit ses mains de charbons ardents et se tourne vers le chevalier et son vassal qui semblent l'attendre.

– Pensez-vous que je pourrais faire une telle chose si je n'étais exempte de toute tache ?

Alors qu'une partie de la foule est prête à se jeter à ses genoux et à lui baiser les pieds et les mains, l'autre reste muette, médusée par le prodige auquel elle vient d'assister. Mais le temps de la réflexion n'est pas de mise. Nul n'entend les réponses qu'ont, ou non, formulées le chevalier et son vassal. Le vent qui vient de soulever le ciel comme une mer a apporté avec lui de gros nuages anthracite qui jettent sur la ville de l'eau glacée comme une pluie de flèches. À tel point que tout se mélange. Des témoins affirment que cette eau providentielle tombée du ciel a au bon moment éteint le feu et ainsi sauvé la vie de l'hérétique, effaçant toute trace de culpabilité de cette femme démoniaque. C'est vrai que le doute s'installe. Et si l'eau avait éteint le feu et avait permis à Christina de survivre, de ne pas être brûlée ? Et si sa sortie de la langue de feu, les mains remplies de braises, n'était qu'une illusion ? Plus personne ne sait. Une fumée blanchâtre recouvre tout, les hommes, les femmes, le pas des hommes et celui des femmes, toutes les ruelles, tous les sentiers, poussée par le vent furieux qui hurle derrière les nuages, qui plonge, écrase les routes sortant de la ville et menant aux bois alentour, s'élance dans toutes les directions en tordant de longues tresses de poussière qu'il finit par transformer en une boue noire qui colle au pied et à la vie. Quand tout s'arrête, aussi soudainement que la pluie et le vent sont venus, que la fumée blanchâtre s'est dispersée, ne reste plus, pour ceux qui veulent la voir, qu'une harmonie divine et une odeur délicieuse et suave : celle de Christina et de son âme pieuse qui a quitté la ville. Pour d'autres : un vaste mensonge, un tour de magie. Christina n'a jamais marché sur la langue de feu. Les flammes ne sont jamais venues lécher son corps. Tout cela est un rêve. Un triste songe. Une ruse fabriquée par des cerveaux fatigués. Et si toute une ville avait fait le même rêve ?

Revenu dans son château, Guillaume de Looz doit absolument trancher dans cette histoire la part de vérité et celle de mensonge. Aussi charge-t-il Herman de Hollogne d'une mission aussi secrète qu'importante :

– Cela n'est pas de notre ressort, je ne veux pas prendre la responsabilité d'une affaire pareille.

– Ne s'agit-il pas d'une question d'ordre public ?

– Depuis quand contestez-vous mes décisions ? s'exclame Guillaume de Looz.

– Je pourrais retourner dans cette forêt, et cette fois…

– Cette fois, quoi ? Non, il faut admettre que certaines choses nous dépassent, sont trop grandes pour nous. C'est pourquoi, je pense que Hughes de Rijckel, l'évêque de Liège…

– N'est-ce pas plutôt à l'abbé Guibert de prendre position et d'en référer à son supérieur ?

– Je veux que cette affaire soit réglée dans les plus brefs délais. Sinon nous serons débordés. Le jour où vous aurez comme moi vu ce qu'on appelle la mer…

– La mer ?

– Un grand lac, plus grand que toutes les rivières réunies, une masse d'eau si mystérieuse qu'elle donne une idée de l'immensité du monde. Vous comprendrez que la mer est comme le peuple, calme un jour et furieux le lendemain, capable de toutes les horreurs, de toutes les monstruosités. La mer qui peut être si calme, si lisse, peut se transformer en dragon de l'Apocalypse. Que Christina ait des adeptes et la paix de notre communauté s'en trouvera profondément troublée.

Pendant que le chevalier et son vassal discourent sur l'opportunité de demander l'arbitrage de l'évêque de Liège, Christina a retrouvé sa forêt. À peine est-elle entrée dans les sous-bois que des centaines d'oiseaux la rejoignent, lui faisant une haie d'honneur jusqu'à la cabane où Juette l'attend. Toujours aussi nue. Toujours aussi sereine. Quand Jésus vient la visiter et qu'un transport d'amour s'empare de son âme, Juette lui a souvent expliqué qu'alors sa physionomie s'enflamme, qu'elle peut à peine endurer ses vêtements qui semblent l'étouffer, et que même dans les grands froids de l'hiver, elle doit ouvrir tout grands les huis de sa cabane. Qu'elle halète, qu'elle cherche un souffle d'air, qu'elle « quête sans s'en rendre compte le même genre de soulagement que Notre Seigneur a indiqué dans la parabole du mauvais riche et de Lazare ».

Juette et Christina sont maintenant si proches l'une de l'autre que lorsque l'une commence une phrase l'autre peut la finir :

– « Père, aie pitié de moi et envoie Lazare, pour qu'il trempe le bout de son doigt dans l'eau et me rafraîchisse la langue… » C'est ce que tu as éprouvé, n'est-ce pas ? demande Juette.

– Oui, répond Christina, et j'ai bien appris ta leçon et l'ai retenue. Je peux poursuivre : «… Car je souffre cruellement de cette flamme. À cause du brasier d'amour qui dévorait ma poitrine, j'avais une envie terrible de couper et de dénouer mon habit… »

– C'est pour ça que je t'ai envoyé la pluie.

– C'était donc toi ?

– Oui, dit Juette.

C'est la première fois que Christina la voit sourire.

Cette nuit, elles dormiront entièrement nues, l'une emboîtée dans l'autre, gardées par une meute de loups.

La ténèbre assombrit doucement la forêt. C'est l'heure de la basse vesprée.

8

Hughes de Rijckel, autrement nommé « Monsieur de Liège », est un personnage important. De par sa naissance : il est issu d'une très ancienne famille de l'aristocratie liégeoise. De par sa solide formation de lettré : après avoir été onze années à l'école cathédrale de Cambrai, il en passa quinze à Cantimpré, chez les chanoines réguliers, avant de rejoindre les frères prêcheurs de Louvain, les dominicains à Paris, et de glisser d'un ordre canonial à un autre, d'abord à Cologne puis à Liège où il fut nommé évêque par désignation unanime. De par sa puissance enfin, spirituelle et temporelle. Comme tout prélat doté d'une crosse, d'une mitre et de l'anneau, il doit montrer l'exemple : lire les Écritures, passer en revue les canons, imiter les exemples des saints, s'appliquer aux veilles, aux jeûnes, aux prières, bref s'imposer à la fois par son humilité et son autorité. Mais Hughes de Rijckel a tendance à se comporter comme un aristocrate laïc et à chercher à se libérer de l'emprise royale. Son diocèse, fort riche, comprenant des monastères, des terres domaniales, des prés, des brasseries, des moulins, des cours d'eau, des fours, des tenures, des reliques, lui procure pouvoir et profit.

La venue à Saint-Trond d'un homme qui détient une force politique, économique et sociale, spirituelle, telle que la sienne est un événement. Le diocèse de Liège s'étend jusqu'à Anvers, comprend une grande partie du Brabant et du Luxembourg, ainsi que tout le Limbourg et le Namurois. Et c'est son chef, Hughes de Rijckel, qui est attendu en cette belle matinée de printemps.

Pour l'accueillir, la ville a nettoyé ses façades et ses ruelles, ses habitants ont délaissé momentanément leurs travaux pour former des haies d'honneur. Cela fait plusieurs mois déjà que Guillaume de Looz se prépare à l'événement, l'ayant repoussé à après l'hiver pour en faciliter le déroulement. Il a «mis les petits plats dans les grands».

Un repas de midi a été préparé, fort copieux. Précédé et suivi d'ablutions, car les convives mangent avec les doigts, il s'étend sur toute une partie de la journée. Guillaume de Looz a fait venir de jeunes pucelles, chastement habillées, qui présentent les mets couverts, afin qu'ils restent chauds. Cavaliers et dames de la région ont été convoqués, placés en alternance, mangeant deux à deux dans la même écuelle et buvant dans le même gobelet. Une riche vaisselle orne la table, couverte d'une nappe blanche immaculée à laquelle tout le monde s'essuie. Repas à six assiettes, il regorge de boudins, de saucisses, de civets de lièvre, de brouets d'anguilles, de chapons, de tanches aux soupes, de bouillies lardées, de nèfles, de poires pelées, de dragées, le tout arrosé de bière, de cidre, et de vins du royaume de France : Beaune, Dijon, Chalon, sans oublier quelques bouteilles d'Auvernat, un pinot noir du vignoble orléanais fort apprécié du prélat. Entre les mets, jongleurs, ménestrels, montreurs d'ours, récitants, joueurs de luth et de harpe charment l'assistance. Seul oubli, volontaire – Hughes de Rijckel est un homme d'Église –, aucun convive ne chante ni ne reprend en chœur chants de guerre ou d'amour, chansons à boire…

– Je n'avais pas besoin d'une telle magnificence, fait immédiatement remarquer l'évêque, ajoutant, je ne suis là que pour demeurer en paix avec mes frères, ne mépriser personne parmi les membres de ma communauté et ne condamner quiconque qui n'ait fait l'objet d'une enquête…

Une vraie remarque de circonstance, d'un véritable homme de Dieu qui est aussi un politique roué surtout lorsqu'il précise, alors que les convives commencent à quitter la table :

– Et puis, nous n'en sommes pas aux réjouissances. L'affaire est grave.

La discussion qui s'engage est d'importance. Guillaume de Looz joue sa crédibilité, sa fortune, l'équilibre économique du comté dont il a la charge.

– Vous avez souhaité me rencontrer. Si je comprends bien, vous trouvez que cette jeune femme, Christina, commence à prendre un peu trop de place dans la vie du diocèse.

– En effet. Je ne sais pas si les questions que soulèvent ses extravagances relèvent de la justice humaine ou de celle de Dieu.

– Elle ne peut être qu'un ministre de l'Esprit Saint ou un suppôt de Satan, dit Herman de Hollogne.

– Je ne pense pas que cela soit aussi simple. Dieu est partout.

– Même dans le mal ? objecte le vassal.

– Dieu est tout, dit l'homme d'Église en souriant, qui ajoute, regardant son interlocuteur droit dans les yeux : Pensez-vous être tout blanc ou tout noir ?

Au regard que Guillaume de Looz lui lance, son vassal comprend qu'il ferait mieux de ne pas continuer cette discussion avec l'évêque, aussi prend-il congé en sortant lentement de la pièce à reculons après avoir salué ce dernier.

– En somme, que lui reproche-t-on ? demande l'homme d'Église. Quels sont les faits ? les délits ? les manifestations prodigieuses, répréhensibles, nuisibles, étranges ?

– Vous savez sans doute qu'elle est ressuscitée des morts.

– Oui. Lors de la fameuse messe d'enterrement. J'en ai entendu parler.

– Certains l'ont vue voler dans les airs comme un oiseau…

– Voler dans les airs ?

– Oui, et aller se nicher au sommet des arbres. Elle s'est aussi échappée de la prison.

– Ce n'est pas la première ! Les gardiens sont des soudards qui souvent dorment et cuvent leur vin !

– La porte de sa cellule était fermée de l'intérieur. Elle est donc passée à travers les murs…

– Vous êtes certain qu'il ne s'agit pas de songes colportés par les uns et les autres ? La populace est friande de prodiges, dit le prélat.

Guillaume de Looz ne répond pas. Comment prouver ce qui est impossible à prouver ? Ce qui dépasse l'entendement ?

– Je le reconnais, tout cela est troublant, dit l'évêque comme pour aider le chevalier et faire en sorte qu'il continue de lui livrer les renseignements qu'il détient.

– « Monseigneur », elle va jusqu'à prétendre que Dieu lui aurait demandé de servir d'intermédiaire entre les vivants et les morts. Elle voyagerait parfois en compagnie des âmes errantes.

– Refuse-t-elle l'intercession des saints, comme le pensent les hérétiques ?

– Je ne sais pas, monseigneur.

– Elle a réchappé de la noyade, n'est-ce pas ?

– Oui, en effet, elle est restée plusieurs jours dans les eaux glacées de la Meuse !

– Dieu l'a sauvée. Elle est donc pure et sans faute. Et l'enfouissement ? A-t-elle résisté à l'enfouissement ?

– On ne le lui a pas appliqué, monseigneur. Cette peine ne concerne que les voleuses et les infanticides, ce qu'elle n'est pas.

– Elle a, d'après ce que m'ont rapporté mes espions, échappé aux flammes d'un chemin de feu ?

– Oui. Elle a jailli des flammes, le corps intact. Aucune blessure. Aucune brûlure. Comme si aucune purification n'avait été nécessaire.

– Tout cela est plus inquiétant ou plus significatif, en effet, dit l'évêque. Vous lui avez parlé ?

– Oui, mais comme nos juristes l'ont rapporté par écrit, les propos tenus par une femme sont aussi peu crédibles que ceux proférés par les « retardés, les sourds, les aveugles, les fous, les orphelins ».

– Je pense en savoir déjà assez. Une dernière question : l'abbé Guibert m'a dit qu'une fois morte elle avait visité un troisième lieu différent de l'Enfer et du Paradis. Elle vous en a parlé ?

– Non, je ne pense pas…

– Le « Purgatoire », cela ne vous dit rien ?

– Non, répondit Guillaume de Looz en se servant un verre de vin. Je ne comprends pas, de quoi s'agit-il ?

– Chaque chose en son temps, dit, après un très court moment de réflexion, Hughes de Rijckel, avant de donner son verdict : Je pense que tout cela nous dépasse. Nous sommes cernés par les hérésies, zoroastriens, manichéens, albigeois. Souvenez-vous des hérétiques d'Arras. Il nous faut un commissaire apostolique envoyé par le pape pour mener une enquête de fond. Tout cela est trop délicat. Votre vassal, avant qu'il ne s'éclipse…

– Herman de Hollogne ?

– Il a dit quelque chose d'intéressant : que notre extatique ne pouvait venir que de Dieu ou de Diable. Tout est là. La sainteté est désormais contrôlée par la papauté, les saints ne se font plus par la *vox populi* – à condition qu'elle ait été sanctionnée par des miracles –, mais par la *vox Ecclesiæ*, la voix de l'Église.

– Christina pourrait être une sainte !

Hughes de Rijckel sourit :

– C'est nous qui déciderons du sort de cette Christina. Si elle est suspecte ou non. Et pourquoi pas ?, si la torture est nécessaire. Nous n'en sommes pas encore là…

– Mais le temps presse, monseigneur.

– Sans aucun doute. L'affaire, je vous le répète, est trop grave. En attendant, vous pouvez toujours faire un don à notre Église pour soulager votre conscience.

– Construire une chapelle ?

– Par exemple, dotée de belles sculptures et de beau mobilier…

Comme tous l'avaient prévu, la venue de l'émissaire du pape se fait attendre. Juette et Christina ont poursuivi leurs missions, leurs intercessions, leurs actions. Dans un calme relatif. Une année a passé. L'été a poussé le printemps, puis l'hiver est venu, puis l'automne, et de nouveau l'hiver et de nouveau le printemps. Guillaume de Looz accepte d'attendre. Il fait construire la chapelle promise. Herman de Hollogne n'a pas sa patience, sa pratique du pouvoir, ses certitudes peut-être. Alors, un matin, puisque le fameux moine n'est toujours pas là, il décide de partir seul dans la forêt et d'agir. Et cela d'autant plus que, renseigné par ses espions, il sait que Juette a dû s'absenter comme elle le fait parfois pour errer sur les routes et porter ce qu'elle pense être la bonne parole. Guillaume le sait-il ? Guillaume sait-il que son vassal prépare son mauvais coup ? Sans doute. Par lâcheté, il le laisse faire. Quoi qu'il arrive, il ne sera pas responsable du drame ; car il sait que ce qui arrivera ne pourra être qu'un drame. Guillaume se drape de la toge du procurateur de Judée, Pontius Pilatus, prend de l'eau, se lave les mains et pense : « Quoi qu'il lui arrive, je serai innocent du sang de cette juste. »

9

Herman de Hollogne n'a pas mis longtemps à retrouver l'endroit où Christina vient régulièrement dialoguer avec les animaux de la forêt et, parfois, les bercer d'un doux chant mélodieux. Pour plus de sûreté, il a construit un piège comme il lui arrive d'en installer quand il chasse le sanglier sans être accompagné de ses chiens. Il est seul, silencieux, sûr de son plan. Et il sait qui il est. Un homme violent, qui pense, comme les gens d'Église, qu'Adam a accouché d'Ève, ce qui démontre la supériorité de l'homme sur la femme – « Celui qui engendre domine celui qui est engendré ». Et s'il n'est pas de ceux qui, comme l'ascète Robert d'Arbrissel, dorment au milieu des femmes pour mieux dompter leur chair, il n'est pas près non plus de casser les jambes de Christina à coups de massue, comme le lui ont suggéré plusieurs de ses lieutenants, pour l'empêcher sinon de s'enfuir du moins de voler. Non, il la veut entière, vivante. Et si supplices il doit y avoir, il les imagine plus subtils, pervers, adaptés à la personnalité de Christina :

Herman de Hollogne est un monstre amoureux de sa proie.

Maintenant, c'est l'aube. Il est caché derrière son piège de branches et de feuillages. Il regarde le ciel. C'est comme si on y avait délayé de la chaux. Tout autour, il y a encore des plaques de nuit qui s'effacent l'une après l'autre. Quel calme. Quelle douceur. Voilà Christina qui arrive. C'est comme si c'était elle qui faisait se lever le soleil. Elle passe l'orée du bois. Elle pénètre dans la grande solitude de l'herbe. Elle ne sait pas, mais l'ombre qui va l'attaquer marche déjà sur la terre comme une bête féroce.

Christina ne voit rien de l'homme caché derrière le piège; elle sent juste une odeur. Ce n'est pas celle des animaux qu'elle côtoie, qu'elle aime tendrement, ni celle des femmes qui la comblent et la réjouissent. C'est une odeur d'homme, la même que celle de l'abbé Guibert, fétide, tout en décomposition et en fermentation, une odeur enivrante de bouc. Soudain elle comprend, elle se sent menacée mais il est trop tard. Tombée au fond du piège, recouverte de branches et de feuilles, pataugeant dans la boue, elle sent déjà sur elle tout le poids du vassal, de l'homme venu du fond des temps, issu en droite ligne de la race des grands pécheurs et des damnés, qui commence sa boucherie. Tout luisant de sueur et de terre, il lui arrache ses vêtements, lui ouvre les cuisses, étonné de découvrir que son sexe, qu'il pensait couvert de plumes, d'écailles, de fourrure, n'est qu'un sexe innocent de jeune fille qu'il laboure sans ménagement. Et pendant qu'il s'active, pataugeant dans sa propre fureur, Christina ne peut s'empêcher de penser aux saillies des bêtes auxquelles elle assiste depuis l'enfance tout au long de l'année dans ses troupeaux, mais aussi à ces jeunes filles d'une douzaine d'années qui, cessant d'être mineures, sont données en mariage à tout homme qui les veut.

C'est étrange, se sachant seule, sans Juette, Christina ne bouge pas des jours durant de la bauge où elle repose, sans manger, sans boire, recevant la visite quotidienne de Herman de Hollogne qui accomplit sa besogne mécaniquement, comme s'il enfonçait son sexe dans une portion de l'Enfer. Allongée de tout son long, sans voix, ouverte comme un fruit mûr, détruite de partout, désossée de partout, démembrée, abîmée, Christina trouve en elle un chemin de lumière : elle offre sa souffrance à Dieu. Ce n'est pas la souffrance qui l'intéresse, mais l'originalité de la sienne. Oui, c'est sa souffrance qu'elle offre à Dieu. C'est elle qui va la sauver du désespoir et de la mort.

La folie n'est pas du côté de la femme, mais du côté de l'homme qui brait et qui rugit. Et qui ne peut s'arrêter là, qui ne se satisfait pas de ce qu'il est en train de vivre. Comme s'il voulait se prouver à lui-même que, toute cette affaire, c'était lui et lui seul qui allait la régler. Pourquoi faire appel à Guillaume de Looz, à l'évêque et à cet hypothétique moine envoyé par le pape ? Il va lui-même trouver ses propres solutions sur le corps de Christina : en la traitant comme une forcenée. Il la lie avec des chaînes, l'humilie en la nourrissant de pain et d'eau jetés à même la terre où elle est tombée, dans son tombeau ouvert. Il la traîne au milieu des excréments, puis un jour décide de la retirer provisoirement de sa prison pour l'exhiber de village en village, dans une charrette tirée par un gros bœuf noir. Comme une prise de guerre. Comme un exorcisme. La sorcière, c'est lui qui l'a attrapée, qui l'a soumise. Elle est à lui. Elle lui appartient. Il ne la donnera à personne. Plutôt la réduire en bouillie. La faire disparaître.

À Donk, il la ligote au pied d'un bouleau. À Flône, il va jusqu'à construire une machine, laquelle, disposant de deux roues tournant dans un sens, en même temps que de deux autres tournant dans un autre, lui broie les chairs. À Tongres, il la fait entrer dans des fours enflammés prêts pour la cuisson du pain, où elle hurle de douleur et d'angoisse, et dont elle ressort sans aucune lésion. À Incourt, il la fait jeter dans les grands fours qui sont dans les maisons : ni ses pieds ni ses mains ne sont réduits en cendres. À Hamay, il la plonge, jusqu'à la poitrine, dans de profonds chaudrons d'eau bouillante. Elle pousse de longs hurlements comme en poussent les accouchées mais en jaillit intacte, pure, blanche. En réalité, le spectacle de cette femme, toujours victorieuse, lui est insupportable. Il voudrait la cribler de flèches tirées par son arc ou de pierres lancées par sa fronde, ou jeter sur elle, à pleine vitesse, son faucon meurtrier : en finir avec elle. Décidément, l'homme ne peut rien contre cette femme qui pense à Pierre, crucifié la tête en bas, tantôt couverte de crachats, tantôt cachée sous une toile et battue comme plâtre.

Tandis que sa charrette quitte les villes, une vague sourde monte. Et si cette femme sanglante, humiliée par cet homme, étrange fou du roi, qui l'exhibe de village en village, était une sainte, une envoyée de Dieu ? Comment peut-elle résister à tant de sévices ? Comment ses membres peuvent-ils sortir indemnes de ces voyages en pays d'horreurs ? Plus Herman de Hollogne s'enfonce dans son désespoir, dans sa peur qui ne cesse de croître, plus Christina s'élève, se remplit d'amour, de pardon, demande à Dieu de sauver cet homme qui se perd et qui a pris, pour monnaie courante, ce qu'enseigne le grammairien Guillaume de Conches, à savoir que, dans le viol, « quoique l'acte déplaise à son début, à la fin, la faiblesse de la chair aidant, il n'est pas sans agrément » ! Alors, le bourreau finit par laisser sa victime pour morte, les bras en croix, au fond de son piège à sanglier, les cuisses bleuies de douleurs, et retourne à Saint-Trond.

Voilà, maintenant elle sait. Certes, la valeur de la virginité d'une jeune fille varie selon son statut social. Certes, la paysanne, la bergère, violées au détour d'un chemin par le clerc ou le noble, cela n'offusque personne. Certes, le motif du viol de la pastourelle par le chevalier est un thème récurrent de la littérature courtoise. Certes, les chroniqueurs mentionnent régulièrement dans les malheurs du temps le forcement des pucelles par les guerriers ennemis. Mais qu'importe, aristocrate ou non, riche ou pauvre, la jeune fille violée ne peut plus jamais trouver de mari et se voit souvent rejetée dans la prostitution ; quant aux auteurs de viols, ils sont rarement poursuivis ou sont condamnés à verser de faibles compensations… C'est ce malheur des femmes que Christina partage et qui la fait grandir ; mais, contrairement à toutes celles qui, pour éviter les conséquences infamantes, préfèrent garder le silence, elle se jure de parler un jour, au nom de toutes…

Un soir de juin, Juette revient. Quand elle embrasse Christina, elle sent dans sa bouche une odeur de boue et de mousse d'eau. Toutes deux savent. Il n'est nul besoin de parler de ce qui s'est passé. Juette connaît tellement le monde des hommes… Elle comprend que Christina l'a rejointe : maintenant, elle sait. Maintenant, elle sait d'autant mieux de quel côté se tourner pour combattre et rassembler les femmes qui veulent se joindre à elles. Le combat pour Dieu est un aussi un combat pour les femmes.

Désormais si sereine, Christina sait qu'elle vient de passer un cap, de franchir l'infranchissable. Désormais, puisqu'elle a passé l'épreuve de l'homme à odeur de bouc, elle peut se frotter sans crainte à des ciels, des hauteurs, des couchants, des aurores. Et si la nature, cette fois, n'est pas venue l'aider, si la complicité qu'elle a su entretenir avec les bêtes, les plantes, la présence cosmique tout entière, a été momentanément remplacée par le vent qui souffle, la pluie qui tombe, le froid qui s'installe, les bêtes redevenues sauvages qui rôdent, les branches qui font saigner les mains, c'est pour rendre son errance encore plus difficile. Ce qui la comble la fait exploser de joie. Ainsi la douleur extrême qui lui tord le ventre sonne-t-elle comme un bonheur ultime qu'elle ne pensait pas pouvoir atteindre. Son corps est là, souple, flexible, comme s'il n'était pas fait d'os mais de cire liquéfiée par la chaleur, une pâte malléable indestructible : «Je dois lui rendre ce témoignage, il a toujours été obéissant. Nous nous sommes toujours entendus lui et moi pour servir le Christ.»

– Tu comprends, maintenant, ce que je voulais dire, murmure Juette.

– Je comprends surtout que ce n'est pas le poids de l'homme sur moi qui m'a menée à l'extase. Celui-là est un fardeau, une peine que je partage avec mes sœurs et qui devra cesser un jour. J'ai joui du blasphème, de la honte, de la douleur que j'offre à Dieu.

Tandis qu'Herman de Hollogne, revenu à Saint-Trond par des routes huilées d'eau de pluie, désespéré par son échec, se terre dans les endroits les plus retirés de son domaine, Christina commence une nouvelle vie, faite de jeûne et d'offrande de soi. S'étant nourrie pendant des mois d'huile, de sel et de pain, elle brûle désormais d'un feu qui se développe à l'intérieur d'elle-même et tremble à l'extérieur. Active, elle comprend qu'elle possède l'art de la divination. Elle voit les marées inattendues, des pluies diluviennes, le recul d'un glacier en un coin éloigné de la terre qu'elle ne peut nommer. Mais tout cela, ces facultés nouvelles, elle les garde encore pour elle. Afin de ne pas effrayer, de ne pas prêter le flanc aux accusations de sorcellerie. Pourtant, elle a bien vu la mort de cette paysanne deux jours avant qu'elle ne survienne, et la guérison de cet enfant que les médecins avaient condamné à une mort atroce. Et tant d'autres choses encore. Elle ose même revenir au village, faire de brèves apparitions dans les rues, près du moulin où les femmes portent le grain à moudre, près des fontaines où elles arrivent une cruche sur la tête, lors de certaines veillées funèbres quand la maison du mort s'ouvre à toute femme venant le veiller… Mais rien n'est simple face à ce prodige étrange que représente Christina, au corps indestructible, vainqueur de la glace et du feu. Car enfin, que dire de cette femme qui vient se pendre à la potence où l'on étrangle les brigands et en redescend intacte alors que le vent a fait osciller son corps plusieurs jours durant ? Et comment ne pas être effrayé par une femme qui entre dans la sépulture des morts où elle prétend y pleurer les péchés des hommes ? D'où lui vient ce besoin de martyriser son corps, de multiplier ses souffrances ? Par pure folie, disent les uns. Par don de soi, prétendent les autres. Les discussions qui s'engagent sont vives :

– C'est par les mortifications que s'accomplit le projet divin.

– Non, c'est en fuyant dans le désert.

– Et si elle proposait une troisième voie : celle de l'humiliation portée au paroxysme de ce qu'un homme ou une femme peut se voir infliger ?

– Qu'on la soumette à l'épreuve de l'hostie non consacrée !

L'abbé Guibert est le maître du jeu. C'est la première fois qu'il la revoit depuis si longtemps. Si Mechthild et Marcella ont refusé de venir, beaucoup sont présents dans la petite église. L'abbé adore l'hostie et l'offre à Christina qui la refuse, violemment.

– Tu refuses de recevoir ton Dieu ?

– Ce n'est pas mon Dieu !

– Comment oses-tu dire une chose pareille ?

– Père, votre hostie n'est pas consacrée. Je ne peux la recevoir.

Personne ne sait comment réagir. Tous se posent la même question : l'hostie était-elle ou non consacrée ?

Après un silence qui semble éternel, le prêtre, tourné vers l'assemblée, penaud, reconnaît les faits :

– Elle ne l'était pas…

Christina sourit. Comment dire à l'abbé Guibert que, comme sainte Ludivine qui dut faire face à la même épreuve, un ange est venu la voir, en pleine nuit, et lui a révélé que plus tôt qu'elle ne le pense elle devrait faire face à cette épreuve de l'hostie non consacrée : qu'elle l'avale et elle serait immédiatement considérée comme fille de Satan.

Nous sommes en 1184. C'est le printemps. Une belle aube toute bleue se lève. Une alouette s'élance au milieu du vent, qui grince comme un couteau dans une pomme verte. Puis tout à coup, bien avant que le soleil n'éclaire tout, c'est le jour sur Saint-Trond. Christina n'en est pas encore à se promener dans les rues de la ville, à semer on ne sait quelle pagaille. Guillaume de Looz en veut à son vassal qui s'est conduit une nouvelle fois comme un imbécile. L'évêque en veut à ce chevalier qui ne tient pas son comté avec une main de fer dans un gant de velours. Et tout le monde se pose des questions. Chacun propose des réponses. Bavardages, commérages. Cette Christina de tous les malheurs existe plus que jamais. Les commères lui ont même donné un surnom qui commence à faire tache d'huile un peu partout, qui, si on n'y prend garde, va être comme un fleuve sortant de son lit, ravageant tout sur son passage, détruisant les cultures, les maisons, prenant les vies : *Christina Mirabilis*, Christine l'Admirable. Quelle absurdité ! Quel imbécile que ce peuple inculte !

De sa fenêtre, Guillaume de Looz a une vue plongeante sur la place. Christina est déjà là. Elle porte une longue robe aux bords brodés. Elle est pieds nus. Visage embrasé, yeux fermés, elle produit un chant de joie aux inflexions si prodigieuses qu'aucun air de musique ne saurait se comparer à sa douceur. Et ce chant ne s'exprime par aucune voix articulée. C'est une harmonie merveilleuse qui résonne entre sa poitrine et sa gorge.

10

L'homme a tellement traversé de villes, de villages, de pays, de la Francie orientale à la Lotharingie, du royaume de Croatie aux marches slaves. Il a vu la Flandre et ses digues protéger de grasses terres ensemencées, le Languedoc aux lagunes montant vers les hauteurs, les Alpes couvertes de mayens, la Syrie du sultanat de Roum et les villes de Homs et de Damas aux caravansérails entourés de hauts murs. Il a vu les eaux des lacs monter, le débit des fleuves faiblir, les insectes triompher des hommes, la forêt s'éclaircir. Et la mer, engloutir des terres cultivées, raser des villages, entrer, un jour, à l'intérieur d'un pays lointain et déchiqueter des dunes pour en faire des îles.

Il a prêché avec les cisterciens en pays cathare, installé des couvents en Pologne, en Provence, en Bohême et jusqu'en Terre sainte. Il a côtoyé des chirurgiens, des médecins, des voleurs, des meurtriers, des magiciens, des astrologues, des alchimistes. Il a vu son visage aspergé de sang, ses mains plonger dans des cadavres, les membres de certains mystiques s'allonger sous le coup de foudroyantes élongations corporelles, des femmes en extase lui affirmer qu'elles tiraient leur énergie vitale de la seule Sainte Eucharistie. Que pourrait-il faire d'autre, encore, aujourd'hui, lui qui a partagé sa vie entre étude, méditation, enseignement, administration et action, cure d'âme, ne lui restant plus, en somme, à expérimenter que la prédication le long des routes et sur les places des villages ? Une pratique à laquelle il compte bien s'adonner avant de mourir, associée à l'absolue pauvreté, au jeûne, aux mortifications, à la pénitence, au renoncement, drapé dans la robe blanche de Prémontré, recouverte de la chape noire des chanoines espagnols... Ce n'est pas un homme de son temps mais de tous les temps, de toutes les époques, de tous les pays, voire de toutes les religions ; grand admirateur de la *Tanakh* hébraïque, il trouve des qualités à cet islam dont Averroès affirme qu'il est une « loi pour les pourceaux ». Astronome hors de pair, il a dressé ses propres tables astronomiques et construit ses astrolabes.

Alors, on se dit que le voyage qu'il a entrepris en cet été 1184 ne devrait être que pure formalité. Mais il n'en est rien : chaque voyage est une aventure, un commencement et une fin.

Parti de Valognes, terre du roi d'Angleterre et du duc de Normandie, il a laissé son cher Coutentin et l'église Notre-Dame d'Alleaume, a traversé des pays couverts de forêts, passé de longues journées dans la bruine épaisse, sous la pluie menue détrempant le sol. Il s'est fait surprendre par les nuits périlleuses, a failli plusieurs fois se noyer en traversant des fleuves en crue, se perdre en empruntant des chemins sinueux, et a vidé sa bourse en acquittant des péages injustes à des seigneurs locaux nullement effrayés par les menaces d'excommunication. Il a croisé des soldats, des courriers, des pèlerins, des marchands, des moines mendiants, a failli se faire renverser plusieurs fois par des chars ou des voitures tirées par un attelage, détrousser par des hordes de miséreux, n'ayant parfois pour tout recours que de bégayer des prières.

Moine cistercien, passé par un long noviciat durant lequel il est resté cloîtré et s'est livré à de solides études théologiques avant d'entrer dans un couvent où il a reçu les ordres majeurs – diaconat et prêtrise –, il a entièrement consacré sa vie à la résolution des énigmes, à la négociation, à la disputation. Il cherche, tente de trouver, de convaincre, de se convaincre, fouille, exhume, décrète. Son chemin vers Dieu se doit de patauger dans le marais des hommes. Habitué des conciles et des missions secrètes, ayant réussi le tour de force d'être proche de deux papes successifs, il est aujourd'hui un des conseillers de Lucius III qu'il a suivi à Rome puis dans ses exils successifs jusqu'au dernier, à Vérone.

Après un long voyage de quatre cent trente milles, le voilà enfin aux portes de Saint-Trond. Il a parcouru quotidiennement entre deux et quarante milles.

Heureusement, il est arrivé en plein jour – jour de marché. On vend exceptionnellement du poisson, du vin et des épices ; des céréales, de la laine ; il aperçoit même des étals où sont présentés fourrures et étoffes précieuses. Ces jours-là, on ne fait guère attention aux étrangers.

Contrairement à certains émissaires et autres prieurs qui n'hésitent pas à voyager accompagnés d'une escorte qui peut compter jusqu'à une trentaine de membres, il a choisi la traversée solitaire. Les chevaux demandant beaucoup de soins et d'entretien, il leur a préféré les ânes, certes moins rapides mais qui peuvent couvrir jusqu'à dix-neuf milles par jour. À le voir passer ainsi nonchalamment – un âne lui sert de monture, l'autre de bête de somme –, personne ne peut soupçonner que ce petit homme chauve, plutôt maigre, mais au regard de basilic, dont on aurait pu penser qu'il était un de ces moines vagants porteurs, dans certains cas, de reliques précieuses dont ils sont les dépositaires, est en réalité celui que tout Saint-Trond espère, l'envoyé tant attendu : celui qui doit résoudre le mystère qui entoure Christina. Son nom : Michel de Valognes.

On ne peut pas dire que son arrivée déclenche l'enthousiasme. C'est tout le contraire. À peine a-t-il posé le pied dans la grande cour du château qu'un essaim de gardes l'entoure, dans un grand renfort de cris et d'injonctions. On le ceinture. On le bouscule. Les épées sortent de leur fourreau. Que vient faire cet intrus ici ?

L'habillement, en général, définit la classe sociale, le métier… Le meunier est habillé en blanc, les commerçants prospères arborent des vêtements colorés ! Mais cet homme sur son âne ne ressemble à rien. Il est vêtu de haillons, souillés par la boue des chemins, blanchis par la poussière des routes.

Sans l'intervention de Guillaume de Looz, attiré par le brouhaha occasionné par cette arrivée, l'homme aurait sans doute été roué de coups, les caisses et les sacs entassés sur l'un des ânes confisqués et leur contenu réparti entre les soldats du casernement à moins qu'il ne s'agisse de papiers secrets immédiatement réquisitionnés.

– Qu'est-ce que ce charivari ? demande Guillaume, la voix voilée par un épais soupçon, qui ajoute, s'adressant à l'inconnu : Que se passe-t-il ? Que voulez-vous ? Qui êtes-vous ?

– Michel de Valognes, répond l'homme, d'une voix forte, posée, qui contraste avec le ridicule de la situation et la pauvreté de son vêtement.

« Pour qui se prend-il, celui-là ? » se dit Guillaume, avant de lancer :

– Et que me vaut l'honneur de votre visite ?

– Hughes de Rijckel, évêque de Liège, m'a…

Guillaume ne lui laisse pas finir sa phrase, se confond en excuses, tandis que Herman de Hollogne, toujours là quand il ne le faut pas, croyant faire un bon mot, dit, provocateur :

– Au moins, vous n'êtes pas comme Beaudouin de Jahrbuch, mort en traversant les Alpes alors qu'il se rendait à Paris pour une mission papale ; vous avez survécu !

– Pour aller de Valognes à Saint-Trond, nul besoin de traverser la « lumineuse chaîne blanche », chère aux Celtes, rétorque le voyageur.

– Veuillez excuser mon vassal, dit Guillaume, tout en proposant à son hôte de venir se restaurer avant de l'inviter à aller s'installer dans l'une des meilleures chambres de son palais afin qu'il se repose dans l'attente des réjouissances qu'il souhaite lui offrir pour fêter dignement sa venue.

– Me restaurer, bien volontiers, quant au reste, une cellule m'attend au monastère de Tiedeis.

Après de brèves ablutions et s'être rapidement changé, Michel de Valognes rejoint Guillaume qui l'attend assis à une table garnie de mets simples mais roboratifs : viandes séchées, soupe, galettes, potée de légumes, fruits, vins de Huy couleur pelure d'oignon et au petit goût de silex.

Tout en mangeant, Guillaume pose la question qui lui brûle les lèvres :

– Quand souhaitez-vous commencer ?

– Dans quelques jours.

– L'affaire n'est pas simple…

– D'après les éléments qu'on m'a fournis, je ne peux être que d'accord avec vous. Voyez-vous, les hommes se soucient davantage du temps qu'il fait que de celui qui passe et…

– Le temps appartient à l'Église.

– C'est exactement ça ! dit le moine, ajoutant : Il serait bon que je voie rapidement l'évêque de Liège.

– Un messager est parti, il sera là d'un moment à l'autre.

Michel de Valognes réfléchit tout haut, sans se soucier de la présence de son hôte :

– Du temps des Grecs, à Éphèse, se trouvait une grotte ; on y jetait les jeunes filles ayant failli à leurs devoirs, et on les soumettait à ce qu'on appelait « le jugement de la flûte de Pan ».

– Qu'entendez-vous par là ?

– La grotte était fermée par une lourde porte. Si la jeune fille était pure, on entendait une musique harmonieuse, presque divine ; la porte se rouvrait d'elle-même et la jeune fille réapparaissait dans toute sa splendeur.

– Et si aucune musique ne se faisait entendre ?

– La jeune fille était abandonnée à son triste sort, lance Hughes de Rijckel qui entre, tel un ouragan, dans la pièce, ajoutant : J'ai fait aussi vite que j'ai pu.

Entendant la voix, le moine se retourne et fait face à l'évêque, lequel, tout le monde s'en aperçoit, semble plus que contrarié, comme s'il venait de voir on ne sait quelle entité jaillie des Enfers. Homme de dogme et d'appareil, il sait retrouver une attitude de convenance, non point affable mais polie, tout en gardant une certaine distance. Nul n'est dupe : la foudre vient de tomber sur la mitre de l'évêque.

– C'est une chance pour Saint-Trond que le pape ait pensé à vous, mon cher.

– Et pour moi de vous retrouver…

– L'affaire n'est pas simple…

– Je sais, on m'a déjà fait cette remarque, dit Michel de Valognes, une pointe d'ironie dans la voix.

– Vous pensez que nous avons affaire à une folle ?

– Difficile à dire : la folie est considérée tantôt comme le fruit d'une maladie, tantôt comme celui d'une possession démoniaque.

– Et s'il s'agissait d'une sainte ?

– Nous verrons.

– Il faudrait faire vite. Le temps presse. La rue commence à bouger. On murmure dans les champs, le soir à la veillée, à la sortie de l'office, au-dessus des chaudrons, dans les brasseries.

– Vous logerez à l'évêché, j'espère.

– Non, répond Guillaume, frère Michel a une cellule qui l'attend au monastère de Tiedeis.

– Bien, si tel est votre désir, dit l'évêque. Et pour Christina, que proposez-vous ?

– Une période de jeûne avant toute rencontre.

– Le jeûne, la méditation, la ferveur eucharistique sont des étapes sur la voie qui mène toujours à Dieu et prépare à la contemplation, c'est cela que vous cherchez ? objecte l'évêque.

– Non, justement, ces abstinences et ces extases peuvent être les signes et les sources d'un pouvoir surnaturel, répond frère Michel. Si elle se dit sainte, la mortification alimentaire la mettra en de bonnes conditions ou, au contraire, la détruira. J'en ai croisé certaines qui se plaisaient à manger des pains composés d'un quart de cendres pour trois quarts de farine ; d'autres qui affirmaient que les étrons avaient une saveur de miel et d'épices…

– Vous appelez ça des rencontres ? dit l'évêque. Ne vaudrait-il pas mieux employer le terme d'interrogatoire ? Vous n'allez pas partager un verre d'hydromel avec elle, que je sache !

– Pourquoi pas le petit ou le grand tréteau, la pelote, la courtepointe, le chevalet, pendant que vous y êtes ! Non, je tiens au terme de « rencontre ». Je veux « rencontrer » Christina…

– Si c'est votre souhait, votre façon de travailler.

– J'ai cependant une exigence.

– Dites, lance Guillaume.

– Vous connaissant, cela ne m'étonne guère, dit l'évêque.

– Je veux que vous me la rameniez disons dans deux semaines, dit Michel de Valognes avant de remercier ses hôtes pour leur hospitalité et de quitter la pièce. Tout ce chemin m'a épuisé, permettez-moi de me rendre au monastère afin d'y prendre un temps de sommeil réparateur. Au revoir, messieurs.

11

Derrière le mica de la fenêtre, Guillaume de Looz et Hughes de Rijckel regardent la maigre silhouette de frère Michel s'éloigner au pas lent de ses ânes. Hochant la tête, l'évêque pousse un profond soupir.

– Vous ne semblez guère heureux de cette venue, fait remarquer Guillaume.

– Savez-vous qui est vraiment cet homme ?

– Il dit s'appeler Michel de Valognes. C'est incontestablement, me semble-t-il, un savant.

– Un peu trop.

– Expliquez-vous.

– Disons que, d'un côté, vous avez des ermites qui dispensent les consolations et les remèdes aux navrés de l'âme et du corps, et, de l'autre, ce que j'appellerai « les chevaliers en aventure », aux exploits fantastiques, qui ont vaincu la forêt profonde, sont assoiffés de gloire, utilisent Dieu à leur unique profit…

– Frère Michel ne me semble appartenir à aucun de ces deux groupes. Il a l'air surtout d'aimer avec excès les études de théologie… Vous ne semblez guère apprécier…

– Resservez-nous un peu de ce vin blanc, mon cher chevalier, et écoutez-moi. Demandez à frère Michel de Valognes de vous raconter un jour ce qu'il est allé faire en Chine au côté de l'illusionniste Ibn Battûta. Et que dire d'un homme qui publie un étrange *De Natura Rerum* dans lequel il affirme que la verge de l'homme « est à la fois de tendons et de cartilage, ce qui lui permet de se contracter ou de s'allonger et se gonfler d'air ». Vous ne trouvez pas curieux qu'un moine cistercien s'intéresse à ces choses ?

– C'est en effet assez singulier…

– Singulier ? L'adjectif est faible ! Et son *De Monstruosis Hominibus Orientis*…

– Pardon ?

– C'est vrai, j'oubliais que les chevaliers sont les plus ignorants des hommes, que l'étude n'est pas leur fort.

– Les « ignorants porteurs d'épées » ont été bien utiles à l'Église, monseigneur, lorsqu'il s'est agi de rétablir l'accès aux lieux de pèlerinage de la chrétienté en Terre sainte, et le seront peut-être encore un jour.

– Ne jouez donc pas aux oiseaux de mauvais augure… Depuis la fin de la deuxième croisade, tout semble calme du côté du monde musulman. Nous commerçons même avec lui ! Mais revenons au père Michel, voulez-vous ? Son *De Monstruosis*, comme son nom l'indique, est un livre qui conteste rien de moins que les saintes

Écritures : les hommes ne descendraient pas du premier homme, Adam, mais d'un mélange entre l'homme et la bête ! Êtes-vous convaincu, chevalier ? En voulez-vous encore ?

– Quoi, cet homme est un impie ? Pourquoi le pape l'a-t-il choisi ?

– Redonnez-moi un peu de vin… On dit qu'il a disséqué des cadavres avec ses amis médecins bolonais et que, lors d'une discussion dans une taverne du Piémont italien, il aurait dit, je cite : « La matrice d'une truie pleine de treize porcelets m'a paru à la dissection cent fois plus grosse que celle des femmes que j'ai ouvertes. »

– Décidément, cet homme est le Diable !

– Je garde pour la fin le meilleur. J'ai, bien caché, dans un coffre de l'évêché, protégé par force ferrures, moraillons et autres auberons, un certain *Conciliator* que notre homme a fait publier à Venise.

– Encore un livre que je ne pourrai pas lire !

– Cela vaut mieux… Voici ce qu'il écrit. Je le cite de mémoire. Cela concerne les femmes et leur soi-disant plaisir dans l'amour : « De même incite les femmes au désir le fait de frotter spécialement l'orifice supérieur vers le pubis : de cette façon les indiscrets les conduisent à la syncope. Le plaisir qui émane de cette partie est en effet comparable à celui qui émane de l'extrémité de la verge. »

Alors qu'un immense silence accompagne la fin de la citation, un furieux « Mon Dieu ! mon Dieu ! » jaillit de derrière la tenture de velours qui sépare la salle de réception d'un cabinet où le chevalier a l'habitude de ranger des documents personnels.

– Herman ?

– Oui ? dit le vassal tout en sortant tel un fantôme de derrière la lourde tapisserie de velours carmin.

– Que faites-vous ici ? dit Guillaume. Vous écoutez derrière les rideaux, maintenant ?

– Non, je m'étais assoupi, je suis réveillé depuis peu et…

– Taisez-vous. Rendez-vous utile. Allez chercher cette maudite Christina, ramenez-la vivante, enchaînez-la en place publique, et arrangez-vous pour qu'elle n'ait rien à manger ni à boire !

Comme si on l'avait prévenue, comme si elle s'y attendait, que quelque chose dans l'ordonnancement du monde avait été déplacé, Christina n'oppose aucune résistance quand elle aperçoit Herman de Hollogne et ses hommes encercler la clairière où elle garde son troupeau, accompagnée d'une nuée d'oiseaux soudain muets, comme à l'annonce d'un orage.

– Vous venez m'arrêter, n'est-ce pas ? dit-elle d'une voix calme, tout en tendant ses deux poignets à ses ravisseurs. Faites votre travail, messieurs, je ne vous opposerai aucune résistance.

Herman de Hollogne ne répond rien et garde le silence tout le long du trajet qui relie la forêt à la grand'place de Saint-Trond. Un pieu a déjà été planté dans le sol et, solidement attachée à lui, une chaîne munie de quatre fers : deux pour les pieds, deux pour les mains. Aucun gobelet contenant de l'eau ne lui est apporté, non plus qu'aucune nourriture.

Le temps, lentement, très lentement, passe. Christina ne boit ni ne mange. C'est ce que le moine voulait, c'est ce qu'elle accepte, dans la soumission et la joie.

Un matin, n'y tenant plus, elle a ouvert le vêtement de lin qui lui recouvre la poitrine, offrant aux yeux de tous deux seins, ronds, blancs, très ronds, très blancs, durs et chauds, très durs et très chauds. Dans l'innocence la plus totale. Un dans chaque main.

Son histoire n'a rien à voir avec celle d'Élie, découragé et suicidaire, nourri en plein désert par un corbeau. Ce n'est pas elle qui a demandé à Dieu de la nourrir. C'est Dieu qui lui a demandé de s'acquitter de cette tâche, de dévoiler à tous sa nudité. Une provocation nécessaire. Sa manière à elle de chasser les marchands du Temple. Le liquide qui s'échappe de sa poitrine est doux et délicieux, et d'un or si pur et si brillant qu'elle peut s'y refléter. Des jours durant elle tète ses propres seins. En éprouve un plaisir divin, partagé par tous ceux, hommes et femmes, qui, chaque jour, de plus en plus nombreux, viennent assister à la scène, les uns priant, les autres se moquant, certains lui lançant des pierres, d'autres lui crachant furieusement au visage à tel point que parfois elle ne sait plus si le liquide qui coule sur sa poitrine vient de ses larmes, de son lait ou des crachats accumulés durant toute la journée. Mais ce qu'elle sait, c'est que cet allaitement est une sagesse et que le plaisir éprouvé à sucer ses tétons lui vient de la volonté de Dieu. Elle n'en ressent aucune honte : si elle jouit, c'est que Dieu est à ses côtés, en elle, partout, qu'il ne l'abandonne pas, ne la lâche pas, ne la lâchera jamais. Que lui importe alors les fers qui lui arrachent la peau ! Que lui importe la médisance de certaines mégères qui racontent qu'une femme qui a du lait est toujours une femme enceinte et que, par conséquent, voilà une femme grosse des œuvres de l'ennemi du genre humain !

Au terme de la deuxième semaine, un vent léger la recouvre tout entière, entre chez elle, sous son vêtement, le long de ses seins, se sent chez lui, le bougre. Il est là, coule entre ses seins, descend sur son ventre comme une main, baigne ses cuisses, lèche son dos, mouille ses hanches, tiède, frais, plein de fleurs, la fouette comme avec des poignées de foin. Sous les yeux de tous. De plus en plus nombreux, face à ses seins offerts qui sont comme des bourgeons, pleins d'odeurs, de bois, de rivière, de dessous les forêts, de dessus les galets des rivières.

Et la foule augmente, de plus en plus bruyante, comme les rivières au printemps, gonflées par les eaux terribles échappées des glaciers. Alors, les autorités civiles et militaires et ecclésiastiques décident que cela suffit. Tout ce désordre. Toutes ces lamentations devant le Veau d'or. Tandis que le soleil de midi est au plus lourd, que les troupeaux repus font partout la tortue contre la chaleur, ordre est donné aux soldats de quitter les lieux et aux maçons de les remplacer. En un jour, un haut mur est dressé autour de Christina. Plus personne ne peut la voir. Ne peut prier devant ces deux seins gonflés de lait. Après tout, l'emmurement était une des coutumes les plus répandues dans le droit criminel des sociétés primitives. Pourquoi ne pas la remettre à l'ordre du jour ? Elle est efficace. Peu onéreuse. Exclusivement réservée aux femmes. À Rome, on enterrait bien vivantes les vestales incestueuses…

« Le culte de la Vierge est en plein essor, cela suffit, pense l'évêque, et un saint a déjà pris la place : Bernard, premier bénéficiaire de la lactation de la Vierge, nourri comme l'Enfant-Jésus, mais à l'âge adulte, par un jet de lait jailli du sein de la mère de Dieu ! »

Sur la place du village, l'emmurement se poursuit. Ce que l'évêque ne sait pas, c'est que Herman de Hollogne et Guillaume de Looz ne se sont pas contentés de dresser un mur autour de Christina. Sans rien connaître des vieilles coutumes romaines, ils ont demandé que le mur ne soit là que pour cacher leur forfait : enterrer Christina vivante. Et en finir une bonne fois.

Dans la Rome antique, au milieu d'un silence lugubre, les licteurs défaisaient les courroies qui retenaient la vestale sur la litière où elle était attachée. Le grand pontife prononçait des paroles mystérieuses, faisait appel aux dieux et amenait à l'ouverture du caveau la patiente toute voilée. Elle descendait par une échelle dans sa dernière demeure, où on amoncelait de la terre jusqu'à ce que le trou soit comblé. La vestale devait donc mourir, à moins que la déesse ne lui fasse grâce. Pour la sauver il fallait un miracle. Christina ensevelie, Herman de Hollogne peut rentrer chez lui s'amuser de son faucon et Guillaume de Looz tirer le plus de profit possible de ses terres. Cette fois, c'en est fini de Christina.

Le lendemain matin, sur la place du village, le mur a disparu, remplacé par les promeneurs, les charlatans, les camelots, les vendeurs de drogues, les marchands de bière qui ont repris possession de leur aire de jeux et de labeur. Dans un coin, sous un tas de bois, des chaînes et des fers. Il faut dire que c'est le 24 juin, jour de la Saint-Jean d'été, et que sur cette place il est prévu de dresser un grand feu de joie. Les planches ayant, en partie, servi à la construction du mur feront le bonheur de tous. Plus hautes seront les flammes.

Non loin de là, Michel de Valognes entend frapper doucement à la porte de sa cellule, qu'il ouvre radieux et inquiet.

– Je suis Christina, j'ai toujours su que je vous rencontrerais un jour.

– Je suis Michel de Valognes, je vous attendais.

Au moment de pénétrer dans la pièce, elle voit sur le seuil de la porte une flaque de sang épaisse comme une pivoine. Un signe qu'elle semble être la seule à remarquer. Alors elle se tait et sourit.

– Entrez.

12

La pièce est austère : une chaise, un lit, une petite armoire, un crucifix accroché au mur, une table couverte de papiers, un encrier, une plume d'oie. Seule concession au confort, une cheminée dans laquelle flamboie un beau feu aux reflets bleus, car la température a chuté brutalement, de manière inexplicable, en quelques heures. Michel de Valognes invite Christina à s'asseoir sur la chaise tandis qu'il s'installe sur le rebord de son lit.

– On vous a enfin libérée ?

– Disons que j'ai choisi de partir…

– Les chaînes, le mur, les gardes ?

– Je ne suis pas seule, « on » m'a aidée…

– Qui vous a conduite jusqu'à moi ? finit par demander Michel de Valognes.

– J'ai mes guides secrets.

– Comment êtes-vous entrée dans le couvent ?

– Par où l'on emporte les moines qui ont fini leur temps de vie, par la « porte des morts », puis j'ai traversé le jardin du cloître, suis passée devant les latrines, l'infirmerie, le réfectoire, ai suivi le long couloir qui conduit à votre cellule, à l'est, au levant...

– La direction de Jérusalem et du Saint-Sépulcre. Et vous n'avez rencontré personne ?

– Il faut parfois se rendre invisible.

Michel de Valognes ne peut s'empêcher d'esquisser un sourire. Il sait déjà que cette rencontre va le marquer à jamais. Il se sent comme aimanté par la femme qui est devant lui. Qui vient d'on ne sait où. Qui va, il en est certain, l'aider à répondre aux questions qu'il se pose depuis si longtemps. Il y a dans cette rencontre, d'une évidence telle qu'elle en devient abyssale, presque sombre, une lumière si aveuglante qu'elle est porteuse de ténèbre. De la frayeur s'installe en lui, comme un loir gris dans une maison. Qui est vraiment cette femme ? Parviendra-t-il à percer son mystère ?

Christina se sent dans une étrange disposition d'esprit. En confiance et dans la crainte. Elle pourrait tout dire à cet homme qui, elle le sait, peut tout entendre, tout comprendre mais, dans le même temps, elle sait qu'elle ne peut tout lui confier, peut-être doit-elle rester sur les terres du mensonge. Il ne ressemble à aucun de ceux qu'elle a jusqu'alors rencontrés. Elle pourrait lui faire part de ses craintes, de ses doutes, lui parler des plaies qui parfois lui couvrent le corps, et qui sont, pense-t-elle, des rappels des stigmates du Christ, de ses transes, de ses crises, de ses hémorragies nasales provoquées par le désir mystique, ou tout lui cacher. Elle pense : « Qui est-il vraiment ? »

Un objet la fascine, qu'il porte au poignet : un bracelet en métal incrusté d'une pierre bleue.

– Vous regardez mon poignet ?

– Oui.

– Pierre précieuse et métal rare. Leur éclat, leur dureté, leur pureté sont protection, ils écartent les pourritures externes et empêchent les pourritures internes de se développer.

– Vous croyez en ces choses ?

– Oui. L'homme se situe à la frontière entre le naturel et le surnaturel.

– La personne divine définit la personne de l'individu, c'est cela ?

– Exact, conclut Michel de Valognes en ajoutant, se préparant à écrire : Permettez-vous que je transcrive certains de vos propos ?

– Vous êtes ici pour ça, n'est-ce pas ? Pour dire si je suis une vierge folle ou une vierge sage.

– Je suis ce qu'on appelle un commissaire apostolique, chargé de parcourir les pays pour prêcher les hérétiques, leur annoncer les malheurs qui vont fondre sur leurs têtes mais aussi pour essayer de comprendre ce qu'il y a au fond de l'âme humaine. Vous pouvez me confirmer certains faits qui m'ont été rapportés ?

– Je vous écoute, dit Christina en rapprochant sa

chaise de la cheminée et en prenant la couverture que son interrogateur lui tend.

– On dit que vos membres broyés, brisés, ont résisté au supplice de la roue ?

– Oui.

– Que vous pénétrez dans des fours incandescents qui servent à cuire le pain ?

– Oui.

– Que vous pouvez rester des jours dans les eaux glacées de la Meuse ?

– Oui.

– Qu'en plein hiver vous vous jetez sous les pales des moulins à eau ?

– Oui, répond Christina, non plus par la parole mais en faisant signe de la tête.

– Que vous résistez à l'épreuve du feu sous toutes ses formes : flammes, eau bouillante, fer rougi ?

– Oui.

– Vous restez pendue au milieu des voleurs, vous vous soumettez aux instruments de torture réservés aux criminels ?…

– Oui. Vous pourriez même ajouter que j'ai été enchaînée comme l'esprit furieux de Guérasa.

– Vous avez une explication ?

– La pureté naît de l'impureté. Et j'ai un corps obéissant, et je consacre ma vie à la gloire de Jésus-Christ, c'est tout. Il est là quand il juge bon d'être à mes côtés.

– L'abbé Guibert a écrit ceci, que l'évêché m'a fait

parvenir, dit Michel de Valognes, tout en lui montrant un parchemin soigneusement rangé dans un écrin de cuir. Il a retranscrit ce qu'il appelle « un de vos voyages ». Je peux vous le lire ?

– Bien évidemment.

C'est étrange, par la voix de son interlocuteur, Christina refait le premier voyage qu'elle a accompli du monde d'ici à l'autre monde. Elle revit ses premières sensations, sa peur, ses angoisses, ressentant presque physiquement les émotions qui alors s'étaient emparées d'elle : « Au début, je ne sais quelle force m'a permis de contrôler la terreur qui m'avait saisie et qui montait par vagues, et qui menaçait de me faire perdre pied à chaque instant. Je n'étais ni morte ni vivante. Mais je m'entendais hurler à l'intérieur de moi. Je montais, montais, dans un chaos absolu. J'étais dans une grande confusion. Puis soudain, j'ai eu l'impression de tout lâcher. De me laisser porter par le flot. Un courant puissant. Une vitesse vertigineuse. J'ai pris conscience que j'étais peut-être en train de mourir, que mon corps, mon esprit n'allaient pas résister longtemps à cette force. Alors, lentement, très, très lentement j'ai commencé à voir une lumière blanche, incroyablement claire, vers laquelle j'avançais toujours plus vite. Une conviction absolue m'a délivrée de tout souci : j'étais morte. C'était simple, limpide, ma conscience n'existait plus. J'avais fini mon voyage. Je flottais dans un endroit étrange au-dessus d'une terre noire ceinturée de hautes montagnes abruptes. Le ciel était orange… »

– Et c'est là que vous prétendez avoir eu un dialogue avec Dieu ?

– Exactement. Il m'a demandé d'établir une chaîne de solidarité entre les vivants et les morts. Vous le savez bien, les deux univers communiquent dans les deux sens de manière constante et dynamique. Les vivants cherchent à prêter assistance aux âmes des trépassés, et les défunts sont capables de visiter le monde des vivants et de s'immiscer dans leurs affaires, soit de leur propre initiative, soit que les vivants les y invitent.

– Mais il y a déjà les messes et les prières pour les morts, les offrandes aux saints, les aumônes distribuées aux pauvres, les indulgences…

– Vous savez très bien que ce n'est pas suffisant…

– Sincèrement, je ne sais pas, dit Michel de Valognes, je ne suis qu'un observateur, un scribe. Je note, étudie, analyse, nulle force de lumière ou de ténèbre n'est venue me visiter. Mais, si je vous comprends bien, vous avez commencé ce travail.

– Dans les cimetières, les hôpitaux, au chevet des mourants, des blessés, des femmes qui meurent en accouchant, des lépreux, des paysans attaqués par des voleurs, des meurtriers, des enfants noyés…

– Avant d'accomplir cette mission, vous êtes revenue sur terre, vous êtes…

– Ressuscitée des morts ? Oui.

– Vous vous rendez bien compte que cela dépasse l'imagination de l'esprit humain ? C'est une vérité qui pour certains excède le vraisemblable, touche à l'inhumain, presque au non-naturel ?

– C'est votre cas ?

Michel de Valognes hésite un instant. Tout à coup il se souvient qu'il est l'envoyé du pape, qu'il a une mission, que, bien qu'ébranlé par ce dialogue, il doit garder une distance, une forme d'objectivité. Il se lève, fait quelques pas dans la pièce, se rassied.

– Je veux vous croire. Et vous avez lévité…

– Oui. Comme aujourd'hui pour échapper à mes bourreaux.

– Aucun témoin ne veut laisser son nom au bas d'un parchemin.

– Pour tout cela, nul besoin de preuve. Les preuves sont trompeuses. Ce que je pourrais dire, écrivez, c'est important, c'est que cette expérience m'a profondément changée. Je n'ai plus peur de la mort. Ma joie est infinie. Ma mission de vie est infinie. Ma force est infinie. Et l'amour m'est devenu une priorité absolue.

Alors que Christina prononce ces mots, Michel de Valognes lui sourit ; elle lui renvoie le bonheur inexpliqué qui jaillit de son regard. Aucun des deux n'a vu le temps passer. Leur rencontre, qui avait commencé alors que les cloches du monastère sonnaient tierce, se poursuit tandis que les vêpres invitent les moines à aller dîner. La nuit commence à tomber. Michel de Valognes sait qu'il la passera à remettre au propre ce qu'il voudra bien retenir de ce premier dialogue. Durant cette nuit, il consumera trois chandelles. Quant à Christina, elle part comme elle est venue. Invisible. Affreusement inquiétante. Qui va et vient entre le monde des morts et des vivants. Qui vole. Qui apparaît et disparaît. Dans la ville, personne ne sait où elle est. Chacun ne veut se rappeler de toute cette folie que cette femme qui brise ses chaînes, échappe à tout, aux soldats et à la mort, au feu, à la glace. Seule Juette n'est plus inquiète, car elle l'a retrouvée, dans sa forêt, au milieu de ses oiseaux et de ses loups, de ces nuits où, blotties l'une contre l'autre, elles assument les tâches que leur a assignées Dieu. Et quand, plusieurs matins de suite, Michel de Valognes doit ouvrir sa porte à des soldats de Guillaume de Looz ou de Hughes de Rijckel, il leur ment, dit qu'il n'a vu personne, qu'il est épuisé par le voyage, qu'il se repose, qu'il n'était même pas au courant que «la furie», comme on appelle désormais Christina, s'était enfuie, et que, d'ailleurs, ils n'ont qu'à demander aux moines du monastère. Ces derniers n'ont rien vu ? Ces quatre-vingt-trois pensionnaires n'ont rien vu ? Alors, comment, lui seul, dans sa cellule, aurait-il fait pour voir quelqu'un ?

Mais quand Michel de Valognes entend gratter à sa porte, le même grattement que la première fois, c'est avec un mélange de joie et de frayeur qu'il ouvre en faisant le moins de bruit possible pour ne pas éveiller les soupçons des autres moines. Il sait aussi qu'il ne va poser aucune question quant à l'absence de Christina. Il n'a aucun droit sur elle. Ses interrogations, il doit les garder pour l'essentiel, son enquête. Inutile aussi de perdre du temps en politesses. Dès lors que Christina s'est assise à sa place habituelle après avoir offert à son interrogateur un petit bouquet de boutons d'or cueillis dans la clairière où elle passe ses journées, elle est prête à répondre à ses questions. Cette fois, c'est elle qui pose la première, surprenant quelque peu l'envoyé du pape.

– Je crois savoir quelle est ma mission sur terre, mais aussi la vôtre. Vous êtes là pour me dire que je ne suis pas folle, que ce que j'ai vu n'est pas un leurre… Voilà votre vraie mission.

– Je ne sais pas de quoi vous parlez.

– Du « Purgatoire ».

Michel de Valognes, qui commençait à prendre tranquillement des notes, s'arrête d'écrire et relève la tête, blême :

– Qui vous a parlé de cela ?

Christina lève les yeux en direction du plafond, accompagnant son geste d'un doigt pointé dans la même direction.

– Lui, eux. J'ai tout vu, tout entendu, tout senti. Entre l'Enfer et le Paradis, il est là.

– C'est loin d'être aujourd'hui une vérité de foi et d'Église. Je vous le conseille : attendez que sa formulation soit « officialisée » avant de l'employer, que les théologiens et la hiérarchie ecclésiastique le contrôlent, limitent son foisonnement dans l'imaginaire.

– C'est vous, vous qui venez de si loin, qui avez bravé tant de dangers qui me dites cela !

– Justement, durant ce voyage, j'ai vu notre monde se mettre en marche. C'est très troublant ; la cartographie fait des pas de géant, elle qui dessine le sol sur lequel nous marchons. Mais il est une autre cartographie, qui prend forme en même temps, peut-être plus vite encore : celle, imaginaire, de l'au-delà. Tout cela est très dangereux, je vous assure.

– Dieu m'a appelée pour cette mission : « Cette idée nouvelle du Purgatoire doit essaimer partout », m'a-t-il dit, « parcourez le monde, butinez, fécondez, pollinisez. »

– Vous risquez votre vie.

– Non, c'est vous qui risquez la vôtre. L'existence de ce troisième lieu entre l'Enfer et le Paradis doit inciter les vivants à se soucier de leur sort. Au Purgatoire, les défunts endurent des peines proportionnelles aux péchés qu'ils ont commis de leur vivant. Mon rôle est de leur dire, quand il en est encore temps : dépendant de la conduite menée ici-bas, le salut de chacun se joue dès sa mort.

– Christina, attendez que l'Église ait attesté ce troisième lieu avant d'en divulguer l'existence. Je vous en conjure. En avez-vous parlé à l'abbé Guibert ?

– Oui.

– Quelle fut sa réaction ?

– Il m'a prise pour une possédée.

– Et à l'évêque ?

– Il a vu en moi un démon au féminin.

– Cela ne vous suffit pas ?

– La peur est un sentiment qui m'est désormais étranger.

– Je pense sincèrement que tout cela est trop complexe pour eux, pour nous autres, humains. Personne ne sait ce qu'il y a entre la mort et la résurrection. Le Purgatoire est sans doute une voie, mais bien incompréhensible. On sait que désormais elle existe ; contentons-nous de cela.

– Un jour viendra où des hommes et des femmes périront parce qu'ils affirmeront que n'existent dans, l'au-delà, que l'Enfer et le Paradis.

– Peut-être, mais nous n'en sommes pas encore là, dit Michel de Valognes, avant d'ajouter, retrempant sa plume dans l'encrier : Pensez-vous que vous pouvez voir plus loin qu'aujourd'hui, demain, après-demain, plus loin encore ? Que vous pouvez avoir des visions, des révélations ?

– Je ne sais pas… Si je vous dis que je vois très nettement, maintenant, un moine cistercien de Saltrey, penché comme vous sur une peau de mouton chaulée, plume à la main, écrire un livre qu'il intitule *Le Purgatoire de saint Patrick*, est-ce de la divination ?

– Certains pourraient dire qu'il s'agit de la sorcellerie.

– Et vous, que dites-vous ?

– Je réponds que je ne sais pas. Que je suis dans l'expectative.

Christina sent bien que cette vision du Purgatoire est au centre de sa mission sur terre. En racontant ce qu'elle a vu, en témoignant de l'existence de ce troisième lieu de l'au-delà, elle fait part d'une expérience qui contribuera à édifier les vivants. Elle poursuit l'œuvre du Christ. Elle est un aqueduc par où transitent les eaux de vie et les eaux de mort.

Dans les semaines qui suivent, les rencontres entre celui qui pose des questions et celle qui y répond s'espacent. Ce n'est pas une volonté de l'un ou de l'autre, mais chacun est entraîné par la vaste horloge hydraulique de la vie. Les saisons passent. Ce n'est pas qu'on oublie les frasques de Christina, ni que le moine disparaisse dans les couloirs du monastère, mais tous suivent le rythme de la vie du village. Le mois des fenaisons arrive, puis celui de la moisson et du battage du blé, et aux vendanges de septembre succèdent les semailles d'octobre.

Un matin de novembre, alors que la forêt se remplit de villageois venus ramasser du bois pour l'hiver, Christina, réfugiée dans une petite église en bordure de la forêt de Galgenbos, assiste à une scène qui la glace d'effroi. Alors qu'elle est en train de prier, à genoux devant l'autel, accompagnée de quelques oiseaux silencieux comme des carpes, une troupe innombrable apparaît, constituée d'hommes habillés de blanc et de pourpre et menés par un évêque qui n'est pas Hughes de Rijckel. Ils affirment être des chrétiens tués au cours de combats contre les Sarrasins. Ce qui est plus troublant, c'est qu'ils prétendent s'être arrêtés un instant pour s'associer à quelques compagnons, tous en route vers le Paradis, et quand Christina leur demande qui ils sont, leur réponse ne laisse aucune place à l'hésitation :

– Des croisés.

– D'où venez-vous ?

– De Terre sainte.

– Pourquoi tout ce sang, ce désespoir sur vos visages ?

– Après nous avoir taillés en pièces près du lac de Tibériade, et nous avoir volé la relique de la vraie Croix, Saladin…

– Qui ?

– Saladin, le sultan d'Égypte, celui qu'on appelle le « chevalier de l'islam », est entré dans Jérusalem, le 2 octobre 1187. Nous revenons de la troisième croisade…

Tout en disant cela, la troupe de combattants blancs ensanglantés semble demander grâce à Dieu sur la route de la mort. Christina, qui vient de vivre un songe, est brusquement jetée dans la réalité : une neige serrée à gros flocons tombe partout à tel point qu'en peu de temps plus rien de la vie des hommes n'est visible.

Tout est blanc et silencieux. Tout a disparu, excepté la troupe de soldats revenant de Jérusalem, la suppliant d'annoncer au monde ce qu'elle vient de voir, ce qu'ils lui ont dit : la chute prochaine de Jérusalem, la mort de milliers de chrétiens éventrés par les cimeterres des Sarrasins. Ce sont des revenants du futur, des morts-vivants à venir. Christina se pose des questions : une vision est-elle perçue avec les yeux de la chair ou ceux de l'esprit ? Elle se sent ballottée, n'a même plus la force de partir à l'assaut de la cime des arbres avec ses amis les oiseaux. Elle se sent lourde, inutile. Et si Dieu l'avait abandonnée ?

Aux confins de la région, à Liège, l'évêque Hughes de Rijckel qui a su imposer aux habitants de son diocèse les mœurs urbaines, qui a assujetti leur vie et leurs coutumes aux lois, qui a su fixer les poids et les mesures permettant les échanges et tenir sous sa férule la police des vivres, commence à être las de toute cette comédie. La sagesse populaire a raison : « L'évêque siège dans sa cathédrale de Liège comme un grand roi ou un grand prêtre. » À quoi cela lui a-t-il servi de demander la venue d'un fouineur du pape si celui-ci, plusieurs mois après son arrivée, n'a toujours rien rapporté de ses investigations dans le cœur et l'esprit de cette Christina qui a fini par prendre beaucoup de place dans la vie des Liégeois et des habitants de la province ? Et que font Guillaume de Looz et Herman de Hollogne ? À quoi leur servent leurs armes, leur armée ? Quand mettront-ils enfin un terme à toute cette mascarade ? Des hérésies commencent à circuler ici et là. L'Église doit devenir plus forte encore et couper les excroissances inutiles.

Comment faire marcher à même allure deux points de vue irréconciliables ? Hughes de Rijckel veut simplement que la paix de l'Église soit rétablie, ne vacille pas sous les coups de boutoir d'une femme folle – car il en est persuadé, c'est à cette conclusion que va en arriver le foutu moine venu de Valognes en Coutentin –, tandis que Guillaume de Looz veut la disparition pure et simple de Christina. La tuer, l'empoisonner, faire dévorer son cadavre par les loups, nettoyer la surface de la terre de cette vermine !

– Qu'une fois morte, qu'aucun chrétien ne dise pour elle un *Ave*, qu'aucun prêtre n'ose célébrer la messe à son intention !

– Que sa dépouille soit maudite ! Qu'elle reçoive la sépulture d'un âne ! Qu'elle soit enterrée dans une fosse à purin !

– Faut-il une preuve supplémentaire de l'infériorité des femmes ? demande Hughes de Rijckel, rejoignant la meute des loups. Certains textes insistent bien sur l'obligation qu'elles ont de se présenter à l'Église tête couverte. Lorsque les deux sexes sont séparés au cours des offices, les femmes sont assises du côté gauche, le fait d'occuper le côté droit est bien un signe de la supériorité masculine ! Et puis quoi, les rigueurs de l'ascèse ne conviennent pas au sexe féminin ! Nous avons connu ces sœurs « sottes » qui donnaient le sein au Christ dans leurs visions, mais là c'est une rebelle incorrigible qui expose ses deux mamelles gorgées de lait aux yeux de tous ! Les femmes commencent à prendre un peu trop de place dans nos sociétés !

Face à la folie meurtrière du seigneur de Looz et de son vassal, l'évêque a soudain une idée, « diabolique » : l'ordre qu'il va donner au moine de Valognes va changer du tout au tout la physionomie de cette histoire et l'ordonnancement de la région.

13

L'évêque a estimé que c'était à Michel de Valognes de faire le déplacement. « À cheval, lui a-t-il suggéré, vous irez un peu plus vite et ce sera plus confortable que de voyager sur un âne… »

Cavalier modeste, le moine tonsuré portant la longue robe distinctive de son état compte parcourir les douze lieues séparant Saint-Trond de Liège en trois heures. Parti à prime, il devrait arriver à tierce.

Après avoir traversé un paysage de prairies et de labours, de jardins et de vergers, il s'attendait à une forêt profonde, tandis qu'il parcourt une vaste lande où se perdent les chemins, où surgissent les incertitudes, le danger, et où peut jaillir le merveilleux, celui qui hante les pages des romans de chevalerie qu'il lui arrive de lire. Dans ses oreilles, la vaste musique du vent ; sous ses yeux, le champ ténébreux aux longues tiges et aux larges feuilles ; montant à ses narines, des senteurs de résine et l'odeur tenace de la mousse.

Descendu de cheval, après avoir arpenté les ruelles de Liège qui l'ont mené jusqu'à la résidence de l'évêque, il aperçoit l'homme à la soutane noire ceinturée de violet, entouré du maïeur, des échevins, des maîtres, des jurés et de toute la communauté de celle qu'on surnomme la « cité ardente ». Sa crainte : que l'entrevue soit aussi périlleuse que celle du chevalier Owein qui se rend sur l'île du comté de Donegal pour expier ses péchés.

– Votre voyage fut tranquille ? demande Hughes de Rijckel.

– Oui, sans embûches, répond Michel de Valognes dont l'évêque décèle immédiatement l'inquiétude qui assombrit les traits de son visage.

– Ces messieurs souhaitaient vous voir pour vous adresser la bienvenue. L'époque est aux apparitions, aux manifestations surnaturelles, à l'invisible qui se fait visible. Ils sont rassurés. Vous voilà bien là en chair et en os.

L'évêque, qui est un homme de pouvoir, aime jouer au chat et à la souris avec ses commensaux. Il sait que ce repas simple à deux services, exigé par la frugalité de ce jour maigre, sera rapidement expédié, et qu'il pourra alors s'entretenir en toute quiétude avec son invité tout en buvant un verre de vin blanc adouci d'une goutte de miel.

– Je vous l'avais dit, nous voilà seuls désormais, lance l'évêque tel un gros chat satisfait.

– Vous avez des nouvelles de notre magicienne ?

– Oui.

– Vous l'avez vue ?

– Oui. C'est une femme… intéressante…

– « Intéressante » ? dit l'évêque, une pointe d'ironie dans la voix, tout en croquant dans une dariole que vient de lui apporter un serviteur. Prenez, prenez, ajoute-t-il en désignant de sa main droite à son invité un plateau garni de riz au lait, de pâtés de chapon, de flans à la crème, d'oublies, d'anguilles retournées.

– Je vous remercie.

– Nous sommes un jour maigre, je le sais, mais tout le monde est parti, et il faut bien rendre hommage à Dieu qui a permis que toutes ces délices existent. Vivez, mon ami ! Vivez !

– Une femme intéressante et… complexe.

– « Complexe »… Écoutez, dit l'évêque, en prenant entre le pouce et l'annulaire, là où saille l'anneau pastoral serti d'une améthyste, une oublie brûlante en forme de cornet, j'ai l'habitude d'aller droit au but. Que cette femme soit « intéressante », « complexe », sainte ou démone, peu m'importe. Notre vie, sur terre, est en train de changer, les marchés, les foires se développent, les villes aussi importantes que Liège s'émancipent du pouvoir féodal, le travail productif est au cœur de l'activité humaine…

– Certes, mais Christina dans tout cela ?

– C'est très simple. Je reviens à ma question : sainte

ou démone ? Le saint s'inquiète désormais de la qualité de sa relation à Dieu, de la pureté, de l'intensité de sa foi, de sa vocation.

– Oui, il se demande : Suis-je sincère ? Dois-je vraiment me mettre en retrait du monde pour me consacrer tout entier à Dieu ?

– Vous voyez bien que nous sommes d'accord ! Prenez du riz au lait, c'est une merveille. Non, vous n'en voulez pas ? Tant pis pour vous. Voilà l'essentiel : la vie du saint est son œuvre. Vous en êtes d'accord ?

– C'est elle qui doit témoigner en faveur de Dieu.

– Exactement ! Vous voyez la petite bibliothèque qui est juste derrière vous ?

– Oui, dit Michel de Valognes en se retournant.

– Tous ces manuscrits sont des *Vitæ*, des *Vies* de saintes, Ségolène, Liutbirg, Anstrude, Salaberge, Anne… Vous les avez lues ?

– Certaines, d'autres aussi que vous ne citez pas.

– Bien… Vous êtes d'accord qu'en ce moment, crucial pour la vie de notre Église, la piété populaire, la dévotion de masse, car c'est bien de cela qu'il faut parler, touche aussi bien ceux qui possèdent le savoir que les ignorants. Les savants et le peuple boivent tous deux à la source traditionnelle de l'hagiographie…

– Donc ?

– Je vous demande d'écrire une *Vita*, une hagiographie de Christina, lance l'évêque, comme s'il concluait un discours, tout en se jetant rageusement sur une part de flan à la crème.

Dans un premier temps, Michel de Valognes ne dit rien, semble se noyer dans une profonde réflexion puis se reprend :

– Je suis un enquêteur épiscopal, je n'écris pas de *Vitæ*. Et à ce stade, on ne sait pas si Christina est vraiment une sainte, une folle, une falsificatrice, une messagère du démon.

– C'est vous qui parlez de la sorte ! Je croirais entendre ces brutes de Guillaume de Looz et Herman de Hollogne ! Je crois que nous ne nous sommes pas compris, ou que vous ne voulez pas me comprendre… Je vous demande d'écrire une vie de sainte.

– Toutes ces saintes, dont on décrit la vie, dit Michel de Valognes en désignant la petite bibliothèque, se vivent comme des *sponsæ Christi*, toutes entièrement vouées à l'amour de leur époux céleste.

– Et ce n'est pas le cas pour Christina ?

– Il y a chez elle beaucoup de « tribulations »… Force est de constater qu'elle est peu marquée par le motif de l'*amor Dei.* Elle est humiliée, affamée, séquestrée, ses membres sont brisés, elle ne cède ni au feu ni à la glace, exsude du lait, s'enfuit des prisons les mieux gardées, voyage entre la vie et la mort, lévite…

– Pour vous, c'est une envoyée de Satan ?

– En cet instant, je ne sais pas.

– Qu'importe ! Écoutez, avant que vous ne repartiez, je voudrais vous montrer quelque chose, dit l'évêque en se levant et en l'entraînant dans une sorte de cabinet secret.

Les murs de la pièce dérobée dans laquelle Hughes de Rijckel le fait pénétrer sont couverts d'étagères chargées de récipients de toutes sortes : boîtes, cassettes, caisses, écrins, étuis de tailles et de dimensions les plus diverses – tous richement décorés. Il règne une atmosphère pesante, qu'accentue une sensation d'étouffement. L'évêque allume toutes les bougies qui laissent échapper une fumée âcre, ainsi que les lampes à huile et à suif. Sur chaque boîte est gravée une formule d'excommunication destinée à qui s'emparerait de leur contenu...

– Des restes précieux, dit l'évêque.

– Ce sont des reliquaires ?

– Absolument. Dont je fais don aux abbés, aux moniales, aux « personnes religieuses » de mes connaissances. Mais surtout que je vends à d'autres abbayes, à d'autres églises, pour que la gloire de Dieu soit partout visible, de plus en plus visible, gagne du terrain et des âmes. À la mort de sainte Marie de Walcourt, une main, une côte et seize dents ont été prélevées sur son cadavre : elles sont ici, ajouta fièrement l'évêque.

Michel de Valognes ne dit rien, partagé entre le malaise que lui procure le froid détachement avec lequel l'évêque parle de son trésor et le profond respect qu'il éprouve à l'égard de ces restes sacrés.

– Vous voyez, ce petit écrin d'argent, suspendu à mon cou, qui voisine avec ma croix, c'est un doigt de sainte Lutgarde de Cologne. Il m'a été offert par Thomas de Malmedy…

– L'auteur de la *Vita Mariæ Colonia* ? demande Michel de Valognes.

– Absolument. Écrivez une *Vie* de Christina. Faites-en une sainte. Reprenez le nom qui circule un peu partout…

– Christina Mirabilis ?

– Mais oui, écrivez une *Vita Christinæ cognomento Mirabilis.*

– Ai-je le choix ?

– Non.

Pendant les mois qui suivent l'entretien entre l'évêque et l'enquêteur du pape, Christina voit moins ce dernier. Non qu'elle n'en ait pas envie, car le lien qui a commencé de se tisser entre eux devient de plus en plus solide, mais parce que la mission que Dieu lui a donnée sur terre est un envahissement heureux. Le travail d'accompagnement auprès des morts est épuisant et éblouissant. Une épidémie de variole couvre d'un mouchetage de pustules toutes sortes de gens sans distinction de classe sociale : les pauvres comme les riches. Nombre de blessures, de plaies, d'ulcères, de tuméfactions en tout genre s'emparent de corps qui ne peuvent lutter, particulièrement au niveau des visages. Ni l'opium, ni les solanacées, ni aucun onguent administré à haute dose n'ont la moindre efficacité : la variole tue quatre malades sur cinq. Alors Christina est là pour préparer des mourants au grand voyage. Elle hante les cimetières, dissimulée sous des voiles, assiste aux messes funèbres, tient la main de ceux qui s'en vont rassurés de sentir auprès d'eux cette femme dont on a dit qu'elle lévite, qu'elle parle aux oiseaux, qu'elle nage dans les eaux glacées de la Meuse, qu'elle défie les flammes. Presque chaque jour, elle passe par nombre de lieux où sont tourmentées les âmes des pécheurs. S'enfonce dans les vallées profondes, gravit de hautes montagnes, plonge dans des lacs aux eaux tumultueuses. Aide les âmes des réprouvés à survivre à la chaleur torride et au froid glacial, à résister aux ténèbres et à la puanteur, aux bêtes monstrueuses, à toutes les horreurs. Elle patauge à leurs côtés dans le péché, dans le vice, avance cernée par les flammes fuligineuses et fétides, lutte contre les démons, et navigue comme elle le peut dans ce temps de l'au-delà qui n'est pas unifié, encore moins dans le double temps de l'homme ici-bas et dans l'autre monde.

Parfois, il lui arrive aussi de donner à des revenants des facultés surhumaines. Ainsi, leurs âmes savent tout de ce qui s'accomplit sur terre et connaissent l'avenir. Jean, le fils du boucher, par l'entremise de sa cousine, signale ainsi à son oncle et à son cousin que leurs ennemis trament contre eux une mauvaise action. Baudoin, artisan forgeron, apparaît en songe à un prêtre assoupi qu'il réveille, alors qu'il rend visite en même temps à sa sœur pour lui signaler que ce dernier sera en retard. Quant à la petite Gervaise, morte à dix ans des suites d'un soudain refroidissement, elle ne cesse de prévenir sa mère des coups du sort susceptibles de l'atteindre. Grâce à elle, celle-ci échappe à un incendie et arrive à temps pour sauver ses sacs de blé des rats qui étaient en train de les dévorer. Toutes ces actions, tous ces faits, Michel de Valognes les note scrupuleusement dans sa cellule du monastère toutes les fois où Christina vient lui rendre visite.

Mais le plus important pour elle, en ce moment, ne se situe peut-être pas dans le monde de l'au-delà mais dans le monde contingent que lui ouvre Juette. Depuis l'épisode de l'emmurement en place publique, elle se pose beaucoup de questions quant à la place des femmes dans cette existence terrestre qui est la sienne. Accolée à l'église de Saint-Trond vit une recluse dans une maisonnette. Ce qui trouble beaucoup Christina, ce sont les raisons profondes qui ont poussé la jeune Beatrix, puisque c'est son nom, à vivre ainsi isolée dans une cellule dont elle ne peut pas sortir. Faudra-t-il, à la mort de cette emmurée, démolir les murs de son reclusoir pour récupérer son corps comme il arrive souvent ? Pourquoi vivre ainsi, comme dans un tombeau ? « Pour être mieux protégée des dangers extérieurs », dit-elle.

Une femme, quand elle est veuve, vierge ou non mariée, ne peut vivre seule dans une cabane au milieu d'une forêt – Juette est une exception –, non plus qu'isolée dans une maison, dans un village ou à l'extérieur de ce dernier. Par peur des bêtes féroces, mais surtout des hommes, de tous les hommes : soldats, nobles, paysans, artisans, prêtres, moines. Ces recluses commencent à susciter autour d'elles « une agitation peu propice au recueillement et à la prière », prétend l'évêque.

– Il faudrait aussi que tu te préoccupes de cela, insiste Juette.

– C'est promis, tu as raison. Et ma foi peut m'y aider.

La nuit même, Christina fait un rêve singulier qui se déplie lentement, comme un drap. C'est le matin, un beau matin avec des alouettes et un peu de soleil. Des pâquerettes ont fleuri qu'elle n'avait pas encore remarquées. C'est un matin où elle est retournée se promener dans les rues de Saint-Trond, cette ville où elle se sent bien, qui est celle de son enfance, où elle aime vivre, justement parce qu'elle y traverse des épreuves difficiles, des pénitences qui la grandissent. Elle y croise des femmes qui semblent délaisser leurs tâches habituelles. Empruntant les ruelles qui mènent à la place, elles viennent s'y rassembler. D'abord ignorées puis huées par celles qui ne veulent pas les rejoindre, elles sont bientôt acclamées, fêtées, applaudies. Le ruisseau devient rivière, puis fleuve, puis c'est comme un grand lac où se joue une bataille navale à l'image de celle que les empereurs romains organisaient sur la *piazza* Navona, mais festive, sans colère, sans morts. Ces femmes chantent des airs joyeux, même quand arrivent les soldats et qu'ils chargent. Alors, un miracle s'opère : une meute de loups s'avance, extrêmement calme, qui forme comme un bouclier protégeant les femmes. À la frayeur des hommes se joint la peur des chevaux qui hennissent, frappent du sabot, soulevant d'énormes nuages de poussière qui recouvrent tout d'un brouillard couleur d'ocre. Et quand tout s'apaise les femmes ont disparu.

– Tu rêves ? demande Juette, qui voit Christina faire de grands gestes dans son sommeil.

– J'ai rêvé de femmes. Une rivière de femmes. En plein jour. Dans les rues de Saint-Trond.

– Moi aussi. Mais il faisait nuit noire et chacune portait des torches pour s'éclairer, et dans les lanternes brûlaient des chandelles ardentes. Mais elles ne craignaient rien. Elles parlaient librement, elles chantaient. Elles étaient protégées.

– Par Dieu ?

– Non, par une meute de loups, qui s'avançait, extrêmement calme, et qui formait comme un bouclier.

14

L'automne a passé, puis l'hiver, et le printemps est revenu, souple étoffe composée de ces centaines de milliers d'étourneaux au plumage iridescent, imitateurs effrontés de la nature qu'ils survolent. Parfois, le doute ronge Christina. À quoi lui sert d'arrêter la pluie torrentielle qui tombe sur la région rien qu'en levant les yeux au ciel, divisant ainsi la nuée et évitant aux hommes, sur ces terres d'endiguements, une vaste inondation ? Qui l'écoute quand elle prédit des éruptions volcaniques, des séismes, des glissements de terrain, des gouffres qui apparaissent d'un seul coup, des ports antiques qui s'enfoncent dans les eaux, des villes qui s'élèvent vers les nues, en des pays lointains et en des temps futurs ? Il lui arrive même de penser qu'elle est une morte-vivante qui vit sur terre de la même manière que les défunts dans l'au-delà. Sa mission est-elle bien réelle ou l'a-t-elle rêvée, elle qui pénètre à l'intérieur des sépultures pour y pleurer les péchés des hommes ? Quant à la rivière de femmes, protégée par des loups, pourtant annoncée, elle aussi, par Juette, elle n'a pas coulé devant elle, et elle n'a pu y tremper ses pieds ni se noyer dans son courant. Quelquefois, au sortir de ses extases, elle s'écrie : «Ô pauvre monde, misérable monde qui ne reconnais pas ton créateur ! Ô si tu comprenais l'immense bonté de Dieu, aucune puissance créée ne pourrait t'empêcher de l'aimer ! Mais tu fermes les yeux pour ne point voir, et tu te détournes de lui. Ô malheureux monde ! »

– Serais-tu une impatiente ?

C'est ce que lui demande la jeune fille vacillante qui se trouve devant elle, portant étoffes et draperies somptueuses. Vêtements d'une chair arrondie dans les plis, où la beauté des paupières, la suavité de la bouche, le frissonnement des ombres et des creux, démentent presque la douceur du geste, la blancheur de la peau, le regard qu'il lui sera impossible d'oublier. Cette jeune fille est une apparition, et sa chevelure, divisée en deux tresses entremêlées de rubans encadrant son visage, qui lui tombe jusqu'aux reins, la rend presque irréelle. Rien pourtant n'est plus réel que ce qui au premier abord ne paraît qu'une illusion.

Afin de prier, mais aussi de se cacher de cette troupe d'hommes à cheval, bruyante, agressive, qui allait et venait sans cesse, arbalète à la main, et qui semblait poursuivre un cerf ou un sanglier, Christina s'était arrêtée dans le seul bâtiment encore debout de l'ancienne abbaye de Blankefeume, située à moins d'une lieue de Saint-Trond. Celle-ci avait une étrange histoire. Pour combler les déficits de l'abbaye, un moine fonctionnaire avait, dans un premier temps, imaginé de détourner les revenus tirés des impôts, mais surtout, dans un deuxième temps, de laisser accroire qu'il avait découvert une fontaine miraculeuse. Une fois la fraude éventée, la foule avait refusé de se rendre à ce faux lieu de pèlerinage et donc de faire les riches offrandes qui auraient renfloué les caisses de l'abbaye. Le fautif excommunié, les moines avaient tous disparu du jour au lendemain. L'abbaye n'était plus aujourd'hui qu'un tas de ruines envahies par les ronces et les plantes grimpantes. Ne restait debout que cette maison abandonnée sur laquelle planait comme une malédiction : on la disait habitée par le Diable et hantée par la Macrale – une force maléfique responsable de nombre de maux, à commencer par l'hiver…

– Et vous, que vous arrive-t-il ? demande Christina, répondant à l'interrogation de l'inconnue par une question.

– Je peux parler sans crainte ?

– Oui, nous sommes entre femmes, n'est-ce pas, même si je n'ai pas de bijoux semblables aux vôtres.

– Vous attendiez beaucoup de femmes et vous n'en voyez qu'une ?

– Comment savez-vous cela ?

– Nous les femmes, nous sentons ces choses-là, non ?

C'est comme si ces deux femmes devaient se rencontrer depuis longtemps. La confiance est immédiate. Les regards ne mentent pas. Ils sont le miroir de l'âme ; ils témoignent des sentiments qui animent l'homme bien plus que ne pourraient le faire les gestes ou le costume. D'ailleurs, aucune des deux, à aucun moment, n'a pensé que l'autre pouvait être la Macrale.

Marie, Marie de Spaalbeek, c'est son nom, vient de quitter son époux, la nuit de ses noces. Ses parents, de riches drapiers de Tongres, l'ont mariée à un commerçant de Maastricht qui a fait fortune en vendant des étoffes de soie mais qui s'est reconverti dans les épices. Elle vient d'entrer dans sa quinzième année.

– Comment avez-vous fait ?

– Après la cérémonie religieuse, le cortège est retourné à la maison pour banqueter. Il fallait absolument que je parte avant l'horrible nuit. Le prêtre lui-même, après l'échange des consentements, n'a cessé de nous mettre en garde contre « les sorciers et les noueurs d'aiguillette ». L'assemblée ne pensait qu'à une chose : et si une intervention diabolique venait menacer d'impuissance celui qui était désormais mon époux ? Et moi ? Personne ne pensait à moi ! Je me suis sauvée alors que toute la noce était en train de danser et de boire. Heureusement, j'ai souvent accompagné mes parents dans leur commerce entre Tongres et Saint-Trond. Je connais chaque carrefour, chaque route, chaque clairière. Je savais que cette maison était abandonnée. Cinq lieues à parcourir, en pleine nuit, sur des chemins connus, ce n'est pas si terrible.

– Quelle différence entre la magnificence de vos

vêtements et les miens ! dit Christina, comme pour changer de sujet…

– C'est moi qui vous envie. Mes vêtements seront vite la proie des vers. Votre manteau de laine est tout ce que je recherche.

– Que comptez-vous faire ?

– Rester avec vous, si vous le voulez bien…

– De toutes les façons, je propose que nous ne quittions cette maison qu'à la tombée de la nuit. C'est plus prudent, non ?

– Oui, répond Marie, avant de confier à Christina qu'elle a un secret, « enfin, des secrets, plusieurs secrets », dont il faut qu'elle lui parle ; pour essayer de comprendre, pour s'en libérer.

Déjà, très jeune, bien avant que ce commerçant ne s'intéresse à elle, elle avait eu beaucoup de prétendants. « Cela a commencé quand j'avais douze ans. » L'un d'entre eux avait même tenté de la violer. Elle l'avait repoussé en lui disant : « Éloignez-vous de moi, nourriture de mort, aliment du mal, car je suis retenue par un autre amour. » C'est alors qu'elle avait compris. Elle ne pouvait faire autrement. Sa vie était ailleurs. Ailleurs que dans ce mariage fondé sur un rapport d'inégalité qui octroie à l'homme la maîtrise d'un seigneur sur la femme qui lui a été donnée, qui lui doit obéissance et révérence absolues, et auquel elle est priée de donner des enfants, des mâles de préférence, afin que domaines et héritages restent dans la famille. Marie ne voulait qu'un seul époux, Jésus, dont elle attendait un « don de miel et de lait, reçu de ses lèvres ».

– Je ne me voyais pas passer ma vie à préparer des draps bien blancs, de bons feux sans fumée, et à chasser du lit puces et autres mouches afin que mon mari ait un sommeil réparateur, après comme on dit ici que je l'ai bien « ensorcelé entre mes mamelles » ! Je ne voulais pas me faire battre à tout moment, ou comme certaines me faire dépecer par la lame d'un mari en fureur. Je ne voulais pas me faire expulser de ma demeure et être contrainte d'aller coucher avec les bêtes parce que mon époux avait ramené d'une étuve, sous notre toit, une prostituée.

– Je vous comprends, ma chère Marie.

– À vous, je peux le dire. Je n'ai jamais osé le dire à personne. Si on faisait sentir aux personnes les plus sensuelles ce que je sens, elles quitteraient bientôt leurs faux plaisirs pour jouir d'un bien si véritable : n'avoir pour seul mari que Dieu.

Dehors, la menace des cavaliers n'a toujours pas disparu. Régulièrement, les deux femmes entendent les hennissements des chevaux, les cris des hommes, parfois même, ils passent si près qu'elles ont presque l'impression qu'ils vont briser la porte d'un coup d'épaule et investir les lieux en poussant des hurlements de bêtes féroces. Rien ne semble déconcentrer Marie, toute au récit de sa vie. Elle n'a ni soif ni faim, n'éprouve aucune peur, aucune crainte. Elle est du côté de Dieu, et les autres, du côté du Diable.

Mais ce n'est pas tout. Il y a d'autres choses encore. Plus graves, dérangeantes, que personne ne pourrait comprendre, même les hommes d'Église, surtout les hommes d'Église. Une en particulier : Marie perd du sang, beaucoup de sang. Parfois, elle se complaît lors d'hémorragies nasales dans les extases. Parfois, sa sueur et ses larmes prennent une teinte pourpre. Parfois, une flaque de sang macule le sol où elle est en train de prier. Un jour, elle se voit même recouverte, des pieds à la tête, du sang du Christ jaillissant de ses plaies. « Ce sont excès d'humeurs et de sang dans les veines », avait conclu un clerc médecin ! Et parfois, elle n'a ni selles ni menstrues, des cycles durant.

– Je ne sais que faire. Quand je vois le Christ sur la Croix, je ne peux m'empêcher de verser des larmes de sang. J'ai songé à me jeter dans la Meuse…

– Comment pouvez-vous dire une chose pareille ? La vie est trop précieuse. Marie, Dieu vous a donné une mission, vous ne pouvez vous y dérober. Vous avez songé au couvent ?

– Non, je n'ai pas fui la prison d'un mari pour me retrouver dans la clôture d'un couvent dont les règles ont été fixées par des hommes. Les femmes sont nées de la côte d'Adam et les couvents de femmes, de règles fixées par des moines ! Je n'aime déjà pas me couvrir la tête d'un long voile, suivant la leçon de l'Apôtre, en marchant les yeux baissés, signe de modestie et de respect, ce n'est pas pour porter des cilices, me faire fouetter par mes sœurs, et fléchir les genoux à cinq cents reprises, le dos trempé de sang !

– Voulez-vous, comme moi, porter la Parole de Dieu dans les villages ?

– Oui, et disparaître dans les villes. Mais avant, je quitterai mes bijoux et me couperai les cheveux.

– Dieu ne vous demande pas autant de sacrifices…

À peine Christina a-t-elle formulé cette remarque que les cavaliers passent à nouveau, fouillant toutes les maisons, en brûlant certaines, rassemblant leurs occupants à l'extérieur, labourant les bonnes terres arables des sabots de leurs chevaux. On entend de longues plaintes, des hurlements de damnés. Comme la nuit commence à tomber, des cris effroyables surgissent ici et là. Elles entendent même, très distinctement, un des soldats affirmer qu'il a vu la fugitive, Marie, et « l'autre Satan de Christina Mirabilis » fuir dans la campagne suivies d'une « multitude de démons en forme de chat… ! »

– Que fait-on, Christina ? demande soudain Marie.

– Vous connaissez mon nom ?

– Bien sûr, comme beaucoup d'autres femmes, c'est pour ça que je suis venue. Je savais que je vous trouverais.

– Passons encore une nuit ici, et demain, nous rejoindrons la maladrerie de Saint-Trond, une amie y travaille, dit Christina.

Autour de la maison abandonnée, c'est partout le silence – le silence et les rats.

15

La maladrerie, construite avec les pierres de la première enceinte d'un château jamais achevé, abrite une colonie de lépreux qui jusqu'à aujourd'hui pouvaient circuler librement à condition qu'ils portent un habit distinctif et se fassent reconnaître grâce à une clochette qu'ils agitaient régulièrement. Mais tout est en train de changer, désormais les léproseries disposent d'une chapelle que dirige un chapelain, et même d'un cimetière. Ce sont des lieux fantômes, en dehors des villes, avec vue sur l'au-delà, où l'humanité est priée de mourir en silence.

Recueillis dans cette enceinte ouverte, les lépreux ne sont pas à proprement parler internés, même si après une cérémonie dans la chapelle, ils sont considérés comme socialement morts. Des barbiers-chirurgiens, en maîtres absolus des connaissances médicales, y font et y défont les destins. Ils nourrissent, habillent, logent les malheureux, guident les femmes, membres de la communauté soignante, dans leurs tâches quotidiennes :

essentiellement, prodiguer des soins aux malades, à commencer par des bains curatifs, et surveiller la stricte observance du règlement intérieur.

Christina comprend : la rencontre avec Marie n'a rien de fortuit. C'est tout le contraire. C'est un signe. Un de plus. Juette lui avait indiqué qu'un jour elle travaillerait à la maladrerie, lorsqu'elle se sentirait prête. Inutile d'accélérer le mouvement. Il lui suffisait d'un battement d'ailes la frôlant pour qu'elle dévie de quelques degrés de sa trajectoire. Voilà qui est fait. Pourquoi avoir attendu si longtemps ? Côtoyer toute cette misère est une chose inouïe. Comme toute cette horreur va la faire avancer, elle qui a tant à apprendre ! Et comme tout semble simple : l'arrivée de Christina, intégrée immédiatement aux équipes, celle de Marie, accueillies toutes deux à bras ouverts par Juette. Chacune, immédiatement trouve sa place. L'une se noyant au milieu d'une foule de malades. L'autre conduisant les plus vieux le long d'un grand portique afin qu'ils s'abritent du vent… La troisième, Christina, couchant les moins solides sur de simples grabats, transportant les infirmes dans les charrettes, rassurant les plus angoissés lesquels, se réveillant brusquement en pleine nuit, crient : « Seigneur, délivre-moi ! »

Si toutes ces femmes vivent au plus près de la misère et de la mort, Christina s'est fixé un autre objectif : vivre en intimité profonde avec elles, les futures défuntes, allant jusqu'à essayer de contracter la lèpre en favorisant l'infection de son propre sang, en mangeant et en buvant avec les lépreux, en se lavant avec l'eau dont ils se servent, en n'hésitant jamais à les prendre dans ses bras et à les embrasser. Quant au reste, à toutes ces accusations qui circulent dans les villes et dans les campagnes, comme quoi la lèpre serait assimilée au péché mortel qui sépare de Dieu, Christina les rejette. Non, le lépreux n'est pas éloigné de Dieu et de la Cité de Dieu. Non, il n'est pas séparé de Jérusalem. Non, il n'est pas responsable de tous les maux qui s'abattent sur la terre : désastres climatiques, disettes, manipulations monétaires. Les lépreux sont plus près du Seigneur que bien des gens en pleine santé. Ah, si seulement Dieu pouvait la rendre lépreuse, comme elle pourrait alors devenir davantage encore l'incarnation lumineuse de la souffrance du Christ ! Aussi décide-t-elle d'aller plus loin, en s'appropriant les excrétions des lépreux, leurs nausées, leurs souffrances atroces, leur profond désespoir, leur profonde mélancolie, celle par laquelle Sophocle, le grand dramaturge pessimiste, désigne la toxicité mortelle du sang de l'hydre de Lerne, dans lequel Héraclès trempe ses flèches.

Ce séjour à la maladrerie est une chance à saisir. Juette et Marie l'accompagnent dans ses souffrances qui sont aussi les leurs. Avec elle, elles ne mangent rien, veillent des nuits entières, multiplient les génuflexions. Un jour, leurs corps se couvrent d'un flot de sang. Un autre, une ondée violente les surprend, collant leurs vêtements comme si elles eussent été des korés antiques. Marie est souvent en proie à des crises de «haut mal» qui s'emparent d'elle, la surprennent, la font s'écrouler, blêmir, se raidir. Qu'importe, elle est possédée par l'Esprit. Il suffit alors d'un regard. Les trois femmes se comprennent immédiatement : Marie a été choisie, c'est une messagère de l'Au-delà. Inutile de la soigner, de la plaindre. Il faut plutôt la respecter, la craindre. Christina le formule :

– Tu es dépositaire d'un pouvoir surhumain. Dieu parle à travers toi. Comme il parlait à César et au pauvre laboureur.

– Ne dis pas ça à voix basse, il faut le crier au monde, réplique Marie.

Oui, ce séjour à la maladrerie est un passage, comme le tunnel qui conduit parfois Christina des tombeaux des morts au Purgatoire. Elle en sortira épuisée et revigorée, toute blanche, toute vierge. Le temps semble fuir. Où est-elle vraiment? Cela dure depuis combien de temps, cette sensation étrange, de l'été, à l'heure des vêpres, de l'hiver, au début de la nuit, à soigner les lépreux tout en jeûnant au-delà de la mesure? Combien d'automnes et combien de printemps à se nourrir de pain noir très dur, déchirant son estomac au point de le faire saigner. Deux, trois années, combien? Fête de la Saint-Croix, Pâques, Ascension, Pentecôte. Quelle est cette bouillie de temps, cette boue, ce fleuve en crue ? S'est-elle, comme Juette, entouré le tronc et les membres de lanières hérissées de pointes de métal ? Ou fait-elle comme Marie qui gratte jusqu'au sang ses pieds parce qu'ils ont « foulé des terres mal fréquentées » ?

Des paroles commencent à circuler. On raconte que les trois femmes peuvent guérir les malades atteints d'esquinancie. Il suffirait que l'une d'entre elles impose ses mains sur les plaies. On dit qu'elles peuvent distribuer de la nourriture venue d'on ne sait où et nourrir des centaines d'indigents. Les nouvelles et les rumeurs vont vite :

– Elles boivent les excrétions des malades dont elles prennent soin.

– Par leurs souffrances, elles fusionnent dans l'agonie du Christ en Croix.

– Mais oui : elles offrent cette agonie pour le salut du monde !

– Vous voudriez sans doute qu'elles aient recours à la réglisse, à la cannelle, à la froide rose, au sucre desséché sur une pierre chauffée ?

Christina comprend enfin, quand, parlant tout simplement à quelques lépreux de la maladrerie, les plus craintifs, elle ne les rassure pas mais augmente leurs peurs ; ce qu'elle enseigne, elle et ses deux acolytes, est pour beaucoup encore inaudible :

– Le mort-né, l'infirme de naissance, le malade chronique, le sourd, l'aveugle, le muet ne sont nullement des humains châtiés d'un péché commis par eux ou par leurs parents. Non, le dieu chrétien n'est pas un dieu vengeur.

Beaucoup commencent à penser que ces femmes sont dangereuses, qu'elles proclament des choses étranges, irrecevables. Christina comprend son rêve : ce flot de femmes est en train de se former. La source coule. Le ruisseau va grandir. Comme le sang qui régulièrement coule sur ses jambes, qui irrigue la terre, retourne à la terre. Elles sont trois aujourd'hui, elles seront des milliers demain.

Elle qui avait perdu le cours des jours soudain le retrouve. En pleine nuit, les cloches du village sonnent. Puis celles de toute la région. C'est un brouhaha immense, une émotion qui coupe le souffle. Les cloches sonnent à nouveau. Les messes se multiplient. Une nouvelle terrible vient d'arriver. C'est un crépuscule, vert et rouge. Qui dure si longtemps qu'on est à la fin obligé de s'apercevoir que la nuit est tombée et que la seule lueur qui reste vient maintenant des étoiles.

– Jérusalem est aux mains des impies, beugle un soldat couvert de toute la poussière de la route.

Ce qu'il raconte est incompréhensible, pour tous sauf pour Christina qui se souvient de son rêve.

Dans leurs palais respectifs Guillaume de Looz et Hughes de Rijckel ont affaire au même messager :

– On t'écoute, dit Guillaume de Looz, incrédule.

– Vas-y, raconte ta fable, ironise Hughes de Rijckel, qui n'en croit pas un mot.

L'homme est empreint d'une grande solennité, et d'une peur qui ne l'a pas quitté depuis qu'il s'est échappé du champ de bataille. Il a vu, lui. Il sait.

– En juillet 1187, Saladin a écrasé nos troupes près du lac de Tibériade, et il a emporté avec lui la relique de la vraie Croix. Trois mois plus tard, le 2 octobre, je m'en souviendrai toute ma vie, il est entré en vainqueur dans les rues de la ville sainte. La troisième croisade est inévitable.

Dans sa cellule, Michel de Valognes, lui l'érudit, ne peut s'empêcher de penser à cette nuit de 1066 où tout un peuple de musulmans massacra cinq mille Juifs. Un témoin – Gâlâh aux senteurs de jasmin – raconte que les rues de Grenade, en pente et prenant parfois la forme d'escaliers, étaient devenues des fleuves de sang et de corps humains. Il se souvient aussi d'une fameuse chronique, arrivée par on ne sait quel hasard dans la bibliothèque du monastère de Valognes, ayant pour titre *Granatæ in anno proximo*, et relatant la tuerie.

Christina, qui a repris le chemin de la cellule du moine, recommence à lui confier ses angoisses, et à lui faire récit de sa vie. D'ailleurs, ce dernier ne sait comment lui dire… A-t-elle compris que l'évêque voulait qu'il en fasse un livre, de sa vie, pour l'éternité, qu'il consigne, tel un scribe, ses faits et gestes ? Comment lui révéler ce secret qu'il estime inavouable ? Christina poursuit, imperturbable :

– Il m'arrive de me promener la nuit, les bras étendus dans l'ombre, comme un crucifix…

– Et vos rêves ?

– J'ai rêvé la prise de Jérusalem. J'ai rêvé que des femmes se joignaient à moi, qu'elles étaient des milliers.

– Et le Purgatoire ?

– J'y ai vu des hommes et des femmes, tous identiques : l'humanité. Il y avait des chrétiens, des juifs et des mahométans. Dieu ne fait pas de différence…

– Vous vous rendez compte de ce que vous dites ?

– La vérité. Ni plus ni moins.

– Et des prémonitions ?

– Je travaille à la maladrerie tous les jours. Des enfants, des femmes, des vieillards, de hommes y meurent chaque jour. Mais ce n'est rien, le pire est à venir…

– Que voulez-vous dire ?

– Une peste terrible, noire, va envahir notre monde. Dans longtemps. J'ai croisé un moine sur une route, le père Lorenzo Decaux, c'est son nom. Il revenait de Lübeck. Ne me demandez pas où cela se trouve, je ne sais pas.

– Lübeck ?

– Oui. Il m'a dit que c'était comme un serpent. Que cela commencera sur les bords d'une mer qu'on dit Noire. Puis que cela atteindra Caffa, un pays, une île, je ne sais pas. Un an plus tard, Lübeck, un mois de juin 1350. Et puis, une autre région, encore deux ans plus tard : la Rus'. Oui, c'est ça, je crois, la Rus'… Une bête de l'Apocalypse qui n'a rien à voir avec notre « lèpre ».

– Celle de la maladrerie où vous vous cachez ?

– Je vous le répète, je ne m'y cache pas, j'y travaille. La mort y coudoie la vie.

– Guillaume de Looz et Herman de Hollogne vous cherchent.

– Eh bien, qu'ils continuent !

Christina partie, le moine relit ses notes, rature, corrige, met des pages au propre. Et s'il l'écrivait, finalement, cette *Vita* que lui demande l'évêque ? Dans laquelle il raconterait tout, sans rien omettre, sans rien édulcorer. La vie d'une femme de la fin du XIIe siècle, qui vivra peut-être quelques années au XIIIe. Autour de lui, les gens, femmes et hommes confondus, meurent autour de l'âge de vingt-cinq ans. Enfin, c'est ce qu'il croit savoir, ce que des amis savants lui ont donné comme chiffre, mais tellement de gens ne connaissent même pas leur date de naissance… À commencer par lui, Michel de Valognes.

Une nuit il se relève. Les moines ont l'habitude de dormir habillés, par un souci de chasteté dont il n'a que faire : il aime dormir nu. Un couvent n'est pas un château, il n'a pas de couverture fourrée, mais un morceau d'épais tissu de lin et de laine, et un bonnet qui lui tient la tête au chaud. Quand il doit se relever pour les offices, il s'habille comme il peut, le plus vite possible. Mais là, s'il se relève, c'est pour autre chose. Depuis des années qu'il se pose cette question, il se dit qu'en se relevant souvent, il finira bien par obtenir une réponse :

– Qui suis-je, Seigneur, et quelle est ma vocation ?

16

Dans ce monde où le temps n'est pas ce qui passe mais ce qui revient et où le futur ne peut que répéter le monde des ancêtres, en ce troisième jour d'avril finissant, où les amandiers fleurissent, où l'herbe à renard rougit, où les ruisseaux suintent dans les rivières, Christina, qui semble avoir trouvé une forme d'équilibre, reste cependant insatisfaite.

Rend-elle assez grâce à Dieu, à celui que Juette et Marie voient comme leur époux qui les conduit régulièrement à l'extase ? Son chemin vers Lui est si différent de celui qu'elles empruntent. Certes, elle prie pour tous, pour les méchants, les magiciens, les jeteurs de sorts ; ceux dont elle désire par-dessus tout le salut, ses persécuteurs, tous ceux qui la mènent aux portes de l'Enfer – « Seigneur, pardonne-leur. » Certes, elle mendie pour se charger des péchés de ceux dont elle accepte les aumônes. Elle partage le destin fracassé des noyés, des roués, des pirates, des brigands, des lâches, des brutes, déchiquetés, broyés, dépecés. Elle n'hésite pas à expérimenter les instruments de torture réservés aux criminels, et prend de drastiques résolutions : « Je lécherai les ulcères ; je mangerai des herbes amères ; je boirai dans une tête de mort ; je dînerai toujours sur le plancher et non à la table ; je ramasserai avec ma langue comme une bête les miettes qui seront tombées par terre ; je laisserai s'épanouir dans ma tête des fleurs de sang et de pus, pleines de mouches. » Mais est-ce assez ? « Mon Dieu, n'espères-tu pas davantage de moi ? »

Christina se dit qu'elle n'est peut-être pas assez pauvre, pas assez humble. Il faut qu'elle soit encore au plus bas de l'échelle de la pauvreté et du dégoût, surtout du dégoût. Quand elle a commencé son travail à la maladrerie, la moindre saleté lui faisait bondir le cœur. Ainsi, un jour, voulant nettoyer, avec sa langue, les vomissures d'une malade, elle ne put le faire qu'en s'y prenant à plusieurs reprises, craignant qu'Il ne la punisse d'avoir trop hésité. Elle se souvient aussi que, tandis que montaient de l'extérieur les bruits d'une herbe devenue sonore, pleine de rumeurs, elle avait longuement attendu avant de prendre sur ses lèvres un crachat que venait d'expectorer une femme d'une beauté intense et que la mort était venue chercher la bouche en sang, les chairs en lambeaux déchirées et mâchées comme par une bête féroce. Comment trouver la voie quand l'idée même du souvenir de certaines fragrances vous laisse à penser que votre odorat n'est pas pur, que même ce plaisir est de trop ? « Seigneur, je n'ai d'autres désirs que de vivre en la présence du Christ les humiliations de sa Passion. Seigneur, n'ai-je d'autre solution que de me tenir comme une hostie vivante, agenouillée devant un cœur immense et rouge que je vois palpiter dans la nuit du monde ? »

On peut parfois errer des journées dans cette « nuit du monde » sans réponse, sans que la moindre ouverture n'apparaisse et puis soudain tout est possible, tout bouge, c'est exactement ce qui arrive aujourd'hui, quand Christina voit devant elle, adossée au mur ouest de l'église de Saint-Trond, une jeune femme ardente, vêtue de pourpre et d'écarlate, étincelante d'or, de pierres précieuses et de perles, aux grands yeux bleus, à la chevelure très blonde et d'une sublime maigreur. Elle vit d'aumônes, se nourrit de déchets, mais surtout se laisse prendre par tous les hommes, les plus grossiers ; dans toutes les positions, les plus abjectes. C'est la Grande Babylone de l'Apocalypse de Jean. Ne lui manque plus qu'une coupe pleine d'abominations dans la main droite.

Dans les auberges, les granges, sous les porches, les fossés des chemins, elle offre son corps. Marchands, francs-archers, compagnons, vilains, parfois même certaines femmes, dans les écuries des châteaux, les celliers des monastères, tous se l'accordent : elle rue comme mule folle. La force vif-argent que le printemps a mise au creux de ses reins et qui bout, là, toujours, comme une eau sur le feu, est un don de Dieu. C'est ce qu'elle dit, ce qu'elle prétend, ce qu'elle confie à Christina – ravie dans un amour qui prend la ressemblance de l'horreur :

– Je sauve les hommes qui me violent en des moments dont je suis la seule à pouvoir mesurer la douleur. C'est ma mission sur terre, dit Marguerite de Lyden – c'est son nom –, qui ajoute : Puis-je me joindre à vous ?

– Oui, répond Christina, qui subodore que ce ralliement en annonce d'autres…

À l'autre extrémité du diocèse de Liège, pendant que les deux femmes sont en train de se reconnaître, Herman de Hollogne, qui n'abandonne jamais les proies qu'il poursuit, fait rapport à Hughes de Rijckel des derniers développements de sa traque. La scène se passe dans la salle de l'évêché dont les poutres et les caissons du haut plafond sont décorés d'un semis de rinceaux animaliers tandis qu'aux murs de grandes tapisseries représentent certains épisodes de la vie d'Alexandre. Au sol, un tapis de jonc, de rameaux et de fleurs.

– J'ai retrouvé sa trace.

– Parce que vous l'aviez perdue ?

– Jamais, répond Herman quelque peu déstabilisé, ce qui visiblement ne déplaît pas à l'évêque. Nous la suivons au jour le jour…

– Et où est-elle ?

– Elle accompagne une prostituée. Une certaine Marguerite de Lyden, squelettique paraît-il, spécialiste du « jeu de l'âne »…

– Je vous en prie, inutile de me donner des détails ! Poursuivez, poursuivez.

– On les a vues dans les rues de Wellen. Christina s'est plongée entièrement dans les fonts baptismaux de l'église. À Tongres, sur la place publique, elles ont pendu à leurs cous des poissons et des morceaux de viande avariés. À Donk, pendant que Marguerite s'exhibait la corde au cou, le visage entièrement voilé, Christina la conduisait dans les rues, égrenant ses péchés à la population qui paraît-il tombait à genoux. À Maastricht, elles ont marché sur les chemins longeant la rive est de la Meuse, en portant sur la tête des entrailles d'animaux… Elles se promènent à moitié nues ou dans des vêtements étranges faits avec des écorces de tilleul, des échardes de saule et de petites épines… Elles hantent les tavernes de…

– Cessez ce carnaval grotesque, je vous en prie !

– Mais aussi…

– Quoi encore, n'est-ce pas assez ?

– Elles soignent les malades, ensevelissent les morts, prêchent au bon peuple sur les placettes, le charment par quelques poèmes chantés à la manière des troubadours. Marguerite de Lyden s'y connaît en poésie courtoise…

– Nous n'allons pas céder à quelques femmes folles en haillons ! Les pratiques pénitentielles publiques reviennent aux hommes de Dieu, ce sont des prérogatives sacerdotales !

– Il y a quelque chose de plus grave encore…

– Quoi, je me demande, cela ne suffit pas ?

– La communauté juive de Saint-Trond est très importante, comme vous le savez.

– Hélas, oui !

– Christina fait très souvent fonction d'accompagnatrice des mourants auprès des juifs de la ville. Elle jouit au sein de la communauté d'un fort courant de sympathie.

– Qu'en savez-vous ?

– Nous avons saisi un de leurs livres, le *Sefer Hassidim*, le « Livre des pieux », composé par Rabbi Juda de Ratisbonne, figure centrale du mouvement piétiste juif…

– Au fait, au fait, je vous en prie. Vous n'allez pas me faire un cours d'histoire juive !

– Christina y apparaît plusieurs fois. On y raconte qu'elle assure avoir vu des « évêques et d'autres chrétiens perdus en enfer » et des « juifs dans le jardin d'Éden ». Elle donne même des conseils sur les prescriptions du shabbat au sujet de l'utilisation du suif dans la confection des chandelles…

Hughes de Rijckel, qui en a sans doute trop entendu, explose de colère. C'est son interlocuteur qui propose une solution :

– La meneuse, c'est Christina ! Je le dis depuis le début ! Elle passe toujours dans les mêmes villes, emprunte les mêmes chemins, prêche sur les mêmes places ; ce ne devrait pas être très difficile de l'arrêter une bonne fois pour toutes !

– Que fait votre seigneur, Guillaume de Looz, pendant tout ce temps ? Que pense-t-il de tout cela ?

– Le désespoir de ne pas avoir pu partir à la croisade le rend malade. Je ne le reconnais plus. Par moments, il lui arrive de tenir des propos incohérents.

– De quel genre ?

– Un jour, il m'a montré au fond du pressoir des pommes qui séchaient. Il les a longuement regardées, puis a dit : « Ça sent bon, mais c'est une odeur qui rend triste. »

– C'est tout ?

– Oui.

– Agissez à sa place ! Je vous aiderai.

– Peut-être faudrait-il d'abord tendre un piège à ce moine qui confesse Christina…

Hughes de Rijckel se trouve dans une situation embarrassante. Comment expliquer à ce rustre qu'il a besoin que cette *Vita* soit écrite avant de tenter quoi que ce soit ?

– Laissez le moine tranquille pour l'instant. Contentez-vous de le surveiller, d'essayer d'entraver les actions de Christina. Pas d'esclandre, pas de meurtres, de sévices inutiles, et tenez-moi au courant.

17

Les hommes de Herman de Hollogne auraient pu arrêter Christina des dizaines de fois. Ses espions sont formels. Ils l'ont suivie du monastère à la maladrerie, sur certains chemins, sur le parvis des églises, dans les cimetières, même dans la clairière où elle retrouve Juette. Elle est venue à plusieurs reprises chez le moine. Elle a suivi la prostituée dans des auberges et des tavernes, et a assisté à ses ébats. Marguerite était comme une bête, on aurait dit qu'elle était devenue folle. De sa bouche sortait une bave épaisse comme du miel. On aurait dit une morte qui venait de mordre dans un pied de ciguë. Le plus étrange était de voir cette autre femme, Christina, qui observait comme insensible, imperturbable, silencieuse. Les soldats ont dit à leur chef : « C'était chose pleine de peur et d'épouvante. »

Christina qui voit clair dans la vie des autres, qui peut les sauver, les aider, est moins lucide quand il s'agit de son propre chemin. Parfois elle demande : « Où est la lumière ? Il y a trop de noir, trop d'énigmes. » Et parfois, l'inévitable arrive : les intérêts des méchants, de ceux qui lui veulent du mal, par on ne sait quelle construction du destin, croisent sa route. Comme s'il fallait que la catastrophe ait lieu. Comme une épreuve qui lui serait envoyée et à laquelle elle devrait faire face.

– « Monseigneur », dit Herman de Hollogne à l'évêque, sur un ton sirupeux, celui du courtisan, du traître, Christina prépare quelque chose pour le 25 décembre.

– Vous en êtes sûr ?

– Oui. Pour bien commencer l'année, sans doute ! dit le vassal, avec ironie.

– Alors, allez-y, je vous donnerai tous les moyens dont vous avez besoin, en hommes, en armes, dit l'évêque, je vous en conjure : pas de sang qui coule, pas de blessés, pas de cette violence qui en ferait une martyre.

– Cette fois-ci, elle ne nous échappera pas.

Des hommes en armes, munis d'arbalètes, sont dissimulés tout au long du chemin qui conduit au pré de Maan et derrière les arbres qui font autour d'elle comme une enceinte. Entourée de Juette, Marie et Marguerite, ainsi que de quelques paysannes venues l'écouter, Christina se tient droite, sereine, ayant pour tout habit une tunique et un scapulaire blancs lui couvrant tout le corps jusqu'aux pieds, nus, car elle aime sentir, sous elle, la force qui monte de la terre et qui l'irrigue lentement.

Au début, Christina a l'impression de ne parler que pour elle et pour celles qu'elle appelle ses trois sœurs. Le pré qui se remplit petit à petit ne semble accueillir que des personnes hostiles, des deux sexes, critiques, dubitatives. Sans doute ces dernières auraient-elles préféré voir des acrobates, des jongleurs, des danseuses, des charmeurs de serpents, entendre des conteurs et des chanteurs, des drôles de Saint-Trond se moquer des voisins de Tirlemont qui ne savent fabriquer que des balais et parlent le thiois avec un accent, voire finir la journée par une joyeuse retraite aux flambeaux. Mais rien de tout cela. Au contraire, c'est la folle de la Meuse, celle qui lévite, qui se nourrit d'excréments, qui fait l'aumône, qui exhibe ses mamelles, et qui est là à leur parler de Dieu, des saints, du Paradis, de l'Enfer, et de ce qu'elle appelle le Purgatoire et dont personne n'a jamais entendu parler. Mais surtout, voilà maintenant qu'elle aborde les choses terrestres, la vie quotidienne. Elle ne cesse de le marteler : « Avant l'au-delà, il y a ici, la vie sur terre, la vie de tous les jours. » Elle regarde les femmes et les hommes dans les yeux et leur lance des mots plus blessants que les pierres jetées par les frondes, plus dangereux que les flèches tirées par les arbalétriers :

– Femmes, pourquoi accepter que l'homme se livre sur vous à des violences physiques, vous séquestre dans votre maison, vous trompe avec votre voisine, vous prenne sans votre consentement, se jette sur vos filles, vos cousines, vos fils ?

À peine a-t-elle commencé de parler que des groupes se constituent. Certains la soutiennent, d'autres la conspuent. Des éclaireuses sont envoyées en ville pour chercher du renfort. Les hommes sont les plus hostiles, quelques femmes aussi. Mais rien ne semble pouvoir empêcher le fleuve de grossir.

– N'en avez-vous pas assez de filer la laine, de dégraisser le lin, de peigner le chanvre, de laver et tordre les draps, de déterrer les betteraves ?

– Assez de l'autorité sans partage du père et du mari, dit une jeune fille immédiatement insultée par son voisin.

– Mieux vaut être battue par son époux qu'être trompée par lui, répond une autre en gloussant comme une perdrix.

– C'est ça, plier le genou en signe d'humilité, cacher son visage et ses mains sous son voile, les yeux baissés afin de ne jamais rencontrer le regard d'un homme, ça suffit ! lance une troisième, le visage rougi par la flamme qui couve en elle.

Tandis que des mouvements commencent à agiter l'assistance, de plus en plus nombreuse, comme la houle de la mer, Christina ne se contente plus de parler aux femmes de leur condition mais s'adresse à tous. S'en prenant aux seigneurs maltraitant leurs paysans, invitant les paysans à se soulever contre leurs seigneurs :

– Vous tisserez toujours les mêmes étoffes et n'en serez pour autant pas mieux vêtus. Vous serez toujours pauvres, nus. Vous aurez toujours faim et soif. Jamais vous ne gagnerez suffisamment pour améliorer votre nourriture ! Tandis que vous êtes dans le dénuement, celui pour qui vous travaillez s'enrichit de votre labeur ! N'oubliez jamais : le péché capital, c'est l'*avaritia*, la cupidité, l'accumulation sans fin et sans autre but qu'elle-même !

– Le noble a tous les droits, hurle une paysanne, approuvée par nombre d'autres femmes, si l'amour d'une femelle l'attire, il n'hésite pas à la posséder de force, il ne vaut guère mieux qu'un cheval ou un mulet en rut !

– On devrait pouvoir quitter la seigneurie, se marier sans payer de taxe, hériter, refuser les corvées comme les vilains, dit un serf, pointant sa houe vers le ciel.

Christina revient à la charge, furieuse, bougeant les bras comme les ailes d'un moulin secouées par un vent du nord, s'adressant aux nobles dont aucun représentant n'est évidemment présent dans l'assemblée :

– Vous croyez qu'il suffit d'installer un autel, dans une église paroissiale, un hôpital, une collégiale, un couvent, une abbaye, et de le faire desservir par un chapelain chargé d'y célébrer les messes pour gagner votre place au ciel ! Vous pensez vraiment que vous pouvez vivre dans le luxe et faire valoir vos droits à une récompense dans l'au-delà ?

– Les prêtres ne valent guère mieux, dit une voix jaillissant de la foule qui continue de grossir, l'Église est-elle seulement capable de justifier sa propre richesse ?

Après un très court moment d'hésitation, suivi de regards furtifs lancés à ses trois acolytes, Christina, y lisant une forme d'assentiment, poursuit ses diatribes :

– Assez des pratiques simoniaques ! Pourquoi faire payer le baptême et les funérailles ? Assez de ces desservants qui vivent avec une « prêtresse », concubine ou épouse légitime ! Assez de ces chanoines lubriques, de ces dominicains décadents qui ne pensent qu'aux honneurs et ont un appétit démesuré du gain !

– Assez de ces curés cupides, orgueilleux, paillards ! crie Marie qui décide elle aussi de prendre la parole.

– Assez de ces clercs indignes, de ces membres du clergé habillés des étoffes les plus riches ; assez des pratiques divinatoires de certains prêtres durant la messe ! Seigneur, donne-moi la force de porter le fardeau de ces hommes qui font tant de mal à l'Église, donne-moi la force de rendre le bien pour le mal ! ajoute Christina, paroles que personne n'entend, car la haine est maintenant bien installée, prête à bondir, prête à la vengeance. Aurait-elle déclenché une tempête qu'elle ne peut plus maîtriser ?

Christina sait que, si elle veut faire entendre sa voix, elle doit utiliser des mots simples, des idées fortes. Comment parler de cette Église qui dénie à la femme la possession d'une âme immortelle ? C'est dans son droit canonique. Gratien le dit clairement dans son *Décret* – « La femme est en bien des points inférieure à l'homme. » Thomas d'Aquin fait de la femme un « être défectueux et manqué ». C'est un puits sans fond de dénégations, de rejets : « La femme est fragile et normalement moins réfléchie », « La femme peut par magie susciter chez son époux de l'amour ou le rendre impuissant », « La liste des vices et méfaits de la femme compte cent deux points précis »... L'abbé Guibert, caché dans la foule, et qui se garde bien d'intervenir, en a la preuve sous les yeux : la femme est un gouffre de sexualité, un monstre d'idolâtrie, une devineresse impie qui ne cesse de perturber la vie de l'Église ; après tout n'est-ce pas elle qui, selon la Genèse, est à l'origine du péché puisqu'elle parvient à convaincre l'homme de désobéir à Dieu ?

Christina a trouvé comment faire passer au plus grand nombre le message qu'elle souhaite délivrer : aidée par Marguerite qui n'ignore rien de la poésie courtoise, elle choisit le poème. Il lui suffit d'un geste de la main pour que la meute s'apaise et que le silence se fasse :

– Ô malheur ! couronne de la sainte chrétienté,
Comme tu t'es obscurcie !
Les pierres précieuses sont tombées,
Car tu abîmes et déshonores la foi chrétienne...
Malheur à toi, couronne du saint sacerdoce !
Comment es-tu descendue si bas ?
Tu n'es plus que vestige de toi-même !

Des clans se forment, bougent, essentiellement des clans de femmes, lesquelles, on s'en aperçoit, ont bientôt pris possession de tout le pré. Certaines commencent à haranguer la foule : elles en ont assez d'être mariées trop jeunes, de ne pouvoir agir sans la volonté de leur mari. Il n'y a pas que des paysannes incultes dans cette mer de femmes, progressivement des «savantes» les rejoignent, prévenues de ce qui est en train de se jouer dans le pré de Maan, qui ont lu des romans, et qui rejettent leur image toute faite : toujours une jeune fille d'une quinzaine d'années aux cheveux longs et blonds, à la peau pâle, aux attaches fines, aux grands yeux clairs, aux lèvres rouges, toujours cette poitrine ferme et petite, ce ventre rond ! Assez que des femmes se fassent enlever dans les couvents, violer à chaque carrefour et jusque chez elles la nuit ! Puis cela enfle, puis cela gonfle.

– C'est ça, la femme n'est qu'un simple vase où serait déversée la semence de l'homme !

– Vous savez bien, nous sommes la «porte du Diable» !

– La louve cruelle dévoreuse d'hommes !

– La truie insatiable et luxurieuse !

– Le symbole de l'impureté, celle dont témoigne le sang souillé qui coule irrépressiblement chaque mois le long de nos cuisses !

«Blasphèmes ! Blasphèmes !» objectent les hommes qui commencent à quitter le pré les uns après les autres.

Certains entraînant leurs femmes avec eux, mais la plupart repartant bredouilles, car la fronde en a gagné beaucoup qui résistent, refusent, enfin.

– Femmes du diocèse de Liège, ne craignez rien, dit Christina, Jésus ne parlait-il pas volontiers aux femmes, aux deux Marie, celle de Magdala et celle de Béthanie ? N'est-ce pas à elles qu'il s'est d'abord montré après la Résurrection, elles qui avaient pansé ses plaies, elles qui l'avaient assisté au pied de la Croix, elles auxquelles, vous le savez, il pardonna plus promptement qu'aux hommes ?

Les soldats, qui jusque-là étaient restés silencieux, dissimulés dans la forêt, commencent à se mettre en position de combat. Les hommes sont inquiets : et si leurs femmes rejoignaient massivement ces quatre folles sataniques ? Les prêtres commencent à se poser des questions : et si leurs ouailles délaissaient les églises pour suivre cette engeance diabolique ? Les hommes de Herman de Hollogne craignent le pire : et si cette troupe considérable d'enragées se munissait d'épées, de haches doubles, d'arcs de cognée, d'épieux, de piques, et finissait par envahir le palais épiscopal ?

Alors que le ciel commence à changer, tout tremblant d'éclairs, le pré et ses accès faisant haleter un grand nuage qui s'étale comme une chape de boue, et que les discussions semblent ne jamais vouloir cesser, les femmes les plus douces assurent qu'elles ne veulent plus être les servantes des hommes mais des compagnes.

Mais elles sont minoritaires. La plupart sont plus violentes, excessives, radicales :

– Nous ne voulons plus mener une vie sous tutelle masculine.

– Plutôt un mariage spirituel qu'un mariage arrangé où tout est joué d'avance !

– C'est pour ça que beaucoup choisissent le cloître, d'autres des couvents, seuls lieux où, dans nos vies quotidiennes, nous sommes relativement libres. Même si, là encore, ce sont les hommes qui dirigent tout. Nous ne voulons plus de cela !

– Choisissons une vie d'errance ! Vierges pauvres, femmes de paix !

– Non, point de paix ! La guerre ! Les grands bouleversements ! L'insoumission !

« Tout ceci ne peut durer », se dit Herman de Hollogne qui semble soudain se souvenir que l'évêque lui a donné carte blanche. À lui d'agir. De prendre ses responsabilités. Contre ces femmes qui se mettent à chanter d'une seule voix la plus grande gloire de Dieu et de la nature, mais surtout cette liberté qu'elles pensent acquise, « tout simplement parce qu'elles se mettent à beugler ensemble comme des truies dans un pré », il lance son armée. Dans les taillis de chênes blancs et de houx qui tapissent les pentes menant au pré, des clameurs bestiales se font entendre, accompagnées de froissements de feuilles sèches comme sur le passage d'un gros bestiau. « Il y a souvent des sangliers dans ces parages », se disent certaines avant de comprendre qu'il s'agit d'une armée qui fonce sur elles, pour en finir une bonne fois pour toutes…

Mais alors que tout semble perdu, que les chants se taisent et qu'un immense silence venu d'on ne sait où tombe sur ce tableau qui aurait tant inspiré un grand peintre, une harde de milliers de cerfs au pelage brun-roux, rendus ivres à force de grignoter les bourgeons sucrés des arbres, empêche les soldats d'avancer, de tirer la moindre flèche, d'engager la moindre poursuite, d'arrêter quiconque. C'est un mur vivant, infranchissable, qui permet aux femmes de se disperser, de disparaître, de devenir invisibles. Toutes peuvent rentrer chez elles, réintégrer leurs foyers. La fête est finie. Mais l'espoir désormais les habite et ne les quittera jamais plus. Quand le calme revient, que la harde a disparu au loin, derrière les collines, la troupe ne trouve plus qu'un immense champ labouré, vidé plus que vide.

Non loin de là, au plus profond de la forêt qui s'est refermée sur elles comme pour les protéger, Christina et ses amies croisent une femme, Mahaut de Louvain, habillée d'une ample cotte aux manches longues, le visage rond et plein mais tragique, et qui porte au doigt une marque rouge : celle de l' « anneau nuptial ». C'est elle qui a envoyé la harde.

Maintenant elles ne sont plus quatre mais cinq. De là où elles sont, elles peuvent observer la plaine où repose Saint-Trond. Une grande barre noire pend du ciel et se promène lourdement sur les champs. Bientôt, la nuit tombe. Sans lune. Noire, luisante. Il y a tant d'étoiles dans le ciel qu'elles paraissent comme lavées, frottées par le vent et qui donnent une sorte de lumière. Les cinq femmes sourient. Après ce qui vient de se passer, elles savent que, partout dans la ville, peut-être même dans tout le diocèse, cette nuit va en inquiéter plus d'un qui risque de croire non pas à une disparition périodique du soleil mais à sa disparition définitive. Mais pour elles, il en est tout autrement. C'est une nuit apaisante, sereine. Elles savent, toutes les cinq, que le soleil reviendra, ainsi que pour de nombreuses femmes de la ville et du diocèse, et qu'il éclairera la partie la plus naturelle de leur âme, la plus ancienne. Quant à l'angoisse légitime qui les habite, celle de la civilisation éphémère dans laquelle elles vivent, elle sera remplacée par un envahissement : la sérénité du monde primitif auquel elles ont été confrontées au moment du passage de la harde qu'elles auront vécu comme un rêve.

18

– Et à présent, demande Marie, qu'allons-nous faire ?

– Commencer par trouver un endroit où dormir, dit Marguerite.

– Ma clairière est moins sûre qu'avant, fait remarquer Juette.

– J'ai bien une idée, dit Marie.

– On t'écoute, dit Christina.

– La maison abandonnée à l'entrée de Saint-Trond… Là où je m'étais cachée.

Toutes sont d'accord, exultent de joie, à l'idée d'occuper un lieu que beaucoup vont fuir, de peur de croiser le spectre de la Macrale : cette maison abandonnée à l'orée du village, c'est là qu'elles peuvent passer la nuit, et pourquoi pas les suivantes ?

Et pourquoi ne pas rester ensemble ? Là, elles pourraient s'y défendre des hommes. Brûlant les étapes, elles imaginent déjà qu'il faudrait ceindre cette « ville dans la ville » de murs.

– Les pierres ne manquent pas, les ruines en sont pleines.

– Et avoir « notre » cimetière.

– Et réserver une parcelle à des fleurs et des arbres…

– Y faire pousser nos légumes et nos plantes médicinales.

– Élever des poules pour leurs œufs.

– On pourrait éduquer les enfants pauvres.

– S'occuper du lavage, de l'apprêt des draps, faire de la couture, pour obtenir notre indépendance financière.

Quelque chose est parti. Une graine vient d'être plantée. Sur le chemin qui, dans la nuit profonde, les conduit vers ce qu'elles voient déjà comme un havre de paix. L'exaltation est à son comble. C'est une bande de femmes joyeuses au sein de laquelle chacune donne son avis, lance ses idées, prend position.

C'est un besoin de protection qui pousse les êtres à entrer dans des liens de dépendance personnelle et, dès lors, on comprend facilement que ce sont surtout elles, les femmes, qui aliènent leur liberté. En ces temps de violence, de guerres, de passions brutales, elles se marient avec des hommes qu'elles n'aiment pas, s'enferment dans des couvents. Le petit groupe est bien d'accord : la vie monastique, ce n'est pas pour elles !

– Pour passer notre vie dans les cimetières à laver le corps des défunts et à prier pour les morts, sous la férule des moines ? dit Juette, merci très peu pour moi !

– Et puis les monastères de femmes, dit Marguerite, pour être assujetties aux ordres masculins, ah non ! Plus de chapelains, de confesseurs, de conseillers, de serviteurs !

– La seule parole autorisée concernant la vie spirituelle, ajoute Juette, est proférée ou cautionnée par la hiérarchie catholique, et ça on n'en veut pas.

Marie met tout le monde d'accord, quand elle propose de suivre « librement » les manières de vivre des apôtres :

– Écoute assidue de la parole de Dieu, prière, dépossession et partage des biens, joie, simplicité, témoignage évangélique...

– Témoignage évangélique, accompagné de prodiges et de signes, nous n'allons pas renier ce que nous sommes.

– Et que sommes-nous ?

– À les écouter : des diablesses, des démones.

Christina – et, dans une moindre mesure, Juette –, qui écoute en silence, ne pense pas exactement comme ses comparses. Mais elle ne dit rien, pour ne pas briser l'enthousiasme et la grande ferveur qui fermentent dans cette nuit du 25 décembre, comme présure jetée dans la jatte de lait. La vie collective, elle en est certaine, dissout l'individu, dissipe les esprits. Tôt ou tard viennent les querelles, les jalousies, l'appétit de pouvoir, d'ascendance. Plutôt que d'avancer en compagnie, elle préfère marcher à son pas. Toujours dans le désir de Dieu, mais tantôt avec une amie, quitte parfois à la nourrir de son sein ; tantôt seule, dans les bourrasques, la peur. Les routes vers l'au-delà, la mort, le Purgatoire sont trop dangereuses ; quant à la lévitation, elle lui appartient en propre, nul ne peut la suivre, nul ne peut la comprendre. Le risque le plus grand est bien d'être confronté à soi-même. Mais maintenant elle ne dit rien. C'est trop tôt. Inutile. L'enthousiasme de toutes ces femmes est si magnifique qu'il serait criminel de le faire voler en éclats.

Quel calme, quelle sérénité ! Protégée par des ruines silencieuses qui n'ont plus rien d'hostile, l'ancienne maison-étable à pans de bois et pisé se découpe, ombre noire dans cette nuit annonciatrice de la nouvelle année. Les femmes qui l'habitent désormais lui redonnent comme une seconde vie.

Dans trois jours, c'est la fête des Saints Innocents qui donnera lieu à d'interminables réjouissances : beuveries, festins, élection d'un évêque des fous. Est-ce pour cette raison que sur le sol de terre battue de la première maison reposent sur une table des tartes au fromage et des pintes de vin ? Quel est ce prodige ? Est-ce un piège tendu aux fugitives ? L'interrogation est vite écartée. Les femmes entre elles s'aident, se sont toujours aidées. « Elles devaient savoir. » « Elles se doutaient. » « C'est un signe. » Aucune n'hésite, aucune n'est inquiète. Ce sont d'autres femmes, amies, sœurs, qui leur ont apporté ces mets, comme les couvertures entassées dans un coin de la pièce et dans lesquelles elles pourront s'endormir. Les femmes entre elles sont de bonnes amies. C'est le petit lapin gris qui trouve une carotte, qui la donne au cheval, car il pense qu'il a faim, qui la donne à son ami le mouton pour la même raison, qui la dépose chez le chevreuil qui doit mourir de faim lui aussi, qui la rapporte au petit lapin gris pour qu'il ait à manger quand il se réveillera.

– Et si les barbares revenaient ? demande Marguerite.

– Quels « barbares » ? dit Marie.

– Les hommes du seigneur, les hommes de l'évêque, les maris, les moines, tous les hommes…

Christina, presque maternelle, prend Marie par l'épaule et lui montre la campagne, geste qui s'adresse bien évidemment à toutes. Marie ne comprend pas.

– Es-tu aveugle ?

– Non…

– Derrière la haie de noisetiers, tu ne vois rien ?

– Des loups, dit Marie.

Debout, assis, immobiles, à tel point qu'on les dirait atteints d'on ne sait quel mal, et dont la fourrure brille sous les rayons de lune. Une meute immense constituée d'autres meutes plus petites. Muraille ondulante, infranchissable, effrayante pour ceux qui s'en approchent.

– Alors, mesdames, dînons en paix, dit Marguerite.

Quelle singulière journée ! Ces femmes, que d'aucuns pourraient dire saintes, bien que non « religieuses », qui, la plupart du temps, ne prennent aucun aliment solide – tout juste boivent-elles de temps en temps un breuvage composé d'eau, de vinaigre et de sel pulvérisé – voire se nourrissent d'excréments, de détritus, de crachats, d'expectorations, s'amusent comme elles ne l'ont pas fait depuis bien longtemps. On dirait des chambrières qui s'ébattent avec des étudiants dans les caves pendant que dorment leurs maîtres et leurs maîtresses, se jetant joyeusement sur la nourriture apportée par d'autres femmes et qui constitue pour elles un repas royal dont il faudra peut-être se repentir, comme si elles avaient succombé à la tentation habilement offerte par le Malin.

Alors que, toutes repues, fatiguées, elles seraient presque prêtes dès maintenant à dormir sous la protection de l'armée des loups, Mahaut, qui jusqu'alors était restée silencieuse, décide de se dévoiler.

Elle s'appelle Mahaut de Louvain. Elle est veuve. Elle a eu des jumeaux qu'on a tués sous ses yeux parce qu'ils étaient la preuve de l'inconduite de leur mère, et que l'un des deux était le double diabolique de l'autre. Jeune servante chez un seigneur du diocèse de Liège, elle a dû à plusieurs reprises subir ses violences nocturnes. Il la prenait toute nue, la portait sur son lit, la tenait par les bras par-derrière, venait en elle à plusieurs reprises, la sodomisant, la menaçant de mort si elle parlait. Tout ça n'est pas si loin, après tout elle n'a pas dix-huit ans.

– Et déjà toute cette vie derrière toi, dit Marie.

– Oui, comme vous toutes, je suppose.

Blotties les unes contre les autres pour se réchauffer, tenant contre elles les couvertures, toutes ces femmes de la maison abandonnée écoutent cette vie qui est aussi un peu la leur.

« Et puis Dieu est venu. » Parfois elle parvient à tenir plusieurs jours sans s'alimenter. Oublieuse du pain, des galettes, des bouillies, des déchets même des autres, pour ne plus se nourrir que de la nourriture céleste. Parfois, la pâleur de la crainte se transforme en rougeur du désir naissant, quand Il vient et exige d'elle de « douces lamentations rituelles ».

– Vous voulez nous en parler ? demande Juette.

« Oui », dit Mahaut, qui raconte comment elle s'arrache les cheveux, se lacère le visage et déchire ses vêtements, et se frappe la poitrine avec les poings, se griffe les bras avec les ongles, emplissant le lieu où elle se trouve de cris affreux.

– Que ferez-vous de moi, quand cela arrivera ?

– Nous t'envierons, disent-elles toutes en même temps, cela veut dire qu'Il est en toi et que tu jouis de sa présence.

– Il me remplit. Je le dévore. Il me comble.

– Je peux vous poser une question ? demande Marguerite.

– Bien sûr.

– Comment avez-vous fait pour faire venir les cerfs ? Nous leur devons la vie sauve…

– Je n'ai rien fait, n'ai rien demandé, répond Mahaut alors que sonnent laudes au clocher de l'église de Saint-Trond. Ceux qui ont Dieu à leur côté échappent toujours aux dents des bêtes féroces. Sainte Marguerite d'Antioche, jetée en prison, qui se retrouve dans la gueule d'un dragon, parvient à se libérer en transperçant le ventre du monstre avec sa croix…

– Ce qui ne l'a pas empêchée de succomber au martyre, dit Marguerite.

– N'est-ce pas la plus belle des morts que de mourir pour Lui ? réplique Christina, tout en invitant l'assemblée à dormir, car les jours qui les attendent « ne seront pas de tout repos »…

Dehors, l'hiver est présent partout. Même les loups semblent grelotter dans le silence. Le froid est si fort qu'il est allé geler le vent au fond du ciel. Christina dort sans dormir. Comme toutes les nuits elle voyage, incapable de savoir si elle rêve ou si son ascension vers le pays des morts est réelle. Elle est au fond d'un tombeau. Elle est sur la route de l'Enfer. Elle dialogue avec un repenti qu'elle a pu guider jusqu'aux portes du Paradis. La douleur de l'homme pendu pour vol devient soudain la sienne. Les chairs écartelées de la femme adultère saignent de son sang. Pourtant, quelle est cette sensation nouvelle, cette image qui tremble et s'inscrit devant elle ? Elle fait face à Guillaume de Looz qui l'appelle à son secours, qui veut la voir avant de mourir ; son vassal l'empoisonne lentement. Il le sait. Il le sent. Ce breuvage qu'il lui fait boire, c'est du feu dans son ventre, des flammes dans sa tête. Malgré le froid, Christina sort de la chaleur des couvertures et des corps nus entremêlés de ces femmes qui ont pris la décision de la suivre. C'est le matin. C'est le grand silence. Le ciel est tout gelé comme un linge étendu dans la rosée. Christina se lève au blanc de l'aube : elle voit Herman de Hollonge offrir à Guillaume de Looz une coupe pleine de vin. Elle ne peut pas l'en empêcher, seulement voir que cela a déjà eu lieu et qu'un homme va bientôt mourir.

19

Hughes de Rijckel est hors de lui. Puisque personne n'est capable de régler les problèmes, autant prendre lui-même les choses en main. Son secrétaire particulier, qui sait reconnaître quand l'évêque est d'une humeur d'ours, ose à peine pénétrer dans la pièce, dansant d'une jambe sur l'autre.

– Qu'attendez-vous pour entrer, que la pâte de la boûkète ait fini de lever ?

– Monseigneur…

– Installez-vous. Prenez une plume, l'encrier est plein. Vous allez rédiger trois lettres. La première à l'intention de Herman de Hollogne. Qu'il soit au palais, demain, à prime ! Il devra se lever tôt, ça ne lui fera pas de mal.

– Voilà, dit le secrétaire, en tendant à l'évêque le parchemin, afin qu'il le signe et y appose son sceau.

– La deuxième, pour Michel de Valognes, ce moine dont on se demande à quoi il sert. Qu'il vienne le même jour, à tierce, pour déjeuner. Quand vous voulez appâter un moine, il faut toujours lui faire comprendre qu'il pourra s'adonner aux plaisirs de la table, n'est-ce pas ? La gloutonnerie, ça les connaît !

– Si vous le dites, monseigneur, répond le secrétaire, en parfait courtisan, agrémentant sa réponse d'un sourire forcé…

– Je ne le « dis pas », c'est un fait ! Troisième lettre, adressée à Guillaume de Looz. Qu'il vienne à none. Il n'aime pas dîner trop tard. Je dois régler avec lui une affaire de croisades…

– Les trois le même jour, monseigneur ?

– Autant se débarrasser promptement des choses désagréables.

Dès le premier échange de regards, Herman de Hollogne sent que la confrontation avec l'évêque ne va pas être des plus agréables. L'entrée en matière le lui fait comprendre :

– Quelles sont ces femmes qui haranguent la foule ?

– La période des calendes de janvier est toujours délicate.

– Que disaient-elles, que voulaient-elles ?

– Tout le monde en a pris pour son grade, monseigneur.

– Que voulez-vous dire ? Précisez votre pensée, bon sang !

– Elles reprochent aux ecclésiastiques toutes sortes de méfaits, soi-disant toujours très vite absouts. À ceux qu'elles appellent les « nouveaux riches », de gagner de l'argent malhonnêtement. Quant à l'or accumulé par l'usure, il serait entaché de péché et serait nauséabond…

– Les « nouveaux riches » ne font rien d'autre que de profiter de l'évolution économique et sociale…

– Je ne sais pas, monseigneur…

– Quoi d'autre ?

– Certains marchands aisés porteraient des vêtements trop voyants, à l'origine de deux vices : l'orgueil et la luxure.

– C'est ce que disent les saintes Écritures : l'orgueil en tant qu'amour de la parure ; la luxure, car responsable du désir.

– Elles ont aussi fustigé l'obscénité des hommes…

– Et la lubricité des femmes, je suppose qu'elles n'en ont pas parlé ? Combien étaient-elles ? Cinquante ? Cent ?

– Cinq, monseigneur.

– C'est une plaisanterie ?

– Non. Au début, elles étaient cinq. Et puis, petit à petit, d'autres femmes les ont rejointes.

– Et quelques femmes en colère ont suffi à repousser une troupe d'hommes en armes !

– Il est toujours très difficile de faire usage de ses armes face à un groupe de villageois…

– C'est pourtant votre métier. Et cette histoire de cervidés ?

– Ils ont créé entre mes hommes et ces femmes comme une barrière infranchissable. Et quand celle-ci s'est effacée, aussi vite qu'elle s'était formée, les femmes avaient disparu.

Herman de Hollogne ressemble à un enfant qui se fait morigéner par son père. Il utilise des arguments qui ne font jamais mouche, comme celui prétendant que ces femmes ne sont qu'un très petit nombre et que leur colère tombera d'elle-même.

Hughes de Rijckel n'est pas du tout de cet avis. Il sait très bien que les Pères du deuxième concile de Latran qui s'est tenu il y a un peu plus de cinquante ans s'insurgeaient déjà contre ces femmes en religion qui ont toujours constitué un défi à l'Église. La multiplication rapide des monastères de femmes était déjà un problème et voilà maintenant que certaines d'entre elles se pressent dans le sillage des prêcheurs. Lambert le Bègue en tête, qui recrute parmi les ouvriers tisserands et les pelletiers. Rien n'a servi de le jeter en prison.

– Que certaines jeunes filles se retirent dans un nombre restreint de couvents, soit, mais qu'elles se mettent à vivre en pauvresses, à mendier sur les chemins, à renoncer à toute nourriture au prétexte que le Christ les nourrit…

– Il s'agit d'une minorité, monseigneur.

– Vous n'avez rien compris. Ces vierges, ces veuves, ces épouses sont en train de déstabiliser toute la société. Investissent un domaine qui est le nôtre : la religion.

– Quelques folles incultes, voilà tout.

– Herman de Hollogne, vous êtes aussi mauvais dans la conduite d'une armée que dans l'observation du monde qui vous entoure. Ces femmes sont d'autant plus dangereuses pour l'ordre établi que, malgré leurs propos enflammés, leur tempérament extatique, elles ne sont ni incultes ni folles.

– Leurs tenues finiront par les discréditer. Rares sont celles qui sont vêtues comme l'honnêteté l'exige.

– C'est tout le contraire, monsieur le tailleur. Au lieu de se parer de vergogne et de décence, certaines ont des cheveux frisés, des ornements d'or, des perles, des habits somptueux, voire se promènent nues. C'est ce que m'ont raconté mes espions. Et j'ai tendance à les croire. Souvenez-vous du texte de Paul : il ne suffit pas aux femmes de porter le voile pour être honorables, il leur faut également le porter sobrement. Dans ce mouvement, les hommes n'ont plus leur place. C'est le fondement même de notre société qu'elles sont en train de pervertir. Alors, qu'elles soient dix, cinquante, deux cents, arrêtez-les toutes, torturez-les toutes, mettez le feu à leurs maisons. Nettoyez le terrain avec vos épées, nous viendrons ensuite avec les textes saints.

Alors que Herman de Hollogne quitte la pièce, l'évêque ne peut s'empêcher de penser qu'il a perdu son temps. Pourquoi a-t-il parlé de tout cela avec un soudard qui n'est bon qu'à violer des paysannes et à transpercer de son épée des brutes de la même espèce que lui ?

Cela fait très longtemps que Michel de Valognes n'a pas franchi les portes du palais épiscopal. Étant donné l'heure à laquelle l'évêque lui a demandé de venir, il sait que ce qu'il a à lui dire sera agrémenté d'un repas sans doute bien arrosé de bons vins blancs servis dans ces nouveaux verres transparents à large calice. Il sait aussi qu'à la table de l'ecclésiastique, ce sont les impressions visuelles plus que la qualité gustative qui comptent. L'évêque privilégie les couleurs au détriment de la saveur, comme en témoignent ces architectures à base d'épinards et de poireaux qui trônent sur la table devant laquelle l'homme d'Église l'attend dans une pose censée exhiber sa puissance :

– Mon cher Michel, lance Hughes de Rijckel à son interlocuteur, lui signifiant par là qu'il n'est pas loin de mettre en doute sa qualité de moine, je vous trouve changé.

– Que voulez-vous dire ?

– Plus intense, plus inquiétant, plus mystérieux. Le commerce que vous entretenez avec notre « sainte » n'y est sans doute pas étranger.

– Christina Mirabilis n'a pas encore ce statut. Elle n'est ni vénérable ni bienheureuse et encore moins canonisée…

– Votre *Vita* va nous y aider. Où en êtes-vous ? Cela fait déjà plusieurs années que vous êtes ici… Vous travaillez lentement, c'est le moins qu'on puisse dire.

– Écrire une *Vita* n'est pas chose aisée.

– Pourquoi ? Vous ne voyez pas votre sujet d'étude assez souvent ?

– Au contraire.

– Vous n'avez pas perdu de vue notre « accord » ? dit l'évêque presque menaçant, ce qui n'échappe pas à Michel de Valognes qui décide de rester tant que faire se peut sur ses gardes.

Les deux hommes sont à ce point tendus, chacun sur la défensive, qu'aucun ne touche aux mets disposés sur la table.

Le moine fait part de ses doutes, de ses hésitations, de ses craintes à l'évêque, estimant que le monde ecclésiastique est en train de courir à sa perte. Les simoniaques et les concubinaires restent à ses yeux trop nombreux dans le clergé. Ne vend-on pas sans scrupules les dignités ecclésiastiques, quand ceux qui les ont acquises à prix d'argent ne craignent même pas de vendre à leur tour les sacrements pour rentrer dans leurs frais ! Le prêtre marié ne se considérant pas comme un sujet de scandale ignore tranquillement les canons qui interdisent son genre de vie ! La construction des églises, des abbayes, des monastères voit se déplacer tout un peuple d'ouvriers, de travailleurs, de commerçants. La peur de Michel de Valognes, c'est que toute cette effervescence religieuse ne conduise certains sur les chantiers de l'hérésie.

– Vous voulez parler des bogomiles, patarins, et autres cathares – que d'aucuns appellent albigeois ?

– Entre autres. Mais, même les croisades… On sait parfaitement que cette troisième en cours en entraînera une autre et que la bourgeoisie y sera encore plus présente. Elle prête de l'argent aux croisés, opère des transactions commerciales avec l'étranger. Les seules choses qui ne changent pas, ce sont les croyances païennes. Combien de gens possèdent chez eux des mandragores en croyant dur comme fer que, tant qu'ils les posséderont, ils ne seront jamais pauvres.

Hughes de Rijckel ne comprend pas où le moine veut en venir. N'est-il pas en train de perdre son temps, comme il l'a perdu avec Herman de Hollogne ?

– Que vient faire Christina dans tout cela ?

– Je ne sais pas si une *Vita* va pouvoir faire d'elle une sainte, comme vous le souhaitez. Dans ce monde aussi mouvant que les sables qui entourent le mont Saint-Michel, que faire de cette vie pleine de zones lumineuses et de recoins plus sombres que les plus noires des ténèbres ?…

– Une *Vita*, ce n'est pas cela.

– Si, répond Michel de Valognes avec une force qui semble ne laisser aucune place au doute.

Comment raconter ces scènes où Christina offre sa poitrine gorgée d'un liquide onctueux qui coule le long de son corps en en faisant un miroir ? Comment raconter son corps nu dans la neige ou suspendu dans les airs au-dessus de la corniche du maître-autel, au sommet des arbres et des clochers ? Comment raconter ce feu qui prend soudain possession de son corps et le transforme en brasier ? De cette hostie qu'elle tend à un prêtre dont les mains deviennent immédiatement noires, car c'est un homme rongé par la débauche et traînant derrière lui une forte odeur de semence ? Et comment expliquer qu'elle commente en public les saintes Écritures, une désobéissance propre aux mouvements hérétiques ? Et toutes ses prédictions : croisades, guerres, famines, mort de tel ou tel ?

– Vous oubliez les loups et les cerfs, les oiseaux ! C'est une véritable ménagerie ! Ne gardez que la grandeur et oubliez les bassesses.

– Ne pas tout dire, en somme ? Mais la laideur fait partie de sa beauté. Sa grandeur, c'est d'accepter les deux. Dieu a fait l'homme merveilleux et odieux, il a fait coexister dans notre monde l'horreur et la beauté, le massacre de Béziers et *La Douce Voix du rossignol.*

– Arrêtez votre litanie. Faites ce que je vous dis.

– Cela m'est impossible.

– Je vous donne un an… Puis vous pourrez repartir dans votre pays.

– Le Coutentin ?

– Oui, le Coutentin, comme vous dites. Faites ce que je vous ordonne, si vous voulez le revoir, votre Coutentin.

« Une menace à peine voilée », pense Michel de Valognes.

Guillaume de Looz déteste être en retard. Mais cette fois, entre les chemins gelés et l'étrange maladie qui semble s'être emparée de lui, il n'a pu faire autrement. L'évêque, dont le sens de l'hospitalité n'est pas la vertu principale, tout juste acceptable qu'elle est quand il s'agit d'amadouer un ennemi, lance à son visiteur un tonitruant :

– Vous avez un pied dans la tombe, ma parole, quelle pâleur sur votre visage. Prenez un verre de vin blanc, cela vous rendra les idées plus claires.

– Vous, en revanche, vous me semblez inaltérable. Il y a de l'Hercule sous cet habit de dignitaire de l'Église.

– Ce n'est pas faux, dit l'évêque qui ajoute : D'ailleurs, vous m'excusez, j'ai commencé sans vous, la faim me tiraillait le ventre. Cette journée m'a épuisé. Installez-vous.

Tandis qu'il le regarde manger, l'accueillir, parler, Guillaume ne peut s'empêcher de se dire que l'évêque se conduit comme un roitelet en son royaume. Celui qui détient le pouvoir dans ce diocèse de Liège, ce n'est pas lui, Guillaume de Looz, avec son château, ses terres, ses soldats, mais l'évêque avec, derrière lui, toute la puissance montante de l'Église.

– L'heure est grave, n'est-ce pas ?

– Oui, nous sommes d'accord, répond Guillaume, ces femmes, surtout l'une d'entre elles, Christina, sèment le désordre. Cela ne peut durer.

– Leur conception de la vie religieuse présente un danger : celui d'un développement affranchi de tout rituel liturgique. Et tout cela est tellement indécent. Une jeune femme ne doit pas s'exhiber ainsi…

– Que voulez-vous que je fasse ?

– Maintenir l'ordre. Endormir cette Christina.

À mesure que le repas avance, Guillaume se sent de plus en plus mal. Arrive difficilement à alimenter une conversation qu'il ne maîtrise pas.

– Jetez-la une nouvelle fois en prison !

– C'est inutile.

– Mis à part cet événement dans le pré, avec cette foule et ces cerfs providentiels, vous avez de ses nouvelles ?

– Pas vraiment. Nous savons qu'elle est là, vivante, mais comme une sorte de fantôme, invisible, introuvable et qui, lorsqu'il apparaît, sème le trouble.

– Il faudrait progressivement faire remplacer l'admiration par de la suspicion et de la dérision.

– Empêcher les émules, ces sortes de sœurs grises.

– Ce qui est difficile, c'est de la surprendre au moment où elle mendie de porte en porte, recevant des dons en nourriture et prenant en retour sur elle les péchés de ceux qui la nourrissent.

– Écoutez, dit Hughes de Rijckel, qui sent bien que Guillaume de Looz est en train de tourner autour du pot, de perdre pied – maladie ou pas : Si une quatrième croisade se décidait, vous souhaiteriez y participer ?

– Ardemment, oui, dit Guillaume momentanément revigoré.

L'évêque, véritable araignée, sait qu'il tient son homme dans sa toile. Il l'a fait venir là où il le souhaitait. Il peut frapper :

– Alors, pensez à ce que je vous ai dit. Débrouillez-vous pour m'amener Christina.

– Vivante, entière, ou avec sa tête sur un plateau ?

– Je ne suis pas Salomé et vous n'êtes pas Hérode Antipas, et Christina n'est pas Jean le Baptiste ! Quoique, une sainte martyre, c'est très tentant ce que vous me dites là, vous savez... Allez, rentrez chez vous, reposez-vous, vous avez la mort dans l'œil.

Le retour vers Saint-Trond est terrible. Guillaume de Looz tient à peine sur son cheval. Autour de lui, tout danse, tout vacille. Comme le monde qu'il traverse, celui d'une chevalerie qui branle sur son socle. Il est tout tremblant. Il se sent comme une abeille saoule qui se roule dans le calice d'une fleur. Alors qu'il aperçoit le mur d'enceinte de son château, il entend une première trompette sonner – celle qui annonce que les plus hautes montagnes seront submergées –, puis, la deuxième, celle des navires et des marchands voleurs qui seront détruits ; enfin, la troisième : celle de la mer qui fera disparaître le tiers des hommes.

20

Depuis le grand événement du pré de Maan, du temps s'est écoulé, lourd et incertain – comme si quelque chose allait avoir lieu –, qui ne semble guère avoir affecté le groupe des cinq femmes qui s'est installé dans la maison abandonnée. Celles-ci se sont immédiatement mises à la tâche. Certaines construisent des murs, d'autres s'attaquent au jardin, réparent, améliorent, modifient, dans la joie la plus entière, et la lumière.

– La lumière qui unit le beau au bien, et dont la présence engendre le plus de joie, dit Marie.

– Dieu est la lumière à l'état pur, précise Christina, et, dans la mesure où les choses sont lumineuses, elles ne sont pas seulement nobles, elles sont divines.

Les hommes ont bien raison d'insister sur le contrôle qu'ils prétendent exercer sur les femmes, craignant que celles-ci ne leur échappent. Dans la maison abandonnée, la liberté est totale et l'absence des hommes est une révélation. Après tout, pourquoi ne pas reprendre cette idée qui avait été immédiatement la leur en arrivant ici : investir les autres maisons abandonnées voisines de celle qu'elles sont en train de restaurer pour en faire des lieux de vie ouverts à d'autres femmes qui, comme tout le prouve autour d'elles, ont une espérance de vie plus grande que celle des hommes – «Pour une fois, profitons-en», dit Marguerite… Et puis, elles le voient bien, le sentent au plus profond d'elles-mêmes : cette nouvelle manière de vivre la vie au féminin les change profondément, comme cela change aussi profondément le rapport qu'elles ont à leur corps. L'ascèse, la vision, le jeûne, la contemplation, voire la communication avec les absents, le dialogue avec les morts font que ces femmes ont délaissé leur ancien corps pour en exhiber un nouveau, sans contraintes et qui est enfin le leur, qu'elles retrouvent et qu'elles aiment : un corps pour elles-mêmes.

Ces nouvelles perspectives ne les font cependant pas dévier des missions qu'elles se sont assignées et pour lesquelles elles veulent s'engager et aimer. Marguerite, qui sauve ceux qui lui volent son corps, mais pour qui la lecture des textes sacrés en langue vulgaire est une priorité, tout comme la danse, les arts, la musique, la poésie. Marie, tout entière vouée à l'amour de l'époux céleste et qui enseigne qu'affirmer, comme le soutiennent certains, que lorsqu'on aime on n'aime plus personne est une ineptie : lorsqu'on aime, on ouvre son cœur à tous. Mahaut, toute en proie à ses saignements lors de la célébration eucharistique, par le nez et par la bouche, dans l'attente éperdue qu'Il la comble. Juette, enfin, l'anachorète des bois profonds, qui parfois ne mange qu'une fois par jour, en très petite quantité, en été à l'heure des vêpres, en hiver à la première heure de la nuit, et qui ne fait jamais usage ni de vin ni de viande, et dont la nudité est une ascèse. Quant à Christina, elle ne cesse de prendre sur elle la brûlure du feu, c'est-à-dire un lourd poids de péchés, capable d'embrasser du même regard clair les bourreaux et leurs victimes, comme Maximilien Kolbe qui, elle en a eu la vision, prendra bien des siècles plus tard la place d'un condamné. Christina, toujours à se perdre et à se retrouver dans ces allées et venues entre la terre et le Purgatoire, y compris lors de cette nuit funeste où, perdue dans des lacis infernaux, elle sentit la présence d'êtres malveillants, menaçants, démoniaques, d'âmes errantes perdues dans un désert dont elle pensait qu'il n'avait pas de fin.

Depuis quelques semaines, quelques mois, peut-être, elle ne sait comment l'annoncer à ses amies, elle éprouve un besoin d'espace et de liberté. Autant elle est à leurs côtés, pleinement, profondément, dans ce projet commun de lieu d'accueil et d'amour où les femmes pourraient se réunir, autant elle éprouve le besoin urgent, viscéral, d'être seule, indépendante. De voler à nouveau. Elle choisit le moment de ce repas pris en commun, durant lequel celles qui mangent se voient attribuer dans leur écuelle une grande louche de soupe aux choux, pour leur faire part de ce puissant désir enfoui :

– Donc, vous voulez nous abandonner ? dit Mahaut.

– Bien sûr que non ! Je veux rester à vos côtés. Mais ma vraie vie est aussi faite de solitude.

– Quand comptez-vous partir ? demande Mahaut, parlant au nom de toutes.

– Maintenant, immédiatement.

– Il fait nuit noire, il pleut, dit Mahaut.

– Depuis que nous nous sommes installées ici, il y a toujours des gardes qui viennent rôder, dit Marie.

– Qu'importe, les loups leur font peur, dit Marguerite.

– Et nous avec ! Ils nous prennent toutes pour des Macrales ! dit Marie.

Imperturbable, Christina continue à dire ce pour quoi elle a décidé de parler :

– Je veux partir prêcher sur les routes. Je veux devenir une humble prédicatrice.

– On va vous prendre pour une hérétique, rétorque Mahaut.

– Je dois poursuivre mes voyages entre la vie et la mort. Beaucoup de gens m'attendent à la porte du Purgatoire, sur les routes de l'Enfer et celles qui conduisent au Paradis. Tant de morts-vivants ne savent de quel côté aller, telle une barque emportée par le flot houleux : glisser du côté de la mort ou du côté de la vie.

– Et n'oubliez pas les femmes ! dit Juette.

– Certainement pas ! Car tout cela ne fait que commencer. Nous allons bouleverser l'ordre des choses, et trouver dans l'existence et dans la religion la place qui nous revient.

À peine a-t-elle quitté les lieux, en glissant doucement, silencieusement de la maison à la cime des arbres puis à l'amoncellement des nuages où elle semble se noyer, qu'une troupe bruyante envahit la place et frappe à grands coups de massue contre la porte de la maison. C'est Juette qui va ouvrir.

Un homme est là, massif, ardent, qui demande à voir Christina : Herman de Hollogne. Il est envoyé par Guillaume de Looz. Contrairement aux apparences, il ne vient pas, cette fois, avec des intentions belliqueuses, avec un goût de sang sur les lèvres. Les soldats ont mis pied à terre. Les épées sont restées dans les fourreaux. Aucun cri. Aucune remarque salace. Aucun geste lubrique.

– Guillaume de Looz est malade, très malade, il veut voir la femme qui plonge nue dans la Meuse, qui ne craint pas les flammes, qui est ressuscitée des morts.

– Christina n'est pas là, dit Juette.

– Ne m'obligez pas à fouiller la maison, à y mettre le feu !

– Elle n'est plus ici, on ne sait pas où elle est partie, dit Marie.

Quelque chose se passe. Herman de Hollogne comprend que ces femmes ne mentent pas.

– C'est très urgent. Le seigneur de Looz se meurt.

– Elle est peut-être dans la forêt, dit Juette, se souvenant de la scène du viol que Christina lui a racontée. Je pense que vous saurez la retrouver…

Herman de Hollogne ne répond pas. L'un et l'autre se comprennent. Quand il enfourche son cheval, son regard croise celui de Juette. Il s'y plonge, s'y enfonce comme dans un puits et en remonte, plein de frayeur, comme s'il venait de voir la mort en personne.

En compagnie de ses hommes, il passe toute la nuit et une partie du jour à essayer de retrouver Christina. C'est peine perdue. Ils traversent des fleuves, franchissent des collines, chevauchent sur des champs de blés, parcourent des lieues torche à la main. Rien. Ils finissent par revenir au château. Bredouilles comme après une chasse au gibier où le gibier n'a pas daigné se faire massacrer. Il ne s'agit plus d'un sanglier ou d'un cerf qui a échappé aux chasseurs, mais de la mort qui guette un homme. Comment annoncer à Guillaume de Looz qu'il n'a pas trouvé Christina ? Herman joue à merveille le désespoir, la peine. Mais quelle n'est pas sa surprise quand, à quelques pièces de la chambre du seigneur, on lui intime l'ordre de reculer, de ne pas aller plus loin ? Il a beau s'esclaffer, prendre des poses, jouer à l'indigné, tout de même, il n'est pas n'importe qui, rien n'y fait.

– Celle qu'on appelle Christina Mirabilis est avec notre seigneur, à son chevet, lui dit un garde protégeant jalousement l'accès aux appartements de son maître.

Herman de Hollogne peut verser toutes les larmes de crocodile qu'il veut, tout le monde s'en moque. Mais ce qu'on ne sait pas c'est que Herman de Hollogne, malgré tout, est heureux. Son piège a parfaitement fonctionné : Guillaume de Looz va mourir, et il va pouvoir prendre sa place ; quant à Christina, il n'a plus qu'à attendre qu'elle sorte pour la cueillir, comme Caillot rosat mûre tombant à terre. Il va lui suffire de se baisser pour la ramasser.

La chambre de Guillaume de Looz est toute tendue de satin bleu. Le sol est jonché de paille hachée tressée en nattes. Dans un coin, un fauteuil ; disposées le long d'un mur, des sellettes ; sur une table : quelques objets de dévotion, des coffrets. Un feu ronflant comme un sonneur embrase la cheminée qui fait face à un énorme lit posé sur une estrade. De son armature de bois, formant comme un ciel, pendent des courtines. Enfoui sous l'épaisse couverture fourrée d'hermine, Guillaume de Looz apparaît, minuscule, soudain piteusement humain, la tête coiffée d'un bonnet.

– Comment avez-vous fait pour venir si vite ? Mon vassal est souvent si lent…

– Je n'ai pas eu besoin de lui.

– Qui vous a dit que je voulais vous voir ?

– Moi seule. Je vous ai entendu m'appeler.

– Je vais mourir.

– Je sais.

– Enfin, je crois que je vais mourir. Je me sens si mal. J'ai été réveillé en pleine nuit par la violence d'une odeur affreuse, ça puait le Diable, et par mon chien, qui est venu se réfugier contre moi en tremblant. Et pourtant, il est courageux. Je ne l'ai jamais vu avec autant de frayeur dans le regard.

– Vous allez bien mourir, en effet. Votre vassal vous a empoisonné.

– Comment le savez-vous ?

– Je l'ai vu dans mon sommeil verser dans votre verre une mixture à base d'ergot et d'entolome.

– Combien de temps ai-je encore à vivre ?

– Il ne s'agit plus de temps. Vous serez mort avant ce soir.

Le chevalier ne dit rien. Mais si aucun son ne sort de sa bouche, l'expression qui éclaire son visage d'une lueur étrange semble signifier qu'une forme de sérénité l'habite désormais.

– Je voulais vous voir pour me repentir, commence-t-il…

– Voilà pourquoi il vous a semblé utile de convoquer une armée dirigée par votre boucher ? Je vous le répète, je vous ai entendu m'appeler.

– Je me sens si sale, si noir, dit le chevalier en posant sur le bras de Christina une main brûlante, tremblante de ferveur, ajoutant : J'ai entendu dire qu'un certain Burchard de Worms, un évêque, recommandait aux confesseurs de poser plusieurs questions…

– Peu m'importe ses questions, j'ai les miennes, et je ne suis pas un confesseur.

– J'ai tué, j'ai volé, j'ai menti. Les jours de fêtes et le dimanche, j'ai dédaigné l'office divin pour aller à la chasse : j'ai préféré aux hymnes des anges les aboiements des chiens. J'ai toujours choisi ma nature corporelle de préférence à ma nature spirituelle… La liste de mes fautes est interminable. J'ai même envoyé des hommes pour me débarrasser de vous. J'ai appris que mon vassal vous avait violée…

– Moi et d'autres…

– Lorsque le soleil cesse de briller dans la nuit toutes les bêtes des forêts s'y remuent, la peste marche dans la ténèbre. Je n'ai cessé de tomber durant toute cette vie.

– Comment voulez-vous faire autrement ?

– J'ai si peur de la mort.

– Le jour du Seigneur arrive toujours comme un voleur en pleine nuit.

– J'ai peur des châtiments infernaux !

– Je suis là pour vous accompagner. N'ayez plus aucune crainte.

– J'ai commis tous les crimes majeurs retenus par l'Église : l'idolâtrie, le sacrilège, l'homicide, la fornication…

– L'Église n'est pas Dieu. Je ne suis pas là au nom de

l'Église mais au nom de Dieu. L'évêque, le curé, le moine, il faut les oublier, seule compte la parole de Dieu.

– Voilà pourquoi j'ai voulu me confesser *in articulo mortis* à vous, et non à un prêtre… J'ai tant aimé cette terre accueillante, ma maison de boue, toutes mes futilités, je quitte tout cela vraiment à contrecœur, ce corps qui est le mien, que je rachèterais bien à prix d'or pour me libérer de cette saisie. J'ai trop voulu savoir, alors que j'aurais dû me contenter de croire.

– Laissez-vous guider par moi.

– Si Dieu est quelque part, me sera-t-il miséricordieux ?

– Suivez mon regard, mes mains, ma marche le long de ce tunnel.

– Si noir.

– Qui va vous conduire à la lumière. Pensez à des souvenirs heureux, les plus simples.

– Chasser le lièvre avec mon chien, pêcher le saumon avec un trident…

– Voilà, vous allez glisser doucement vers la mort maintenant, en suivant ce lièvre, ce saumon… Quant aux tourments qu'exige votre purgatoire, j'en prends dans mon corps la moitié.

Guillaume de Looz, qui paraît soudain apaisé, veut « avant de partir » lui confier un dernier secret, ou plutôt lui donner un conseil :

– Méfiez-vous de mon vassal. J'étais un chien qui

aboie, il est un loup. J'étais une torche dans la nuit des hommes, c'est un feu de forêt attisé par la tempête.

– Partez en paix, Guillaume de Looz. Je vous le redis. J'ai décidé de supporter la moitié des peines auxquelles vous êtes condamné.

Quand Herman de Hollogne pénètre dans la chambre de son seigneur, tout satisfait de sa prise future – il va enfin pouvoir emprisonner Christina Mirabilis –, il doit vite déchanter. Excepté le cadavre de Guillaume de Looz, tout coloré de bleu, mais dont le visage semble rayonner de sérénité, l'immense pièce est vide. À quoi lui sert d'ouvrir les coffres, les buffets, sans égard pour le mort, de soulever les couvertures ? S'il le pouvait, il briserait l'estrade. Par la fenêtre ouverte, il lui semble voir une ombre voler dans le ciel, passer devant le soleil, disparaître dans les nuages. Quand il la referme, il constate qu'une odeur délicieuse et suave flotte autour du lit, semblable à la senteur de l'herbe ambroisie, et qui n'a rien à voir avec la pestilence habituelle des cadavres. La fouille minutieuse et hystérique de tout le palais s'avère inutile. Personne ne semble se souvenir de la venue de cette fameuse Christina Mirabilis. Personne ne l'a vue. C'est tout juste si on ne sous-entend pas que le vassal est comme ces hommes revenus des croisades qui racontent comment ils croyaient voir dans le désert des nappes d'eau fraîche qui n'étaient en réalité que des dunes de sable à perte de vue. Il doit finir par l'admettre : une nouvelle fois, la femme s'est volatilisée.

Dans la forêt, très loin du bruit des charrettes et des appels, de toute cette vie pleine de mouvement, Christina observe l'homme qu'elle a accompagné jusqu'aux portes du Purgatoire y entrer avec toute l'humilité et la crainte requises. Il est blême, décharné, maigre, vêtu de noir, mais elle sait que la miséricorde divine l'attend au bout de son chemin. Pour lui comme pour elle, elle sait que toutes choses nouvelles les attendent. Elle se tient droite dans l'espace qui est entre le point du jour et l'aube du jour qui commence. Une seule chose la trouble, parmi toutes ces autres choses si bonnes : les dernières paroles de Guillaume de Looz : « Méfiez-vous de mon vassal. J'étais un chien qui aboie, il est un loup. J'étais une torche dans la nuit des hommes, c'est un feu de forêt attisé par la tempête. »

À ses pieds, quittant la forêt et se rapprochant des villes, les colonies de rats noirs se multiplient, mais c'est une fausse menace, sa vision est très nette : elle voit des rats gris, plus redoutables encore, fondre sur les hommes, les cités, les réserves de grains, accompagnés d'anophèles quittant les marais asséchés.

21

La mise en garde de Guillaume de Looz était en deçà de la vérité. La messe de requiem à peine dite, Herman de Hollogne, bien décidé à s'asseoir sur le siège encore chaud de son ancien seigneur et à contester l'autorité de Hughes de Rijckel, a commencé de semer la terreur dans tout le comté. Hier encore, la relation entre les villageois et leur seigneur était complexe, car faite de collaboration et d'opposition, très peu violente et n'excluant pas certaines formes de solidarités, quand à présent elle semble à jamais disparue. Règne non point un ordre nouveau mais un désordre fait d'horreurs et d'injustices.

Après avoir le jour même de sa prise de pouvoir aboli le conseil communal, Herman de Hollogne s'est emparé de nombreuses terres, en a brûlé les fermes, a augmenté l'impôt indirect et abusé des droits que lui donne sa fonction de protecteur de nombreuses abbayes. D'un côté, exigeant du maître des vitraux de l'église funéraire de Saint-Trond de figurer aux pieds du Christ-Juge, les pinceaux à la main, de l'autre faisant placarder une ordonnance prescrivant l'expulsion des prostituées et des juifs des villes et des villages, et de saisir leurs biens, jusqu'à leurs vêtements, il a accordé sa grâce aux violeurs et kidnappeurs d'enfants dès lors qu'ils acceptaient de rejoindre son armée. Et, bien entendu, avant tout, il a lancé sur les routes et les chemins ses hommes, afin de faire taire ces femmes errantes qui sont en train de déstabiliser l'Église, trouvant dans ses ministres des alliés serviles, à commencer par Hughes de Rijckel :

– Ce mouvement, pour l'instant minoritaire, commence à essaimer partout. Il faut tuer le serpent dans l'œuf, dit l'évêque.

– Elles se déplacent en bande comme des oiseaux migrateurs.

– Mais surtout ne respectent rien. Elles fuient le mariage, elles fuient les couvents.

– Elles prêchent la révolte, le silence quand il faut parler, la parole quand il faut se taire. Et cette folie de se croire les égales des hommes ! Tout cela est intolérable !

– Ce qu'elles disent nommer « Dieu » est en réalité une image du Diable.

– Elles ont fait soi-disant vœu d'humilité, de charité, d'obéissance, de chasteté, mais je n'en crois rien.

– L'hérésie n'est pas loin, remarque l'évêque. Après les manichéens, les boulgres, les bogomiles, les fraticelles, les observants, voici ces femmes errantes : c'est une invasion !

– Vous oubliez les euchites, les messaliens…

– Vous savez comment on appelle les albigeois, chez nous : les *Albigensis*.

– Ceux que les gens du peuple nomment *Beggini* ?

– Mais oui, voilà, ces femmes, ce sont des hérétiques, des albigeoises, des « béguines » ! *Beggini*, *beggen*, *beggen*, ajoute-t-il en riant grassement, mais oui, nous y sommes, *beggen*, ça veut bien dire « prier, murmurer » ; c'est bien ce qu'elles font à longueur de journée, toujours en train de prier, de marmonner, de murmurer je ne sais quoi, à tous propos, et *beggen*, *beggen*, et *beggen beggen* !

Oubliant que « ces femmes », que l'évêque appelle des « béguines », se consacrent autant au service de Dieu qu'à celui des humains, omettant que chaque fois que la communauté des hommes est frappée d'épidémies ou d'un quelconque autre malheur, elles sont une aide précieuse et s'offrent pour servir les malades, les deux hommes les plus puissants du diocèse de Liège décident de s'allier pour anéantir ce qu'ils considèrent comme un ennemi commun :

– Je le répète, il faut enrayer la propagation de cette peste. Frappez les meneuses de bannissement, enfermez-les dans des couvents, mariez-les de force. Commencez par les femmes de Saint-Trond et par cette Christina Mirabilis qu'il faut absolument réduire au silence, et, je vous le répète, sans en faire une martyre !

Aucun des deux hommes n'est dupe. Ils ne s'aiment pas, mais ont besoin l'un de l'autre. Date est prise. Ils se retrouveront le premier dimanche de la quadragésime, dimanche des brandons, durant lequel on allume des feux, on se promène avec des torches enflammées, on danse, on boit, on chante, on mange, on joue à tirer du bâton.

– Puissent ces béguines brûler en enfer, conclut l'évêque.

– Ou périr, enflammées par nos torches, dit Herman de Hollogne.

Le temps universel n'existe pas. Chacun le vit différemment. Ce qui pour les uns dure une année, pour d'autres ne constitue qu'une poignée de secondes. Le temps des béguines de Saint-Trond est un temps aux formes multiples.

Celui de Mahaut est un temps de larmes et de sang, celles qu'elle verse sur nombre de dallages des églises de la région, les épongeant avec son voile, comme si elle mettait dans cet acte le signe de sa vergogne au service de sa componction. Le sang versé quand elle se mutile avec un couteau, se fouette avec des brassées de ronces, s'applique de fréquentes saignées :

– « Ils ont lavé leurs robes et les ont blanchies dans le sang de l'agneau », chante-t-elle sur les routes qui la mènent de village en village.

Le temps de Juette est un temps de renoncement. Bien qu'elle s'adresse à tous, exhortant ceux qui l'écoutent à renoncer aux plaisirs de manger, à stigmatiser ceux qui recherchent des mets nouveaux, elle veut surtout se faire entendre des femmes, de ses sœurs : « Renoncez au plaisir de vous maquiller, ne soyez pas tentées de dissimuler vos imperfections, de réparer les outrages du temps. Renoncez au plaisir de vous habiller. » À tel point qu'un jour, sur la grand'place d'Amay, les femmes font un grand feu, y jettent les atours de leurs coiffures, les pièces de laine et de cuir ornant leurs chaperons, y abandonnant leurs cornes, leurs queues, leurs pompes.

Le temps de Marie est celui d'un temps avisé, rempli de l'esprit de discernement, qui connaît les Écritures, qui peut en parler, les expliquer, qui peut inviter qui veut la suivre sur son chemin de spiritualité :

– Abandonnez tout, sauf vous-même, pour suivre Jésus, qui va venir en vous vous combler.

Le temps de Marguerite est un temps de stupre et de fornication, de fantômes hideux qui lui apparaissent dans sa chambre, de jour et de nuit, et même sur les chemins de ses prêches ; un temps d'hommes qui s'approchent d'elle, tantôt seuls, tantôt plusieurs ensemble, qui l'entraînent, la menacent et qu'elle finit toujours par sauver, tandis qu'elle offre aux villageois assemblés le spectacle de son corps à moitié nu pris de convulsions violentes :

– Je finis toujours par voir parmi eux de pauvres âmes, tantôt plus ou moins noires, tantôt tout en feu, tantôt tout en glace, mais qui me demandent toujours des prières et que j'apaise.

Le temps de Christina est un temps multiple, incertain, fluide, un temps hors du temps, hors du monde, un temps qui n'est qu'à elle. Ainsi mangent-elles des mets injustement acquis ; c'est-à-dire subtilisés par des voleurs. Quant à la nourriture, mendiée auprès d'usuriers, de riches marchands, d'armateurs fortunés, qui a un goût de viscères de grenouilles ou de crapauds ou d'intestins de serpents, c'est un mets délicieux qui la fait hurler comme une accouchée :

– Dieu, qu'as-tu fait de moi ? Pourquoi une telle torture ? Ne suis-je pas à ce point digne de te recevoir ?

Dans le temps de Christina enfin, nide un autre temps, plié, celui-là, qui regarde plus loin que ne le permet l'œil humain. Ainsi, lorsqu'elle assiste, dans la cave humide d'une maladrerie de Tirlemont, à la dissection d'une truie mise sur le dos, tandis que l'anatomiste faisant descendre son couteau de la gorge à la matrice en conclut que « les deux testicules contiennent un sperme féminin lequel uni au sperme masculin formera le fœtus », voit-elle dans tout ce sang et cette atteinte à l'intimité de la femelle l'annonce d'un grand malheur dont elle ne sait de quoi exactement il sera fait. Mais, elle en est certaine, bientôt, ici, dans la province de Liège, des hommes et des femmes seront éventrés comme cette truie, beaucoup de sang sera versé, beaucoup de maisons brûlées. Il y aura beaucoup de morts, beaucoup d'enfants passés par le fil de l'épée, de femmes abusées, des murailles tomberont, des puits seront empoisonnés.

Quand les deux hommes se retrouvent, comme ils se l'étaient promis, le premier dimanche de carême, alors que tous les chantres des églises du diocèse entonnent l'*Invocabit* – « Il m'appelle, et moi je lui réponds ; je suis avec lui dans son épreuve ; je veux le libérer, le glorifier » –, force est de constater que leur vaste entreprise de nettoyage est un échec. Les béguines courent toujours, les populations semblent de plus en plus réceptives, voire protègent les errantes. Quant à Christina Mirabilis, c'est encore un autre problème. On aurait pu s'en douter, une vie si extraordinaire finit toujours par attirer des curieux en grand nombre. Chaque jour, on voit arriver à Saint-Trond beaucoup d'habitants des pays voisins, parfois de fort loin, désireux de constater de leurs yeux ce qu'on raconte au sujet de cette femme qui vole et parle aux oiseaux. Il se fait aussi un autre mouvement, que Herman de Hollogne pourrait utiliser à son profit : celui d'habitants de Saint-Trond craignant qu'une vie si singulière ne devienne un objet d'opprobre et qui souhaitent que la scandaleuse mène un genre d'existence plus conforme aux habitudes du monde présent et, en cas de refus, qu'elle aille tout simplement « planter ses perles du Nord » ailleurs.

L'évêque est pour la méthode douce :

– Faisons en sorte qu'elle n'entrave pas la vie de la cité. Ne pourrait-on pas lui faire comprendre que ses manifestations de foi pourraient emprunter une autre voie que celle du merveilleux ?

Herman de Hollogne est plus brutal :

– Il faut en finir. Votre moine, ce fou du roi en soutane, que fait-il ? Il doit bien savoir quelque chose, pouvoir au moins nous aider, ne peut-on le bousculer ?

L'évêque qu'un rien effraie – il fait partie de ceux que le rituel de l'eucharistie panique : « Suis-je assez pur pour communier ? Suis-je assez purifié de mes fautes pour procéder à la fraction de l'hostie qui est le Corps du Christ, ou boire au calice le Sang du Christ ? » – donne une réponse des plus vagues :

– Il travaille. C'est une tâche difficile. Il lui faut beaucoup de patience…

– Vous voulez faire une sainte de votre hérétique, ou pas ? Vous les voulez, vos reliques, ou vous ne les voulez pas ? Vous préférez que, pour enrichir votre monastère, nous allions en voler ?

– Que dites-vous ? mon Dieu !

– Il suffit de chercher. Les murs et les fondations des sanctuaires en regorgent. Dans les cryptes, à l'intérieur des autels. N'a-t-on pas retrouvé récemment, dans l'église d'Incourt, des ossements de saints qui avaient été emmurés, juste à côté de l'ambon ?

– Allez voir le moine mais, je vous en supplie, ne le

secouez pas comme un prunier comme vous le faites toujours avec ceux qui vous résistent.

Il n'est pas difficile à un homme décidé tel Herman de Hollogne de se faire ouvrir les portes d'un monastère et conduire dans la cellule occupée par Michel de Valognes. Le moine est à sa table, penché sur sa plume qui fait crisser le parchemin. Autour de lui, beaucoup de livres : missels, psautiers, et autres ouvrages liturgiques, mais aussi des précis d'histoire, certains venant de l'Antiquité, d'autres concernant les sciences profanes. Livres de grammaire, traités de versification, ouvrages de rhétorique et de dialectique, de géométrie, d'arithmétique et de musique, traités de comput, livres de géographie et de cosmographie, de médecine, d'histoire naturelle, dont certains ont été laissés par les seigneurs avant leur départ pour les croisades.

À la façon dont Herman de Hollogne se tient, manifestant un certain agacement, affichant une expression plutôt revêche, Michel conjecture immédiatement que l'entrevue ne pourra être qu'hostile.

– Vous êtes là depuis très longtemps, dit Herman, trop longtemps.

– Je n'ai pas ce sentiment.

– C'est pourtant vrai. Je veux qu'avant la fin de cette année vous m'ayez rendu votre *Vita* et que vous repartiez en Coutentin…

– C'est l'évêque qui m'a commandé ce travail, et même s'il souhaite, lui aussi, que je le finisse au plus…, répond Michel de Valognes, qui ne peut pas terminer sa phrase.

– Oui, mais moi je ne transige pas !

– Moi non plus, et encore moins lorsqu'on me menace.

– Vous pensez vraiment avoir les moyens de regimber ? Enfin, si par bonheur vous la trouviez, Christina, ou qu'elle vienne se confier à vous, faites en sorte qu'elle puisse tomber dans mes filets. Après tout, dans ce monde qui est le nôtre, immuable, statique car voulu par Dieu, une qualité individuelle n'est pas synonyme d'originalité mais d'infraction. Christina est sans cesse « en infraction », vous le savez très bien.

– Vous appelez Dieu à la rescousse, maintenant ?

– « Toute rupture avec la coutume, tout choix de pensée est inspiré par Satan », c'est ce que dit l'évêque…

– Il n'est pas le seul à penser cela. Nous vivons une époque dans laquelle l'individualité n'est pas appréciée.

– C'est vous, un homme d'Église, qui dites cela ?

– Parfaitement. Qui est fou aujourd'hui ?

– Tout homme dont le comportement s'écarte des règles communes.

– Si l'on veut… Donc l'hérésie, le judaïsme, la sorcellerie, c'est cela ?

– Michel de Valognes, défenseur de l'hérésie, du judaïsme et de la sorcellerie. On aura tout vu !

– Je trouve étrange que celui qu'on a trop tendance à qualifier de «fou» soit mis si vite au ban de la raison commune, voire, dans l'esprit de certains, de l'humanité… Je ne dis pas autre chose. Je suis un homme de pensée, de plume, de réflexion.

– Et moi d'action. Et je ne suis pas loin de croire que Christina Mirabilis est à ranger dans la catégorie des folles. Alors, trouvez une solution rapidement, avant que je ne mette un terme promptement, violemment, à toute cette cavalcade.

Ce qui est impossible pour les ennemis l'est un peu moins, voire pas du tout, pour ceux qui par empathie se sentent proches de quelqu'un. C'est bien ce qui se passe entre Christina et Michel de Valognes. Ils se voient souvent, ce qui ne veut pas dire régulièrement, longtemps, mais plutôt de façon intense, alors chaque seconde compte, chaque regard, comme si chaque mot, geste, parole à peine esquissés était comme un siècle qui prendrait entre eux ses aises.

Christina parle avec enthousiasme à cet homme qu'elle aurait pu aimer charnellement si son destin n'avait été tout autre. Michel note avec passion tout ce que lui confie cette femme dont il aurait pu faire son épouse s'il n'avait été un homme d'Église et si sa destinée n'avait été de naître pour un jour la croiser et raconter sa *Vita*. Cette histoire singulière devient un peu la sienne. Il en est partie prenante. Il s'y engage, comme elle s'y livre tout entière, fragile, nue, offerte aux mots qu'il emploie pour la décrire, à ses regards, à sa voix qui questionne. Christina lui parle encore de ses voyages dans l'au-delà, de ses itinéraires sur les routes du Ciel et de l'Enfer, dans les labyrinthes qui conduisent au Purgatoire. Elle lui parle de ces âmes emportées par les anges et auxquelles elle permet de franchir des régions glacées remplies de démons. Elle lui parle de ce père de famille, pieux, atteint d'une grave maladie, mort à l'aube et qu'elle a ramené à la vie, le soir même. Elle lui parle de ces hommes enchaînés qu'elle a accompagnés dans une zone remplie de ténèbres où des larves remuaient, sortant de cadavres sur lesquels des démons s'acharnaient. Elle lui parle de ses voyages dans ces régions inhospitalières où des femmes jettent des morceaux de chair trempés dans du sang dans de profondes rivières desquelles elles rapportent des diamants coupants comme du verre. Elle lui parle de ce noble chevalier, partant outre-mer au sépulcre du Seigneur, ramené vivant à sa femme mais trépassant trois jours plus tard dans les bras de ses enfants, geste qui – ni la femme ni ses enfants ne le sauront – les sauve de la mort rapportée par cet homme dans un sac contenant du sable de Terre sainte. Et d'Antonius Blok, chevalier croisé, qu'elle finit par accueillir au sein d'une danse macabre endiablée, après que la Mort a accordé à ce dernier un sursis. Elle raconte tout, il note tout. Elle lui parle de Marie, de Marguerite, de Juette, de Mahaut : « Elles ne sont que gouttelettes d'une vague plus forte. » Lentement, le livre prend forme. Bientôt il sera terminé et ce sera comme la fin d'un temps. Que tous deux regretteront, même si tous deux savent qu'il ne peut en être autrement. Mais nous n'en sommes pas encore là.

Un jour tout s'arrête, tout est bouleversé. Depuis le siège de Maastricht, en 1204, la région avait vu de nombreuses batailles se dérouler sur son sol, suivies de brèves périodes de paix. En ce mois de mai 1212, fête de l'Ascension, tout reprend. Non seulement Liège est mise à sac, mais c'est tout le comté qui doit faire face à une guerre fratricide. Des maisons sont rasées. Des terres cultivées saccagées. Des récoltes inondées. Christina avait vu juste, avait senti cette odeur de chairs broyées, avait observé sans pouvoir intervenir ces hommes hirsutes, terribles comme des corbeaux dévorant les œufs dans les nids, saignant des oiseaux faute d'eau pour boire ; ces soldats violant des fillettes, égorgeant les religieuses après les avoir chassées de leur monastère, étranglant les jeunes épouses sous les yeux de leur mari, éventrant les femmes enceintes et jetant le fruit de leurs entrailles dans la Meuse. Tous hommes qui s'en prennent toujours, d'abord, aux femmes.

Les murailles protégeant la ville ne servent à rien. Le pillage dure quatre jours, durant lesquels rien n'est épargné : ni les maisons privées, ni les édifices publics, ni les églises, ni les lieux saints. Archives, chartes, coffres remplis d'histoire, tout est anéanti, profané. On retrouve même des ossements sacrés, soigneusement lavés, séchés, gardés depuis une éternité dans des châsses, dispersés le long des chemins. Les trésors des églises, des pièces d'orfèvrerie, sont fondus. Les cadavres, abandonnés un peu partout sans sépulture, servent de pâture aux charognards.

Le mot d'ordre des barbares est : « Pillons tout sur notre passage et quand tout sera fini buvons des litres de bière noire et mangeons des raisins mûrs. » Tandis que Liège et sa région résistent. Liégeois et Lossains se rejoignent, s'épaulent et, quand les armées atteignent la Warde de Steppes près de Montenaeken, c'est tout un peuple qui se soulève. Sur le champ de bataille les femmes errantes – excepté les malheureuses qui se sont jetées dans la Meuse de peur d'être violées – ne se contentent pas de ramasser les blessés, de les soigner, de les aider à mourir, elles sont le fer de lance de la révolte, se battent pour toutes les femmes qu'on humilie, qu'on tue, qu'on saccage. Au milieu des flammes et des cris, du sang, de l'horreur, alors que le ciel saigne comme une grenade mûre, alors que le flanc des collines devient noir de fumées, que les plaines se couvrent de brumes violacées, elles portent haut le cri des femmes, le cri de leur foi ; leur volonté d'existence, leur appétit de vivre, leur inébranlable fierté et, au milieu d'elles, parmi elles, Christina Mirabilis donne de la voix :

– Courez, mes sœurs ! Courez ! Implorez le Seigneur ! Versez des larmes pour qu'il ne retienne pas sa miséricorde dans sa colère !

Quelle étrange ironie du sort : Herman de Hollogne, le temps d'une bataille, devient un héros ! Protéger le comté de Liège, c'est aussi protéger ses terres. Herman de Hollogne : un héros malgré lui ! Le traître, l'assassin qui devient blanc comme neige, lavé de toutes ses taches. Alors que ses troupes en ont profité pour nettoyer le pays d'une partie de ses opposants, à coups de haches doubles, à coups d'incendies, d'arcs, de cognées, d'épieux, laissant les démons libres de redonner vie aux cadavres jonchant les routes du diocèse. Comment supporter une telle injustice ?

Les choses du monde se remettent en place souvent plus simplement qu'on ne le pense. Ainsi de la cruauté, de la cupidité, de la luxure caractérisant Herman de Hollogne. Cela va bien au-delà de la simple caricature, du qu'en-dira-t-on. Lentement, la nature profonde du nouveau seigneur reprend le dessus, sa méchanceté abominable revient au premier plan. Il suffisait qu'un peu de temps passe.

Alors, oui, la paix revient. Dans les champs, le blé retrouve sa couleur d'or ; dans les petits potagers entourant les maisons, les jeunes pousses vert tendre sortent de terre ; pour la fête du Faisan, les campagnes se couvrent de banquets. Christina n'est pas dupe. La vie des femmes n'a pas changé. Et ce n'est pas cette guerre qui la fera évoluer. Prenant tous les risques, elle va de ville en ville et tient toujours le même discours.

– Dames de Flône, de Sclayn, de Parc, de Donk, d'Aldeneik, de Saint-Trond, rejoignez-moi ! Non, la femme n'est pas l'Ennemie ! Non, la femme n'est pas celle qui a provoqué tous les malheurs de l'humanité. Les Pères de l'Église ont tort ! Vos prêtres, vos maris ont tort ! Tertullien n'a de cesse de rappeler à ses sœurs l'abjection de leur descendance. Voilà mille ans qu'on nous rabâche le même discours : « Femme, tu devrais toujours porter le deuil, être couverte de haillons et abîmée dans la pénitence afin de racheter la faute d'avoir perdu le genre humain. Femme, tu es la porte du Diable. C'est toi qui as touché à l'arbre de Satan, et qui, la première, as violé la loi divine. »

Pendant que Herman de Hollogne et, dans une moindre mesure, Hughes de Rijckel, savourent leur victoire éphémère, en se baignant dans des bains d'eau tiède et en achevant leurs journées par de copieux repas et toutes sortes d'agréments, les béguines de Saint-Trond distillent leur message. Parfois elles ne sont pas entendues, parfois un auditoire attentif, bien que clairsemé, semble réceptif à leur discours fait de tant de questions. Pensez-vous vraiment que la femme ne soit faite que de matière, tandis que l'homme est tout esprit et qu'ainsi elle est plus fragile et l'instrument préféré du Diable ? Pensez-vous que si la femme possède bien une âme, celle-ci est tant marquée par le péché que l'accès à la prêtrise ne peut que lui être interdit, et qu'ainsi elle doit se tenir éloignée de l'autel et ne jamais prendre la parole en public ? Pensez-vous vraiment que la femme ne peut être que cette sirène diabolique qui peigne sa longue chevelure comme sur les chapiteaux de nos églises ? Et pourquoi représente-t-on toujours le péché mortel sous les traits d'une vieille femme décharnée, aux seins pendants mordus par des serpents ? Pensez-vous vraiment que la femme ne peut être qu'une fée perverse ou séductrice comme Morgane ou Mélusine, une dame luxurieuse, l'instrument du Diable qui vautre son corps nu dans les ronces et les épines ? Mesdames, vous reconnaissez-vous vraiment dans la femme de Loth, dans la femme de Putiphar, dans Hélène de Troie, dans Cléopâtre ? Dans toutes ces reines débauchées, dans tous ces succubes à cheveux blonds venant tenter les pieux ermites ?

Voilà pourquoi le soir, quand parfois Christina retrouve ses amies dans la maison abandonnée, elle laisse le doute s'instiller en elle. Oui, le printemps est revenu, et avec lui la paix, l'espérance d'une vie plus douce, mais le chemin est encore si long, si dur. Et si toute cette renaissance n'était qu'une illusion ?

Ce soir les portes de Saint-Trond sont fermées et surveillées, les rues désertes et sombres, les rondes du guet plus que jamais régulières. Mais c'est un calme relatif. Un calme d'après la tempête. Christina repense à la truie éventrée, à la bête qui perd tout son sang dans un seau, le ventre ouvert, avec toutes ses odeurs qui partent à l'aventure dans le vent. Le vrai, c'est qu'elle a soif d'être seule dans son silence et de retrouver l'habitude de son grand champ vide, qui vit lentement à ses côtés et palpite. Quelle étrange nuit désormais que la sienne, concassée par le vent ! Et ce n'est pas tout. Certes, la nuit vient, mais quelque chose d'autre aussi. Qui n'est pas près de finir. Qu'importe : rien ne finit sans convulsions. Rien ne commence sans convulsions. Tout sera pour demain. Christina, ce soir, n'a plus d'espoir.

L'espoir, c'est Marie qui le formule, de façon étrange, détournée. Elle répète ce qu'elle a entendu dans les rues de certains villages, sur certains marchés où elle faisait l'aumône :

– Cette guerre qui s'est abattue sur la région, accablant aussi bien les riches que les pauvres, c'est un châtiment divin infligé aux habitants en punition des persécutions que subit Christina… Beaucoup de gens sont à nos côtés, nous comprennent, nous soutiennent !

22

– Nous voilà bien lotis avec une ânerie pareille ! Le Ciel se vengerait des mauvais traitements que nous aurions infligés à Christina et sa bande ! C'est ce qu'on entend dans tout le diocèse en ce moment, dit Herman de Hollogne.

– La honte et le déshonneur sont les instruments de sa Passion, ne l'oubliez pas, dit l'évêque, elle en joue à merveille.

– Ne pensez-vous pas qu'après avoir accusé l'Église de combattre les cathares par peur de l'hérésie, la vindicte publique va laisser entendre que cette même Église attaque les béguines, avec Christina Mirabilis en tête, par peur de la mystique ?

– On accuse l'Église de bien des maux. Qu'est-ce que tous ces illettrés connaissent à l'hérésie et à la mystique ? Qu'ils se contentent d'aller à la messe, de cultiver leurs champs, de s'occuper de leur bétail. Quant aux femmes, au lieu de pousser des cris d'orfraie, elles feraient mieux de faire des enfants, c'est leur unique mission sur terre. Que le moine mette un point final à sa *Vita* et que « sainte » Christina Mirabilis termine ses jours dans un couvent !

Hughes de Rijckel, évêque du diocèse de Liège, ne croit pas si bien dire, même s'il faut apporter une certaine nuance à cette injonction, lancée lors d'une discussion engagée sous le coup de la colère. Depuis la fin de la guerre, et l'hiver qui l'a suivie, un des plus terribles que Saint-Trond ait connus, et qui vit nombre d'oiseaux mourir soudain pétrifiés dans la glace comme par magie, Christina manifeste un comportement misanthrope et spectral qui inspire à ses sœurs beaucoup d'effroi. Comme accompagnée de toutes ces âmes qu'elle a délivrées du Purgatoire, elle a repris ses anciennes habitudes de vie solitaire, assorties de souffrances encore plus vives que celles des années précédentes, de plus en plus intériorisées aussi. Ainsi passe-t-elle de longues nuits et de longs jours dans des lieux retirés et déserts et ne vient-elle dans les villages que lorsque Dieu lui inspire d'aller s'acquitter de quelque acte de charité ou de quémander quelque nourriture. Et lorsque tel est le cas, personne n'est en mesure de la retenir, personne n'ose l'interroger ni même la saluer, à commencer par les habitantes de la maison abandonnée. Quand elle traverse le bourg, on croit voir un esprit sur terre. Son corps n'offre plus au regard humain qu'une ombre qu'il n'est plus possible de voir sans une crainte épaisse et de lourds tremblements.

En réalité, sans être calculé, tout cela est vécu par Christina dans le calme le plus absolu. Elle sait parfaitement que cette période, qu'elle vit comme la traversée de son Purgatoire personnel, est étrange mais surtout difficile, pour elle comme pour ses commensales.

Un calme relatif étant revenu, la répression à l'encontre des femmes errantes s'est accentuée. Les nouveaux appels de Christina aux autres femmes commencent à soulever des réactions violentes, certaines de rejet très virulent – de la part des autorités ecclésiastiques comme des laïcs... Notamment lorsqu'elle entreprend de s'infliger des châtiments en public, qu'elle s'humilie dans l'espace clos de l'église ou qu'elle déambule, le Vendredi saint, interrompant de sa diatribe la procession pénitentielle. Mais surtout, lorsque, femme en fleurs, elle rétablit à haute et intelligible voix des vérités oubliées qui font scandale :

– La femme n'a jamais été une incarnation de Satan. Comme l'homme, elle n'est pécheresse que lorsqu'elle pèche et, dans ce cas, elle bénéficie, comme l'homme, de la miséricorde de Dieu. Je vous le dis : la femme doit être reconnue dotée d'une conscience ! Par son baptême, comme l'homme, elle est « admise » dans l'Église ; et par la sainte communion eucharistique, son corps est temple de l'Esprit et tabernacle du Christ ! À tous ceux qui racontent qu'Ève a perdu le monde, je rappelle que, selon la tradition des Pères de l'Église, c'est par la femme que le salut est venu au monde : par Marie, en qui le fils de Dieu a pris corps.

Alors que le ciel blanchit et que le soleil ne déverse plus qu'une lumière grise, elle poursuit l'énoncé de son message :

– Femmes, mes sœurs, rejoignez-moi. J'ouvre tout grands mes bras pour vous accueillir, vous les victimes : victimes du mariage selon les princes, répudiées, humiliées par la présence des concubines ; vous, les victimes de la nouvelle morale du mariage selon les clercs, vous découvrant soudain incestueuses ou adultères dans des liens qui paraissaient jusque-là légitimes ; vous, perpétuellement bafouées, femmes de haute naissance, femmes modestes, épouses de second rang, compagnes de prêtres touchées par les prescriptions de la réforme grégorienne, prostituées, femmes assassinées, femmes battues. Écoutez-moi du fond de votre détresse, écoutez mon message de miséricorde, d'espérance et de liberté.

Quand toute cette agitation va-t-elle enfin cesser ? Il y a un siècle déjà, le prédicateur errant Robert d'Arbrissel colportait les mêmes absurdités ; qu'une partie de celles-ci soient remises au goût du jour, et par une femme de surcroît, cela dépasse les bornes. La hiérarchie ne sait que faire, tout comme les simples mortels, les maris paysans, artisans, journaliers qui voient leurs femmes ne pas être insensibles à ces théories fumeuses qui mettent la cohésion de la société en péril :

– Retourne à ta cuisine !

– Sois dans le lit quand j'ai besoin que tu y sois !

– Tu me dois obéissance !

– Tu te plains des coups reçus un soir d'ivrognerie ? Qu'importe, tu les méritais bien !

Il n'y a guère que dans la littérature populaire que le discours est tout autre, mais ce n'est pas la réalité. On y voit souvent une femme mariée, ogresse redoutable, forte en gueule, seule patronne du foyer, portant les braies, réprimandant, battant, tyrannisant, cocufiant son pauvre mari. La réalité, c'est que toute cette société d'hommes doit faire face à une peur qui grossit de jour en jour : que la femme acquière une autonomie grandissante, une force jusque-là bridée, la puissance appelée de ses vœux par Christina.

Pire, on commence à chasser à coups de pierres ces femmes qui soignent les indigents, et qui s'habillent de longues robes rayées de rouge rappelant le manteau d'infamie du Christ au prétoire. On couvre de boue celles qui prêchent nues, en leur reprochant un « excès de pénitence ». On traite de folles celles qui portent des *Agni Dei* et des feuilles de parchemin dans de petits sachets pour éviter que leur grossesse ne se passe mal. On accorde crédibilité à ces moines qui prétendent que Vénus en personne est venue les aguicher, en pleine nuit, entièrement nue, en leur présentant son sexe et en leur disant : « Je serai avec toi chaque fois que tu le voudras. » Or, cette fois, il s'agit de bien autre chose qui traverse tout le diocèse de Liège, qui a un relent de tempête, de peste, qui se répand…

Un mot finit par être lâché : sorcière. La femme serait une sorcière qu'il faudrait, disent certains, passer par le feu. Et cela commence à monter, sourdement. D'un côté, Christina tente de sortir la tête des femmes hors de l'eau où elle a toujours été plongée ; de l'autre, en réaction peut-être, l'homme tente de l'y remettre. Et il se trouve même des témoins pour raconter qu'ils ont vu des créatures voler la nuit, pousser des hurlements, friandes de la chair et du sang des malheureux humains. Jadis, on vouait un culte à Diane, déesse de la lune, amante des ténèbres, à Hécate, déesse de la magie, enveloppée dans son manteau d'âmes ; aujourd'hui, ce sont de pauvres femmes, des pénitentes, des errantes, qui souffrent au nom de Dieu, qui assistent les plus indigents, quand elles n'aident pas les vivants à mourir et les morts à se mettre en relation avec les vivants ; pauvres femmes, pénitentes, errantes, qu'on cloue au pilori. La folie masculine est à son comble. Ne devrait-on pas fermer l'utérus de certaines après l'avoir enduit d'huile d'olive et de miel ? Ne devrait-on pas enfermer ces troupeaux de filles qui vagabondent de village en village à l'occasion des marchés, des moissons ou des vendanges ? Ce n'est pas la parole de Dieu qu'elles apportent mais le mal, la maladie. Ce sont les mêmes que l'on retrouve dans la vapeur moite des étuves…

Un soir, un voyageur, dans une taverne de Saint-Trond, assure que cette « chasse à la sorcière » a déjà commencé, de façon sauvage, en dehors du cadre de la loi, et que cela risque de faire tache d'huile. Il a vu un bûcher être élevé dans lequel on a jeté une femme récalcitrante. Et ce récit, il le fait en riant, la panse pleine de bière, assénant de grandes tapes sur les fesses d'une serveuse qui est priée de se taire, sinon la porte est ouverte.

– Raconte-la encore une fois, ton histoire, lui dit le patron. Y en a ici qu'ont pas entendu.

L'homme ne se fait pas prier, d'autant plus que le patron lui offre une autre miche de pain, accompagnée de beurre de baratte et d'une omelette bien baveuse.

– Raconte.

– Je ne sais plus trop la raison pour laquelle on l'a fait brûler : infanticide, pratique sacrilège…

– Sodomie ! dit un laboureur, coincé près de la cheminée, elle a forcé son homme à pratiquer la sodomie !

– Je ne sais plus, je te dis.

– Alors, dit le patron, elle monte sur le bûcher, et puis après ?

– Après, elle est liée à un pieu. On y met le feu. Ça prend de partout. La robe s'enflamme, très vite. Elle est complètement nue. On jette de l'eau sur le feu. Il y a de la fumée partout. Une fois qu'il n'y en a plus, tout le monde défile, pour voir si elle est bien morte. Elle est bien morte. On remet le feu et le cadavre, ses os, ses chairs, tout est réduit en cendres. C'est tout, conclut l'homme dans un silence pesant, tout en continuant de s'empiffrer.

Et voilà, c'est à cause de tout ça que Christina a décidé de se retirer momentanément des affaires du monde. Elle doit réfléchir, repenser toute son action, sa mission. Servir Dieu et les femmes, ses sœurs. À quoi sert cette vie de sacrifice ?

À quoi lui sert de se jeter sur les routes du comté pour y côtoyer le péché, ténébreux, plein d'embûches, et sauver les pécheurs ? Parfois, elle s'arrête au sommet d'un petit vallon, situé entre deux villages, elle foule d'odorants tapis de thym, de bruyère, de gentiane, de guimauve, elle bouscule des bosquets d'aulnes et de saules fumants de pollen. Alors, elle se sent presque coupable d'éprouver tout ce bonheur, tout ce calme tandis qu'elle traverse des ombrages d'une douceur inexprimable.

Oui, à quoi lui sert cette vie de sacrifices, si cela conduit à cette guerre horrible, à ces bûchers, à toutes ces fillettes violées, ces femmes bafouées ? Et si c'était elle qui avait déclenché ces horreurs, cette haine sans cesse renouvelée : « Ne pensez pas que je sois venue apporter la paix sur la terre : je ne suis pas venue apporter la paix, mais le glaive » ?

C'est en revenant d'un voyage vers la mort – les morts n'existant que par et pour les vivants ; les vivants s'occupent des morts parce qu'ils sont eux-mêmes de futurs morts – durant lequel elle a encore accompli une série d'actions, empruntant la voie d'Enfer, tombant inanimée devant l'autel comme un sac rempli d'os, émettant des chants de jubilation, sauvant un homme qui venait de se changer en loup dans un cimetière, recevant la tête tranchée d'un condamné dans ses mains, que Christina a décidé de disparaître, au vu et au su de Herman de Hollogne et de Hughes de Rijckel. Un matin, en plein hiver, chacune des femmes de la maison abandonnée, sans pouvoir rien faire, l'entend s'éloigner dans la neige qui craque.

Elle a choisi le monastère de Sainte-Catherine, en pleine campagne, au nord de Saint-Trond. Y vit une communauté de femmes pieuses qui, tout en suivant des pratiques monastiques et en ayant fait vœu de pauvreté, n'observent pas de clôture stricte. Elle n'y connaît personne. Peut s'y déplacer « incognito », sans vivre l'engagement puissant qui la lie aux femmes de la maison abandonnée. Elle est accueillie par la Mère Julienne qui, après lui avoir dit « Sois la bienvenue » la conduit immédiatement dans sa cellule où l'attendent une robe de deuil et un chaperon couleur de mélancolie. Ici, elle peut s'effacer, comme si elle n'avait jamais été. Elle n'est plus personne. C'est un refuge duquel elle peut s'échapper quand elle veut, pour rejoindre ses chemins d'errance, ses envolées soudaines au sommet des arbres ou des clochers, ses dialogues nocturnes avec les animaux de la forêt, même si parfois sa lutte avec Satan fait qu'on l'entend dans tout le couvent. C'est un fait :

Christina ne pourra jamais accepter totalement l'esprit de soumission qui règne à Sainte-Catherine ; elle est une insoumise, une réfractaire qui n'accepte comme seule soumission que celle que lui impose son Dieu.

Au péril de leur vie, les quatre femmes de la maison abandonnée, compagnes de luttes et de prières, viennent lui rendre visite, évitant les forêts de flèches et de javelines qui voudraient les en empêcher. Elles connaissent les chemins de traverse, les raccourcis, les sous-bois qui les rendent invisibles, les matins de brouillard où tout est égal à tout et les ruses, quand Marguerite sait retenir par ses charmes les soldats qui patrouillent, les archers avant qu'ils ne pointent leurs armes sur elles. Et, lorsque tout est réuni, qu'elles ont pu parler tout leur saoul, elles entonnent toutes ensemble, avec la communauté de Sainte-Catherine, un *Te Deum laudamus* qui monte, consolatoire et merveilleux, jusqu'aux plus hautes voûtes de la chapelle du monastère.

Et Michel de Valognes ? Tout au long de cette année, il a lu et relu la *Vita* de Christina. C'est le seul homme à pouvoir pénétrer dans l'enceinte du monastère. Cette fin d'après-midi, alors qu'une brume immobile dort sur les arbres couverts de houille comme une plaque de lait au fond du chaudron, il est venu sur son âne, apportant, soigneusement rangé dans un sac de cuir, le fameux livre. Quel poids pour lui ! C'est toute une vie qu'il a rassemblée dans ces pages, à longueur de journée, de nuit éclairée par une bougie de cire, dans le silence ou la musique de la plume, au rythme de la clepsydre ou du sablier qui l'ont renseigné sur le temps qui passait. Il n'a rien enlevé, il n'a rien ajouté, il a tout dit, tout ce qui peut plaire, et tout ce qui peut déplaire. Mère Julienne a raison de trouver Christina excentrique, affranchie de la bienséance, inconciliable avec le discours habituel de l'Église, perturbatrice infinie, avec ce besoin de rappeler en permanence la juste place des femmes, comme si c'était de cela que devait s'occuper une servante de Dieu ! Ne peut-elle pas se contenter de passer ses journées dans la prière, la confection d'habits pour les pauvres, le soin des malades ? Ne peut-elle pas comme les autres laver et repriser le linge de la communauté, broder des ornements sacerdotaux, fabriquer des hosties ? Non, Christina dénonce, attaque, accuse, signale, dérange, entrave. « N'est-ce pas le rôle des hommes ? » finit par regretter Mère Julienne qui pourtant voue une affection infinie à Christina Mirabilis. Sans comprendre, cependant, que celle-ci doit sans cesse faire face à une fringale de Dieu, jour et nuit. Sans comprendre qu'aucun aliment terrestre ne saurait la rassasier. Elle a faim de Dieu, du corps de Dieu, en son eucharistie. Elle a faim de toute cette vie qui palpite chez les autres femmes et que tant d'hommes étouffent, contraignent.

– Tout cela est dans le livre, dit Michel de Valognes, qui ajoute : J'espère que je ne vous aurai pas trahie.

– Je suis persuadée que non, dit Christina, j'ai toute

confiance en vous, ajoute-t-elle en effleurant la main du moine qui ne la retire pas.

– J'y ai mis tout ce que j'avais appris, dans la vie et dans les livres.

– Et maintenant qu'allez-vous faire ?

– Partir. Après avoir donné cette *Vita* à celui qui me l'a commandée.

– Quand ?

– Demain matin.

– Vous ne craignez pas les hommes de Herman de Hollogne ?

– Ma mission, sur terre, est remplie.

– Que voulez-vous dire ?

– Vous rencontrer, écrire votre vie.

– Vous n'avez pas envie de rentrer chez vous ?

– À Valognes ? Bien sûr. C'est vrai, j'aimerais bien pouvoir reprendre mon étude sur les monstres marins et humains…

– Vous m'aviez parlé, tout au début de notre rencontre, d'un livre sur les abeilles…

– Ah oui, en effet, dit Michel, souriant comme s'il conversait avec une amie des choses simples de la vie, de leurs centres d'intérêt : C'est intéressant, vous savez, d'observer les abeilles, leurs danses, leurs va-et-vient permettent d'approcher la société humaine.

L'un et l'autre comprennent que ces minutes passées ensemble sont les dernières. Chacun a tracé sa voie. Des voies qui devaient se croiser un jour.

– Je sais que vous le savez, mais cela doit advenir, c'est tout, dit Michel en serrant les deux mains de Christina dans les siennes.

Un objet la fascine, qu'il porte au poignet : un bracelet de métal incrusté d'une pierre bleue.

– Vous regardez mon poignet ?

– Oui.

– C'est une pierre précieuse. Son éclat, sa dureté, sa pureté sont protection, dit-on, ils écartent les pourritures externes et empêchent les pourritures internes de se développer. Si je n'avais peur de passer pour un hérétique, je dirais qu'elle porte bonheur. Le chevalier Ghilion Roero, un chevalier turinois, me l'a rapportée de croisade… Acceptez que je vous l'offre.

– Non, c'est votre porte-bonheur ! dit Christina en souriant.

– Je n'en ai plus besoin.

Ce sont leurs dernières paroles. Oui, elle sait…

Pour la première fois depuis qu'elle est enfant, Christina sent des larmes lui couler sur les joues, des larmes qui ne sont pas celles qui lui viennent quand elle est toute emplie des choses de Dieu, non, des larmes versées pour des choses humaines. Quelle perte pour elle que cet homme qui, loin de voir le mal et l'hérésie partout, éclairé, juste, a compris que la démarche intérieure et l'expérience mystique propres à toutes ces femmes ne s'opposent nullement à la doctrine et au culte chrétiens !

Quand elle regarde Michel de Valognes s'éloigner dans la nuit tandis que souffle un vent de forte haleine et que la lune brille, seule, telle une amande, elle sait que la mort l'attend à quinze lieues au sud de Liège, juste après l'auberge de *La Croix blanche*. L'un comme l'autre savent que le plan divin ne peut être dévié. Michel de Valognes doit mourir assassiné par les archers du seigneur de Hollogne, après qu'il aura remis sa *Vita Christinæ cognomento Mirabilis* à l'évêque.

Deux jours plus tard, la nouvelle circule de taverne en taverne, sur les places de marché, dans les monastères. L'envoyé du Vatican, arrivé à Saint-Trond pour enquêter sur celle qui n'était pas encore Christina Mirabilis et chargé d'écrire sa *Vita*, a été retrouvé mort sur un coin de terre malade de lèpre comme une chienne qui perd ses poils. Il a été dépouillé de ses vêtements, de ses bagages, de son long manteau d'étoffe grossière et de ses provisions pour la route : fromage lombard, saucisses, biscuits, pains de sucre, flacons de sirop de gingembre. Le jour même de la Toussaint, quand sonnent les cloches pour les trépassés et que des jeux cruels se déroulent, comme celui qui consiste à trancher la tête d'un animal. On dit que le moine ne l'avait pas eu tranchée, sa tête, mais qu'il n'avait plus d'yeux : les corbeaux les avaient dévorés.

Le vent de novembre écrase les feuilles de chêne avec des galopades de troupeau. Christina, malgré la mort de Michel de Valognes, dont elle sait qu'elle devait avoir lieu telle qu'elle a eu lieu, et que le moine lui-même en avait accepté le verdict, ressent en elle une douce sérénité. Aujourd'hui, elle s'est occupée des malades de la salle neuve, celle qui accueille ceux atteints de maladie mortelle. Elle a accompli sa tâche, humblement, sérieusement. Puis elle a rejoint sa cellule, a revu sa vie défiler très vite, comme une barque légère emportée par le courant du fleuve. Cette nuit, Jésus est venu la voir. Comme jamais il ne l'avait fait jusqu'à présent, et elle en a éprouvé une étrange sensation, dans tout le corps, comme celle que lui a décrite Marie. S'avançant vers elle, il l'a prise dans ses bras, l'a serrée contre lui, et tous ses membres ont senti les siens dans une sorte de grande plénitude. Puis, très vite, elle s'est sentie comme effacée, évanouie, il était hors d'elle et en elle. Il lui apparut alors que l'un et l'autre – Jésus et la femme – étaient unis sans distinction. Elle se souvient alors d'un poème que lui avait récité Marie et qu'elle avait écrit à la suite d'une expérience similaire : « Il me mange. Je crois le manger. Sans doute le faisons-nous. »

En cet automne 1223, il lui reste une année à vivre. De la fenêtre de sa cellule, elle regarde la prairie qui prend ses aises juste avant qu'elle ne soit mangée par une forêt profonde. Une bête s'y vautre, joyeuse. Une femelle blaireau. Elle s'est mise sur le dos, le ventre en l'air, un ventre large, velouté, habité par la nuit qui tombe lentement, qui plonge sur la vie des hommes, écorchée, gonflée, comme une eau très noire.

23

Dans les mois qui suivent l'assassinat de Michel de Valognes, Christina commence lentement à décliner. Faut-il y voir un lien, comme un écho ? Nul ne sait, nul ne peut le dire. Toujours est-il qu'elle se livre davantage encore à des jeûnes réguliers, plus intenses, plus nécessaires. Et lorsqu'on lui apporte du rôti ou d'autres plats et sauces délicieuses, elle met de l'eau dans l'assaisonnement afin d'en détruire le bon goût, disant alors à celles qui lui font remarquer qu'elle détruit la saveur de tel ou tel plat : « Ne vous en préoccupez pas, je l'aime mieux ainsi. »

Certains jours, elle a une telle soif de solitude qu'elle cesse tout entretien avec les religieuses de Sainte-Catherine. On ne la voit presque plus sourire. Ses traits sont ceux d'une personne que la souffrance met hors d'elle, comme si elle l'appelait puis se laissait déborder par elle. Elle semble aussi endurer de grandes souffrances intérieures. La pensée de toutes ces âmes malheureuses qui chaque jour tombent en Enfer, et pour lesquelles elle s'est révélée impuissante, la remplit d'une indéfinissable tristesse. Elle marche en priant et en pleurant. Souvent elle éclate en sanglots rien qu'au souvenir de tant de péchés qui se commettent parmi les hommes.

Pourtant, elle continue sa vie, celle pour laquelle elle est revenue sur terre. Elle poursuit ses voyages dans les vallées glacées et les fours aux flammes sulfureuses du Purgatoire, accueille ses visions et ravissements de toute espèce, converse avec les âmes blanchies, efface les péchés de certains humains, en accompagne d'autres jusqu'aux portes de l'Enfer, soigne les malades, aide les indigents. Certes, il lui est maintenant plus difficile de franchir les hautes murailles des cimetières et d'escalader les tourelles d'angle pour aller y dialoguer avec des cadavres qu'elle déterre mais surtout, elle est assaillie par des pans entiers de sa vie qui lui reviennent. Son enfance qui lui paraît si lointaine ; ses parents dont les visages apparaissent trop flous, incertains, effacés par le temps ; ses deux sœurs, Mechthild et Marcella, dont elle avait presque oublié l'existence.

Parmi le ciel blanchi, dans lequel le soleil ne verse plus qu'une lumière grise, surnagent ses dialogues incessants avec les oiseaux. Ce sont ses amis de toujours, sa fratrie d'hier et de demain. Ah ! cette profusion d'oiseaux chanteurs qui changent la tristesse en joie, qui apaisent la colère, font naître des sentiments de douceur, reposent les âmes fatiguées, transmuent la haine en bienveillance. Les oiseaux, comme la musique, donnent un avant-goût du bonheur céleste, élèvent l'âme tout en charmant le corps. Les oiseaux, comme la musique, chassent les démons, introduisent dans le cœur une liberté infinie. Elle la connaît, cette musique des oiseaux qu'elle divise en trois sortes. La première est celle de l'Esprit Saint, celle du chant de la colombe et du petit oiseau qu'on appelle rouge-gorge. La deuxième est celle de la Passion du Christ, celle des croassements des corbeaux, des hululements de la chouette, du glapissement de l'aigle. La troisième provient du paradis ; elle est si suave qu'elle surpasse toute mélodie jamais entendue, celles du rossignol, du chardonneret, du pinson, du moineau.

Mais surtout, ce qui la hante, la bouscule, ce sont tous ces songes qui l'envahissent inlassablement. Le pape Grégoire le Grand distinguait cinq catégories de songes. Les premiers étaient dus à une nourriture trop copieuse, les seconds étaient inspirés du démon, les troisièmes découlaient des soucis de la journée, les quatrièmes, c'est du moins ce qui est dit dans la Bible, provenaient de Dieu, les cinquièmes, enfin, répondaient à un souhait ou à une préoccupation du dormeur. Mais qu'ils s'agissent des Pères de l'Église ou des Anciens, rêves authentiques et songes n'étaient que chimères. Celui qui y croyait quittait les chemins de la foi et de la raison et mettait en péril son salut éternel. En un mot : le fidèle doit toujours se méfier des songes. Pour Christina, ils sont tout autre chose. Alors, bien sûr, tous ces derniers jours, elle souffre d'une douleur excessive qui la rend folle. Elle marche en priant, en pleurant, en s'affligeant : parce que, dans les songes, le Seigneur lui a révélé encore davantage l'état du monde et sa malice. À qui peut-elle bien confier qu'elle a vu un homme, François d'Assise, tout comme elle proche des oiseaux, avancer dans une ville étrangère, avec sur son corps, aux mains, aux pieds, au flanc les stigmates de Jésus ?

Les forces qu'il lui reste, elle veut les garder pour ses allers et retours entre la vie et la mort, ses intercessions sur les chemins du Purgatoire, et évidemment pour sa lutte sans cesse renouvelée pour la femme. Ce qui semble beaucoup agacer Herman de Hollogne, le nouvel homme fort du comté. Car au fond, si l'évêque, lui, peut être satisfait – il fallait convaincre un moine récalcitrant d'écrire une *Vita* de Christina, donc d'en faire une sainte, dont on vénérerait les reliques coûte que coûte, même au prix de quelques arrangements avec la vérité –, il n'en est pas de même pour Herman de Hollogne, toujours à la recherche de Christina et de sa bande.

Mais comme tout a une fin, dans ce royaume de l'homme, un matin de novembre 1223, alors qu'on finit de couper les arbres fous du vieux verger qui avaient toutes les peines du monde à faire des feuilles et encore moins à penser aux fruits, un grand fracas se fait entendre à la porte de la maison abandonnée. Une troupe de soudards y pénètre en saccageant tout sur son passage. À peine les cris des femmes se font-ils entendre que les soldats s'arrêtent tout soudain devant la chambre-cellule de Christina, comme si une voix silencieuse, secrète, leur avait impérativement intimé l'ordre de cesser tout mouvement. À la tête de la meute : Herman de Hollogne.

– Je savais bien que nous nous retrouverions, que vous reviendriez ici, dit-il à la femme allongée devant lui, sur son lit, les yeux mi-clos.

– Laissez Christina tranquille, dit Juette, à l'adresse de l'homme de guerre, laissez-la vivre en paix ses derniers moments.

À peine a-t-elle prononcé ces quelques mots qu'elle est empoignée sans ménagement et jetée en dehors de la pièce.

– Que tout le monde sorte, qu'on me laisse seul avec cette femme, dit Herman de Hollogne, ajoutant : Et fermez la porte.

– Que me voulez-vous ? demande Christina en se redressant de façon à s'asseoir, adossée au mur.

– Vous voir, après tout ce temps…

– Vous avez votre *Vita*. Que voulez-vous de plus ?

– Ce n'est pas « ma » *Vita*, mais celle de l'évêque. D'ailleurs, je n'en ai que faire, de votre vie, non plus que de l'utilisation qui va en être faite ! Le trafiquant de reliques, c'est Hughes de Rijckel, ce n'est pas moi. Je ne pratique pas l'usure sur des morceaux de cadavres, comme lui. Vous savez ce que je ferai de vous quand vous serez morte ?

– Non, dit Christina. Ce que vous voudrez, peu m'importe. Vous avez déjà fait de moi ce que vous vouliez quand j'étais vivante, n'est-ce pas ?

Herman ne peut s'empêcher d'être troublé par ce souvenir qui lui brûle le ventre et le cœur. S'il le pouvait, il se jetterait sur cette femme qui l'a tant fait souffrir et l'étoufferait de ses propres mains…

– Quand vous serez morte, je prendrai votre corps et le réduirai en cendres en le jetant dans le feu ! Cela évitera ce qui est arrivé à l'évêque Domitien. Quelle drôle de religion qui voit ses adeptes, sous prétexte qu'ils sont en présence de la dépouille mortelle d'un saint, se ruer sur les ongles de ses mains et de ses pieds, lui couper les cheveux, lui trancher les membres, lui arracher les entrailles et le cœur et conserver ces restes dans des châsses couvertes de pierres précieuses, telles des reliques à vénérer !

– Il est des forces plus puissantes que des reliques, des morts plus vivants que des vivants, du passé plus actif que du présent, des paroles, des gestes, des actes qui restent à jamais. Nul besoin de châsses précieuses, les « reliques » les plus efficaces sont celles qu'on ne voit pas.

– Vos paroles, vos actes ne m'impressionnent plus. Vous n'êtes plus qu'une vieille folle aux portes de la mort. Une magicienne sans magie. Regardez cette plante, dit Herman, montrant un petit arbuste rabougri dans un pot sur le rebord de la fenêtre.

– *Thymus vulgaris*, qui fortifie le cerveau et soulage de l'épilepsie.

– Faites-le refleurir…

– Je le peux, en effet.

– J'aimerais beaucoup être le témoin de ce prodige. Faites refleurir ce thym, et je deviens votre disciple, votre plus grand défenseur.

– Quelle crédulité ! Je n'ai que faire de votre crédulité. Ce que je veux, c'est la foi.

– C'est justement parce que je ne suis pas crédule que je veux voir cela.

– Vous me rappelez un vieux lettré aveugle que j'ai croisé il y a très longtemps, un certain Georgius Ludovicus Burgiss, il refusait de croire que les choses étaient éternelles et que ce ne sont que les apparences qui changent.

– Vieil aveugle ou pas, je ne crois que ce que je vois. Et là, je vois une vieille femme, un arbuste fané. À partir de maintenant, plus personne n'entrera ici ni ne sortira d'ici. Mes hommes seront postés à tous les carrefours. À toutes les entrées, à toutes les sorties. Et quand vous serez morte, je raserai tout. Il ne restera plus rien de votre repaire de Macrales. Un grand feu purifiera tout.

Christina ne dit rien. Écoute en silence. Quand il sort de la pièce, Herman de Hollogne regarde l'arbuste tout rabougri et éclate d'un grand rire sonore, presque animal.

Herman de Hollogne parti, Christina sent que la mort va venir. Non pas qu'elle l'appelle de ses vœux, mais elle sait qu'elle est là, qu'elle attend qu'elle soit prête pour venir la chercher. Cela fait trop longtemps que toutes deux se côtoient pour qu'il n'y ait pas entre elles comme une sorte d'entente, une forme de politesse. Les prières nocturnes récitées, Juette est passée, munie de sa lanterne, pour savoir si tout allait bien. Puis Marie, avec son coffre plein de cannelle, de poivre, de gingembre, et de toutes sortes de racines médicinales au cas où Christina serait frappée d'une souffrance subite. Une de ces drogues pourrait alors lui être administrée.

C'est à l'aube venue que la marche vers la mort s'est accélérée. Christina a demandé à communier au corps du Seigneur et l'onction de l'huile. Puis a fait en sorte que les quatre femmes de la maison abandonnée viennent la rejoindre. Maintenant elles sont autour de son lit, à genoux. Elles prient et elles pleurent. C'est le monde à l'envers : c'est celle qui va mourir qui réconforte les vivantes ! Christina leur demande d'être fortes, de ne jamais baisser les bras, de rester toujours en éveil. Elle ne leur dit pas tout non plus. Mais parvient tout de même à les faire sourire en leur disant que malgré tout elles ont réussi à tromper la vigilance des gardes. Ce gros porc de Herman de Hollogne pâtit d'un filet percé, d'une ligne de défense pleine de trous. Ce monsieur a beau faire du bruit avec sa bouche, battre des bras à la façon des ailes d'un moulin, faire tournoyer son épée au-dessus de sa tête, il n'arrivera jamais à les faire taire, elles, les femmes de demain. Ce sont ses derniers mots :

– Vous êtes les femmes de demain, ne l'oubliez jamais, dit-elle en levant sa main droite.

À son poignet, un bracelet de métal incrusté d'une pierre bleue, un bijou qui contrevient à toutes ses promesses de modestie...

Enfin, presque ses derniers mots, puisque, dans un souffle, elle émet un ultime souhait : que ces femmes entonnent un *Deum laudamus* – Nous vous louons, ô Dieu ! Nous vous bénissons, Seigneur – comme elles savent si bien le faire. Leur donnant un dernier message d'espoir : jamais il ne leur arrivera ce qui est arrivé aux béguines de Robermont, vivant tranquilles dans leur retraite au grand mécontentement du Diable qui leur envoya une troupe de villageois mécontents, qui mirent le feu à leur demeure, les traînèrent dans la boue, leur déversant de telles insanités que ne reste plus aujourd'hui de leur belle aventure qu'une expression – *béguène di Robièmont* – médisance désignant rien moins qu'une femme de mœurs légères.

Pendant que Marguerite, Marie, Juette, Mahaut emplissent la petite pièce de leurs notes cristallines, Christina, sereine, s'adresse à son corps qu'elle est en train de quitter pour rejoindre son Seigneur :

– Ah ! malheureux et misérable corps, jusqu'à quand me feras-tu souffrir ainsi ? Jusqu'à quand retarderas-tu l'heureux moment où je verrai la face de Jésus-Christ ? Quand me laisseras-tu enfin m'envoler vers mon créateur ? Ah, pourquoi suis-je liée à toi ? Ô, mon âme, pourquoi me tourmenter si longtemps ? Qu'est-ce qui te retient en moi ? Qu'est-ce qui te charme en moi ? Quand me laisseras-tu retourner à la terre d'où j'ai été tirée pour y reposer jusqu'au jour du grand Jugement ? Pourquoi ne vas-tu pas prendre ton repos, toi-même, dans les délices éternelles ? Ô mon très heureux et très doux corps, pourquoi t'ai-je fait tant souffrir ? Tu as été si obéissant à tout ce que j'ai exigé de toi pour tous les actes de vertu que Dieu m'a demandés. Courage, ô mon corps, voici bientôt la fin des travaux, voici bientôt le temps du repos, tu dormiras en paix dans la tombe, jusqu'à ce qu'enfin la trompette du dernier Jour te réveille glorieux et immortel pour m'être associé dans le bonheur qui ne finira jamais. Le bonheur de jouir éternellement de ta présence, ô Seigneur. Je meurs de ne pas mourir.

Pendant que les quatre femmes chantent, comme soulevée par leurs chants, Christina voit soudain son corps étendu dans sa petite cellule. Maintenant elle est vraiment morte. Elle n'est pas triste. Elle est si calme. Elle se retrouve dans cette situation étrange et pourtant cela lui apparaît comme une évidence. Comme si toute sa vie elle avait attendu ce moment. Quel sentiment de paix désormais, de sérénité, de légèreté, de liberté ! Dans le vide de sa tête le vent sonne, comme un désir assouvi.

Pour les autres, il en est tout autrement. Pendant qu'elle expire en appelant le Christ, toutes les femmes en prières et en chants ont du mal à accepter cette mort, notamment Juette, incapable de se retenir, qui se jette sur le corps de la défunte en pleurant et en criant. Et qui, entre chaque cri, ne cesse de demander à Christina pourquoi elle est partie vers le Seigneur, comme ça, sans la permission ni la recommandation de ses sœurs, dont elle, Juette, la première à l'avoir recueillie dans sa hutte au milieu des bois :

– Ô, Christina, vous m'avez toujours obéi quand vous étiez en vie ! Je vous en supplie, ne partez pas maintenant, comme ça, nous avons encore des choses à nous dire. Vous avez encore des choses à nous dire. Revenez à la vie, pour me dire, nous dire, nous donner les réponses que nous avons si ardemment sollicitées !

Dans la nuit, une clochette se met à sonner toute seule, au milieu des ruines de l'abbaye. Sans qu'aucune corde y soit attachée, comme pour accompagner la morte. Maintenant, c'est prime, le jour se lève après cette nuit de deuil, une nuée épaisse arrive du nord se répandant rapidement sur toute la surface du sol, obscurcissant le ciel à tel point que pendant une demi-heure environ la clarté du jour fait place à une nuit profonde. Les astrologues parleront sans doute d'éclipse… s'ensuit un temps de désordres absolus. Les vents se déchaînent avec fureur. Un orage affreux éclate, accompagné de grêlons de la grosseur d'un œuf d'oie qui tombent sur les hommes de Herman de Hollogne, trempés comme une soupe, grelottants, pareils à des pions inutiles disséminés tout le long des chemins menant à la maison abandonnée.

Dans la chambre, une multitude de petites fleurs roses parsèment les branches du thym couvertes de feuilles vertes étroites et roulées sur les bords. On raconte que cette plante aromatique serait née des larmes d'Hélène versées durant la guerre de Troie, les mêmes sans doute qui coulent sur les joues des quatre béguines.

24

Les supplications de Juette auraient-elles été entendues ? Allait-elle enfin en finir avec cet air empli d'amertume ? Toujours est-il que la morte semble bouger légèrement. Tandis que Marguerite, Marie et Mahaut sont profondément plongées dans leurs prières, Juette est la seule à se rendre compte du prodige. Un instant, elle pense être le témoin d'une illusion. Et si tout cela ne relevait que du songe ? Il n'en est rien. Ce qui attire son attention, et lui laisse à penser qu'elle fait face à une nouvelle résurrection de Christina, ce sont les branches du thym tout à coup couvertes de feuilles marron, toutes desséchées, et les petites fleurs roses qui les parsemaient, hier encore, et sont maintenant répandues sur la terre du pot, rabougries, couleur de rouille. Juette assiste aux vases communicants de la vie et de la mort : quand un atome de mort apparaît, un atome de vie disparaît. C'est un équilibre. Un échange.

Et soudain, pour la deuxième fois, Christina, comme relevée de la mort, est là, tel un spectre revenu du monde des trépassés. Que va-t-elle faire ? Que vont être ses premières paroles ? Juette craint qu'elle ne lui dise : « Pourquoi avez-vous troublé mon repos ? Pourquoi me supplier de revenir ici quand on me conduisait déjà en présence de Jésus-Christ ? Dites-moi vite ce que vous avez à me demander et laissez-moi retourner vers ce que j'ai si longtemps désiré. »

Mais Christina ne dit rien de tout cela. Ne fait aucun reproche. Ne réprimande pas. N'admoneste pas. Après le premier étonnement et le retour de la joie, les quatre femmes font part à Christina de leurs doutes, « car c'est bien pour cela, n'est-ce pas, que vous avez souhaité que je revienne une dernière fois vers vous ? », semble leur demander Christina rien qu'en les regardant, sans prononcer une seule phrase. Et même si chacune parle l'une après l'autre, si chacune a une parole qui ne tient qu'à elle, en réalité c'est une seule et même angoisse qui les réunit, et que Christina a ressentie si fort que, au-delà même de la supplique de Juette, elle a décidé de revenir sur terre pour être à leur écoute.

C'est une série de questions qui relèvent toutes de la même terreur : ne pas être à la hauteur de l'attente christique. À quoi bon dormir sur les pavés, se flageller à coups de chaînes, porter une couronne d'épines ? À quoi bon mimer les étapes de la crucifixion, en priant les bras en croix ? À quoi bon imiter la position du Christ enseveli, s'allonger à plat ventre, tout son poids portant sur ses orteils, son nez et son front ? À quoi bon endurer le cilice, se ligoter avec des cordes serrées, s'introduire des poux dans ses blessures, se priver de sommeil, dénaturer ses aliments en leur adjoignant de l'eau ou des cendres ? À quoi bon enchaîner les génuflexions par milliers, se couvrir la poitrine d'orties, prier pieds nus l'hiver ? À quoi bon se rouler sur des morceaux de verre, sauter dans des fournaises, se pendre à des gibets, méditer la tête en bas et les pieds en l'air ? À quoi bon se faire humilier, se donner nue en spectacle, chanter des heures entières sous la pluie, manger des détritus, sucer les plaies des lépreux ? À quoi bon tout cela si, en fin de compte, ces sacrifices ne servent à rien ? Et si, pour finir, la vie des femmes ne change pas ?

Tandis que toutes ces questions sans réponse volettent dans la pièce comme une bande de moineaux effrayés, dans les plus petits villages du comté de Liège, des femmes se sont levées. Le décès de Christina a réveillé les endormies. Dans nombre de villes, des cortèges se sont formés, des groupes se sont réunis – « Quoi, Christina Mirabilis est morte ? » À tel point que tout ce charivari est arrivé jusqu'aux oreilles de Hughes de Rijckel et de Herman de Hollogne.

– Elle est morte ou vivante ? demande le premier.

– Morte et bien morte, répond le second.

– Alors, allez chercher le corps. Il est temps de faire savoir au pays tout entier et même au-delà que nous avons une sainte, donc des reliques, dit Hughes de Rijckel, la main sur le livre du moine de Valognes.

En ce temps de puissant ordre scolastique, l'évêque de Liège sait de quoi il parle et de quel enjeu pour lui et sa région il s'agit.

– La société chrétienne est de plus en plus encadrée, l'activité sociale est de plus en plus contrôlée, les institutions politiques sont de plus en plus contraignantes. Les universités, les écoles des ordres mendiants, les écoles urbaines canalisent, fixent, organisent tout ce bouillonnement idéologique. La théologie et le droit élaborent des sommes, un système de disputes, de décisions, d'applications. Le monde change… Il faut un contrepoint…

– Ordre et désordre, se risque à lancer Herman de Hollogne.

– Parfaitement, vous êtes moins stupide que je ne le pensais. D'un côté, les pèlerinages et les abbayes, donc l'ordre, les Jugements derniers et le Purgatoire, aux tympans de nos églises, engageant l'être humain à se conduire mieux ici-bas, et qui supplantent l'Apocalypse. De l'autre, le désordre qui est là et bien là sur nos chemins, dans les rues de nos villages, sur les places des marchés. J'espère qu'un jour prochain, il se trouvera un concile pour interdire le mouvement béguinal qui est en train de gangrener notre société. En attendant…

– Oui ? dit Herman de Hollogne.

– En attendant, allez me chercher le corps de Christina et transportez-le au monastère de Milen.

– Pas dans la nouvelle église ?

– Attendez qu'elle soit terminée ! Il suffira alors de déterrer son cercueil et de le descendre dans la crypte.

– Et les femmes, tout ce brouhaha ?

– Commencez une campagne de dénigrement. Ce ne sont pas de vraies religieuses ! Elles ne suivent aucune règle, ne prononcent aucun vœu d'obéissance, ne renoncent nullement à leurs biens, on les dit même peu farouches !

– Je pensais que les armes…

– Dans un deuxième temps. Le sang a assez coulé. Trouvez des témoins de bonne foi prêts à rapporter qu'elles disputent et dissertent sur la Sainte-Trinité et sur l'essence divine, répandent au sujet des articles de la foi et des sacrements de l'Église des opinions contraires à l'enseignement catholique. C'est leur égarement de l'esprit qui fait qu'en ces matières elles trompent beaucoup de gens simples et les induisent en erreur.

– Je pensais que la troupe, la manière forte…

– Les groupes d'hérétiques commencent à pulluler ! L'un d'entre eux a même fondé une Église féminine et prêché l'existence d'un Dieu femme ! Le danger majeur vient de toutes ces femmes en liberté. Une brebis libre est forcément une brebis galeuse !

– Donc, l'élimination de la plupart des…

– Écoutez-moi. Avant de passer je ne sais qui par le fil de l'épée, commencez par arrêter toutes celles qui entourent Christina. Elles ne sont pas beaucoup, quatre, cinq peut-être. Et enfermez-les dans un couvent ! Quant aux autres, toutes les autres, nous verrons, dans un deuxième temps, comment les mater.

À la nuit qui tombe, la maison abandonnée est encerclée par les troupes de Herman de Hollogne. Le ciel allongé est entièrement rouge, jusqu'à l'apparition de la première étoile. L'air, irrespirable, est devenu soudain presque comestible.

Contrevenant aux consignes données par l'évêque, Herman de Hollogne n'a pas l'intention de négocier quoi que ce soit, de parlementer avec ce qu'il considère plus comme des perturbatrices que comme une bande d'hérétiques. Il a aligné ses milices féodales et n'a pas hésité à y adjoindre un fort contingent de représentants de la bourgeoisie liégeoise, bien armé et équipé.

– Quelle est la marche à suivre ? demande un vassal à la tête d'une troupe d'archers.

– Arrangez-vous pour fermer tout le secteur, de l'entrée du village au petit bois juste derrière. Que personne ne sorte de la maison. Je me chargerai du corps de la morte. C'est le plus important : le ramener intact à l'évêché.

Ce que Herman ne dit pas, c'est qu'il veut d'autant plus se charger du transport du corps que plusieurs voleurs, en accord avec des membres de la hiérarchie ecclésiastique des alentours, voire de pays frontaliers, l'attendent afin qu'il leur vende – fort cher d'ailleurs – des morceaux de la sainte pour établir ici et là de nouveaux lieux de pèlerinage…

– Et les femmes, qu'en faisons-nous ? demande le chef des archers.

– Tuez-les toutes.

– Et la maison ?

Herman de Hollogne, tout comme pour la question précédente, n'hésite pas une seconde à répondre :

– Vous la détruisez par le feu. Il ne doit rien subsister de ce lieu maudit. Mais nous verrons tout cela demain matin. Pour l'instant, passez une nuit de repos. Buvez, mangez et restez vigilants.

C'est Marie qui donne l'alerte.

– Ils sont partout ! Regardez toutes ces torches, dit-elle, en passant d'une fenêtre à l'autre. Ajoutant : Une armée entière contre quelques femmes !

– N'ayez crainte, ils ne feront rien avant demain matin, dit Christina, j'ai largement le temps de vous expliquer pourquoi je suis revenue…

– Parce que je vous avais suppliée de revenir, dit Juette, nous n'avions pas terminé de…

– Il n'y a pas que ça, dit Christina, coupant la parole à Juette : J'avais quelque chose à vous dire, de très important. Une mission à vous confier.

– Nous ne sortirons jamais d'ici vivantes, dit Marie.

– N'ayez aucune crainte, je vous le répète, dit Christina, vous sortirez vivantes. J'ai besoin de vous.

J'ai besoin que vous soyez vivantes.... Et puis il existe une porte pour chacune qui ne s'ouvrira que pour elle et que vous trouverez facilement.

– Qu'attendez-vous de nous ? demande Mahaut en essuyant son nez duquel tombent quelques gouttes de sang.

– Vous serez comme des pèlerines qui partent au loin…

– Vous allez nous donner des conseils, dit Marguerite, demander son chemin, choisir une bonne compagnie, se méfier des voleurs, manger et se vêtir légèrement…

– Non, je vais vous demander d'être les initiatrices de pèlerinages divins. Je vais donner à chacune d'entre vous une destination, mais surtout une mission…

– Une mission ? dit Juette.

– Oui. Une sorte de « deuxième évangélisation », placée sous le signe des femmes, sans tutelle masculine, des femmes libres, indépendantes. Vous le voyez bien, le contrôle ecclésiastique sur les communautés féminines se renforce de jour en jour, et par-delà c'est tout le contrôle des mœurs féminines que ces hommes, d'Église ou non, veulent détenir entre leurs mains. Pour eux, une religieuse honorable ne peut être qu'une religieuse enfermée. Je veux que vous soyez des vagabondes qui parcourent le monde.

Les quatre femmes se regardent, se sourient, se tiennent d'abord par la main, puis s'enlacent : leur combat, elles le mèneront au nom de toutes les femmes, croyantes ou non. Elles allumeront des mèches. Elles ouvriront des brèches.

– Marguerite, ma belle ardente…

– Oui, Christina.

– Ma courtoise, ma si forte, vous dont le nom, « Lyden », veut dire « souffrance », êtes-vous prête à habiter votre nom ?

– Je le fais déjà.

– Mais davantage encore ?

– Oui, je suis prête.

– Vous serez jongleuse, acrobate, danseuse, actrice, mime, ménestrelle ; vous ferez des tours de passe-passe, de prestidigitation ; vous disposerez de multiples talents et astuces ; vous serez *jogelour* du Christ. Vous aurez une réputation de charlatane, de parasite, de menteuse, de gredine, sans cesse mise à l'écart, condamnée par tous les conciles, par tous les évêques. On vous traitera de *vagi*, de *peregrini*, de *joculatore*. Votre destination : le Nord. Vous irez sur les routes du Danemark et de Suède : à Roskilde, Skänninge, Copenhague, Linköping, Uppsala… Une femme vous attend : Ingrid de Vadstena.

Marguerite a le visage couvert de larmes. Des larmes de joie. Tout soudain, elle semble inquiète, voudrait parler, hésite, puis pose sa question comme on se jette du haut d'un pont dans une rivière tumultueuse :

– Et…

– Oui ? dit Christina.

– Ma…

– Votre mort ?

– Oui.

– Brûlée, après un long procès, avec plusieurs autres de vos sœurs…

– À cause de mon juste amour !

– Oui, disent Juette et Marie en même temps.

– J'accepte avec joie cette magnifique mission.

À l'extérieur de la maison, les bruits de la troupe se font de plus en plus intenses. Visiblement, les soldats appliquent à la lettre les conseils de leur chef : boire, manger avant l'assaut final qui devrait avoir lieu l'aube venue.

– Mahaut, ma si tragique, ma violente, ma si lumineuse, dit Christina en regardant la jeune veuve qui a tant souffert déjà de voir ses jumeaux tués sous ses yeux, mais qui a su depuis accomplir un si lumineux trajet.

– Où m'envoyez-vous ?

– Au sud. République de Gênes, royaume de Sicile, États du pape… Vous irez à Pise, à Cortone, à Foligno, à Sienne, à Montepulciano, à Cascia, à Liviano, à Rieti, à Gubbio. Vos aspirations seront à la pauvreté et à la pénitence, vous servirez le Christ souffrant, vous vous mettrez au service des pauvres, des malades, des mourantes, on vous surnommera l'*humiliata* et vous serez humiliée. Et le contrôle clérical sera si puissant que vous serez battue jusqu'au sang, fouettée, rejetée…

– Je mourrai…

– Très vieille, abandonnée de tous, accusée d'être « en état de péché sous des apparences pieuses », excommuniée pour « avoir prêché sans autorisation » et crié sur tous les toits que vous étiez d'abord femme puis seulement, en second lieu, chrétienne. Mais des milliers de femmes auront suivi votre exemple, et transmis cet exemple à d'autres milliers de femmes.

Il ne reste plus que Juette et Marie. Christina décide de s'adresser en premier à Juette.

– Juette, ma fidèle, qui m'accueillit, me sauva, sans laquelle je ne serais pas ce que je suis, qui m'a donné tant de force, tant de joie. Ma Juette qui dompte les bêtes les plus féroces, qui fait de sa nudité un habit merveilleux, je vous demande de suivre la route de l'est, celle du Saint-Empire romain germanique, et de poursuivre jusqu'en Pologne et en Hongrie. Vous irez à Swidnica, à Lenice, à Wroclaw où vous devrez travailler comme ouvrière dans le textile. Puis vous longerez les côtes du grand lac Balaton en chantant la nuit à la gloire de Dieu dans les villes de Siófok, Keszthely, Tihany et bien d'autres. Vous devrez abandonner votre vie d'anachorète, vous mêler à la foule, aux autres, vous frotter à leur sueur, à leur présence parfois répugnante. Vous marcherez des nuits entières, des jours entiers. Votre labeur sera, entre autres, de fonder des pèlerinages.

– Cette mission m'honore, je la remplirai du mieux que je pourrai, dit Juette, sans évoquer la question de sa mort.

– Et ta mort ? demande Marie.

– Ça ne m'intéresse pas, dit Juette qui ajoute, voyant que Marie est déçue : Tu voudrais savoir comment je meurs, c'est ça ?

– Oui, répond Marie en rougissant.

– Alors, dites-le-lui, dit Juette en s'adressant à Christina.

– Dans d'atroces souffrances, pendue, comme apothicaire du Diable, pour avoir donné à des femmes qui ne voulaient pas garder leur enfant des potions à base de plantes et de mixtures, vendu des philtres d'amour et des onguents de stérilité, et porté sur le côté gauche de votre vêtement, en solidarité avec vos sœurs juives, le tissu rouge qu'un décret royal les obligeait à porter…

Marie, du haut de ses quinze ans, qui jouit de la présence du Christ en elle comme une femme de son mari, et qui professe que manger le Christ, c'est devenir le Christ, le Christ en Croix qui souffre et qui saigne, semble plus impressionnée par les chants de soudards venant des troupes qui encerclent la maison que par ces missions distribuées par Christina, qui se soldent par beaucoup de souffrances et une mort à la mesure de celles-ci.

– Je suppose que vous me donnez l'Ouest ? dit Marie, s'adressant à Christina.

– Oui, ma petite effrontée qui a su trouver la force de quitter son mari la nuit de ses noces. Vous êtes un exemple pour toutes les femmes de ce siècle.

– Vous m'engagez à faire en sorte que toutes les femmes que je croiserai sur mon chemin fassent de même ?

– Pourquoi pas ?… D'autres choses aussi, comme par exemple engager nombre de vos sœurs non seulement à se marier avec Jésus mais à agir sur leur siècle, à ne pas se laisser faire ; à ne jamais reculer, à parler pour toutes les femmes, à dénoncer leurs bourreaux…

– Dans l'Ouest, donc ?

– Oui, mais un Ouest particulier, lointain, après le royaume de France, après celui d'Aragon, après celui de Castille : le tout petit royaume musulman de Grenade.

– Chez les Maures ?

– Oui.

– Une tâche périlleuse, je vous le confirme. En Castille, vous trouverez, un temps, une aide relative de la part des *Beatas*, mais dans Grenade la Juive où les chrétiens sont réduits en esclavage et la plupart des Juifs ont péri lors de la longue nuit de 1066, vous risquerez la mort chaque jour. Votre mission : éprouver un amour divinement fou non seulement pour les bons chrétiens, mais aussi pour les pécheurs et les renégats. Mais ce qui compte aussi, c'est le chemin de Saint-Trond à Grenade, la route, donc votre voix, vos paroles qui seront écoutées, entendues ; votre exemple suivi.

– J'accepte sans broncher, en versant des larmes de joie. Et…

– Votre mort ?

– Oui, bien sûr…

– Vous vivrez longtemps, vous aussi. Et votre mort ne viendra pas du monde musulman mais lors d'un voyage à Carmona, après un procès engagé par les autorités ecclésiastiques de la ville vous reprochant d'avoir une influence néfaste sur la spiritualité de l'époque, d'avoir encouragé les femmes à conquérir une trop grande indépendance, une trop grande autonomie, et d'avoir été trop proche de certaines femmes arabes comme la fameuse Habiba Messika, morte brûlée vive. Vous serez enfermée dans un sac, enchaînée, les pieds lestés d'une lourde pierre, et jetée dans un puits.

Alors que Marie écoute en silence le récit de sa mort, Christina lui fait signe qu'elle n'en a pas fini :

– Dix-huit jours après votre chute au fond du puits, le confesseur de la communauté des *Beatas*, qui souhaitait ne pas vous laisser ainsi, donna étrangement son autorisation afin que votre cadavre soit exhumé. On découvre un visage froissé et sali par la terre. Votre dépouille mortelle est alors lavée et apprêtée avec vénération. Elle retrouve toute sa beauté et sur vos joues un rose aimable remplace la pâleur de la mort.

Christina voudrait ajouter encore une chose, importante, essentielle. La tâche qui attend ces quatre femmes est immense, terrible, c'est le cri de toutes les femmes qu'elles portent en elles. Elle doit leur donner une force qu'aucune tempête ne pourra faire flancher.

– Après les femmes cathares, après les béguines, après vous, on s'en prendra à beaucoup de femmes qu'on appellera *sorcières*, qu'on brûlera, qu'on dépècera. Mais vous avez le droit avec vous, la justice, la vérité. Vous détenez sur les corps et sur les esprits un pouvoir qu'aucun homme ne pourra jamais vous enlever, ni à vous, ni aux sœurs qui vous suivront tout au long des siècles de l'histoire des femmes.

Comme si elle venait de leur faire part de cette remarque essentielle, parce qu'elle a anticipé ce qui va suivre, elles entendent soudain venant du camp des soldats un chant puissant, guerrier, entonné par toute une troupe décidée à les faire disparaître :

– « Elles sèment partout la discorde
et répandent des propos malveillants
sur tout ce qu'elles ont vu,
et excitent le monde entier à la débauche.
Elles s'embrassent tout le temps, faussement dévotes,
et leurs paroles sont doucereuses.
Mais lorsqu'on les connaît vraiment,
elles ne sont autre chose que poison et fiel. »

Et un flot de remarques, toutes plus désobligeantes les unes que les autres, suivent ce curieux cantique :

– « Leurs façons d'être contreviennent à la décence féminine. Elles se livrent en spectacle. Elles n'ont aucune pudeur. Ne sont que des libidineuses. Elles n'hésitent pas à séduire tout le monde, même des frères dominicains. Quant à l'inconstance de leur chasteté, n'en parlons pas. Ne vont-elles pas, sous prétexte d'apporter des soins aux malades, jusqu'à pénétrer dans les maisons pour en séduire les hommes de bonne volonté, chastes et bons chrétiens ! Elles sont castratrices. Elles jettent des sorts pour que les membres virils tombent comme desséchés. Elles sont bavardes, comme toutes les femmes, criardes, querelleuses, insensées, tout mari ne peut que s'en méfier. Elles sèment le trouble dans les ménages, mais aussi dans la vie de l'Église, dans la cité. Elles sont désobéissantes, rebelles. Finalement, elles sont comme les Juifs : elles sont toutes coupables et doivent toutes être tenues en suspicion. Oui, comme les Juifs ! »

Toutes se regardent. Toutes se sourient. Ces hommes, qu'ils soient d'Église ou non, ne leur font vraiment pas peur. Pas plus que le démon dont elles connaissent si intimement les manifestations : la violence, la peur, la possession, la tentation. Tout comme cette situation générale défavorable : bien sûr qu'une foule de jeunes filles parcourt les routes de Flandre puisqu'elles ne peuvent s'établir, car tant de jeunes gens qui auraient pu pour certains devenir leurs maris ont succombé sous les coups des Turcs et autres ennemis du nom de chrétien lors des croisades. Filles spirituelles menacées par la grande tempête, elles savent que leur salut et celui de toutes ces femmes qu'elles vont tenter de réveiller se trouvent dans la lecture et la méditation des Écritures, dans le recueillement fervent, dans la rectitude et la confiance totale en l'Amour, de Jésus et des autres.

– Et maintenant ? dit Marguerite.

– Oui, et maintenant ? demande Juette.

– Que faisons-nous ? lance Mahaut.

– On attend, on agit, mais comment ? s'inquiète Marie.

– Regardez, dit Christina, le regard dans le lointain obscur de la campagne.

Chacune à une fenêtre regarde le spectacle irréel qui est en train de se mettre en place. Derrière la ligne des hommes de troupe, dans la pénombre, se déploient d'immenses bandes de loups et de cerfs convergeant tous vers la maison abandonnée, soulevant une vague de boue, arrachant tout sur leur passage, tels des fleuves en crue, et semant la panique parmi les soldats. Une neige dense commence à tomber. Accompagnée de vent, d'eau glacée, d'orage. Le ciel devient un chaudron. Un froid de glace s'empare de toutes choses, des esprits, des membres, des têtes. Un beau brouillard blanc comme du lait mousse, se déverse, annihile, efface. Marguerite, pour défier toute cette violence, fredonne une chanson douce de la *trobairitz* provençale Beatriz de Dia – « Grand peine m'est advenue… ».

Le chant terminé, Christina, qui n'en a pas fini avec ses quatre apôtres, donne ses derniers ordres.

– Déshabillez-vous ! Oui, retirez tout. Soyez nues.

Devenez pures, immatérielles, invisibles à vos ennemis. Le temps de la fuite. Nul besoin de vêtements : Jésus est un habit pour toujours. Plus tard, une fois la muraille franchie, vous serez encore plus visibles, plus fortes, plus présentes. La vie est devant vous.

C'est la dernière image que Christina garde de ces femmes qui l'ont accompagnée durant son séjour terrestre : des femmes entièrement nues, droites, puissantes, chevauchant de grands cerfs, traversant la forêt de soldats, cachées par le brouillard, et se dirigeant chacune vers un des quatre points cardinaux de la rose des vents.

Les quelques soldats restés à leur poste n'en croient pas leurs yeux. Quel est ce prodige que ces femmes nues montées sur des cerfs et accompagnées d'une meute de loups ? Qu'est-ce que cette aube blanche soudaine dont on peut croire quelques secondes qu'elle est un moment de faste ? Comment réagir quand tout ce qui vole, tout ce qui trotte, tout ce qui vibre, tout ce qui rampe semble s'émouvoir, pendant qu'un soleil comme sorti d'on ne sait quel tour de magie illumine soudain tout, fait fondre la glace, transforme la neige en torrent qui emporte tout sur son passage : le campement, les armes, les chevaux, les hommes qui fuient effrayés, certains se lamentant à genoux – « c'est la fin du monde, Dieu les a punis, le Diable a pris possession de la terre ».

Ils voulaient mettre le feu à la maison, tuer toutes ses occupantes, faire tout disparaître. Mais ce sont eux qui meurent. Ce sont eux qui vont connaître les flammes de l'Enfer. Ils n'existent plus. Ils ne sont plus mis pour l'instant en mouvement que par leur essence noyée dans le grand Tout, redevenus terre dans la terre. Ils fuient de tous côtés, sans se retourner, abandonnant armes et bagages, sur les chemins, dans la forêt avoisinante, sur les routes…

Dans la maison abandonnée, Christina, maintenant, peut non pas mourir mais devenir, dans la sérénité absolue. Elle pense, en souriant : « Le jour le plus notable dans la vie d'une personne n'est pas celui de sa naissance, mais celui de sa mort. Le moment où elle rejoint Dieu. » Elle se sent toute perdue, en cet océan, et anéantie. Et cependant, elle qui n'est rien, elle devient tout. C'est un sentiment océanique. C'est un sentiment de béatitude. C'est une apothéose.

Elle voit Marguerite emprunter des bateaux, avancer d'île en île, regarder en direction d'une cathédrale en construction, toute de briques rouges, où l'attend Ingrid de Vadstena.

Elle voit Mahaut franchir les montagnes alpines, vaincre le froid glacial et la faim, les aigles des montagnes, échapper aux bergers et aux soldats qui veulent la violer, enfin se reposer sous les charmes de la vallée de la Roera où Gherardesca de Sienne l'attend, dans sa belle robe en laine brute, pour la conduire dans une autre vallée, celle de Spolète, où les attaques des bien-pensants et des prélats à l'encontre des femmes sont particulièrement virulentes.

Elle voit Juette marcher dans les hautes herbes bordant le Danube où Kinga de Szentkút l'attend sur l'une des huit routes de pèlerinages qui sillonnent alors le pays.

Elle voit Marie traverser de vastes régions, des montagnes, des fleuves, de profondes forêts, et finir par rejoindre Grenade. Elle gravit la colline de Sabika, s'enfonce dans les ruelles de l'Albaicín et, tandis qu'elle se perd dans la contemplation des monts enneigés de la Sierra Nevada, elle voit arriver vers elle une jeune femme vif-argent, Emna, qui lui promet de l'aider à transmettre sans crainte ses messages de paix et d'émancipation féminine loin de tous les dangers, loin de la mort qui guette derrière chaque muraille de l'Alhambra.

Herman est le seul à réagir. Il sait bien que ce siècle est comme le début de l'âge d'or des fous. Il y en a partout : au cabaret, au palais, dans les églises, dans les couloirs de l'archevêché – des fous, des bouffons, des jongleurs, des magiciens, des truqueurs. Dans ce siècle, la bouffonnerie et la religion sont si intimement liées ! Alors, un peu plus ou un peu moins… Qui pourrait croire à cette histoire de femmes nues chevauchant des cerfs dans le brouillard, entourées d'une garde de loups ? Il suffit qu'il reste quelques heures le dos tourné, qu'il se repose avant la grande attaque de la maison abandonnée, pour que tout aille à vau-l'eau et que ses hommes inventent on ne sait quel songe ! Il y avait la légende de Lady Godiva qui traverse nue la place du marché de Coventry, mais le seul à l'avoir aperçue, le tailleur Tom Peeping, en avait perdu la vue, et maintenant voilà que la même ânerie arrive dans le diocèse de Liège ! Il n'en croit pas un mot. Alors, il est seul, tout le monde est parti. Mais ce n'est pas plus mal. L'épée à la main il s'avance vers la maison et pénètre dans la pièce où ces femmes doivent être réunies, serrées les unes contre les autres, comme des harengs, mortes de peur.

Sa première impression est olfactive. Il y règne un parfum délicat, mélange d'arôme subtil et de transpiration. Comme une odeur de sainteté.

Elle est bien là, Christina. Seule, allongée, les mains sur la poitrine. Il peut tout à loisir, enfin, admirer le profil exquis et pâle de son visage, son front, son nez, sa bouche, son menton au dessin le plus pur. Comme si les griffes de la mort ne l'avaient jamais effleurée. Elle a les yeux clos. Elle semble dormir. Elle montre une paix parfaite. Il peut à peine respirer quand il se dit : « J'ai rarement vu quelque chose qui m'ait surpris et touché davantage. » C'est peut-être la première fois, la seule fois de sa vie, qu'il se sent humain et qu'il se dit que cette femme, en d'autres temps, en d'autres circonstances, s'il avait été autre que lui-même, il aurait pu l'aimer. Il ne savait pas qu'un corps gisant, que la peau d'un corps gisant, pouvait être une telle source de lumière. Elle paraît si jeune. Si vivante. Tant de pensées diverses le parcourent, le perturbent. Il a envie de se jeter sur elle. De la larder de coups de couteau. De la prendre dans ses bras. De la bercer. Par moments, fugitivement, il croit devenir fou. Il croit voir dans les cieux entrouverts un faucon gigantesque qui plane au-dessus de sa tête. Il se dit qu'il donnerait des années de sa vie, toute sa vie peut-être, pour revivre la première fois où il l'a vue dans son pré d'herbes hautes. Et il écoute ce passé, comme on écoute le grondement de la mer dans une coquille. Il revoit la clairière. Il se regarde agir. Et il s'émerveille et tremble de ce passé à jamais révolu. Il voudrait lui ouvrir la bouche pour pouvoir l'embrasser, pour qu'elle lui parle, pour qu'elle lui pardonne. Il ne sait plus rien. Si elle est vivante ou si elle est morte. Il ne sait plus très bien distinguer ce qui vient de la terreur et ce qui vient du plaisir.

Dehors, la neige a totalement disparu. Un printemps a pris sa place. Tous les êtres semblent se réveiller. L'herbe est en train de renaître et verdit. Est-ce un jour ou un mois qui a passé ? C'est à n'y rien comprendre.

Il entend des chants. C'est le 1er janvier ! Son printemps est un printemps rêvé. Qui n'existe pas. C'est l'année de l'Incarnation 1224. Il voit des déguisements. Il entend des festins. Des hommes passent revêtus de la peau d'un animal. D'autres en prennent la tête. D'autres encore se déguisent en femmes. D'autres arborent des figures de jeunes filles. Ils ont des faces barbues et veulent ressembler à des femmes. C'est une fête de débauche. Religion et monde païen réunis. Tous ces hommes mangent et boivent tellement que celui qui, toute l'année, a été chaste et tempérant devient, ce jour des calendes de janvier, ivre et impur. Et s'il faisait pareil ? Si, au lieu de vénérer cette sainte, il la démembrait, il la divisait en morceaux ? La tête, le cœur, les entrailles, le corps, les ossements ? N'est-ce pas ce que voulait l'évêque ? Et il les placerait dans des sanctuaires différents. Quel marché lucratif !

Quand il la regarde à nouveau, c'est comme si toute sa vie mourait d'un coup. Il est face à un corps en décomposition, plein de moisissures. Une odeur d'humidité emplit toute la pièce. Les habits sont pourris également. Le corps est couvert de terre. Et puis il regarde les seins de Christina. Ils sont pleins, droits, fermes. La robe est redevenue comme neuve, étincelante. Il ne comprend plus rien. Il ne veut plus rien comprendre. Il n'est plus sûr que d'une chose. Une seule certitude : les larmes qui inondent son visage, et qui l'empêchent presque de voir Christina. Tout à coup il se sent tout lavé, de haut en bas. Comme un drap avec une brosse. Il est tout blanc. Il est tout neuf. Il marche sur la terre avec son propre cœur.

Alors, il comprend. Il se retourne. Derrière lui repose un petit arbuste, celui qu'il avait vu, rabougri, mort. Une multitude de petites fleurs roses parsèment désormais ses branches, couvertes de feuilles vertes étroites, roulées sur les bords. Un arbuste en pleine croissance, comme appelé par le printemps. Des larmes continuent d'inonder son visage.

Parfois, une histoire peut s'arrêter quand elle pense qu'elle est terminée. Mais parfois, elle n'est pas totalement terminée.

À force de regarder Christina, tantôt si jeune, si vivante, sur son lit de morte, tantôt si morte, pourrie, moisie, sur son lit de vivante, Herman de Hollogne prend peur et s'enfuit. Après avoir marché plusieurs heures, il retrouve la forêt, la clairière où il avait pour habitude de venir observer Christina. Bientôt, il ne voit pas le temps qui passe. La nuit tombe.

Le lendemain, des marchands, venant de Tirlemont et se rendant à Munsterbilzen, coupant par la forêt de Saint-Trond, le retrouvent.

– C'est un homme qui dort, dit l'un des cavaliers.

Effectivement, Herman de Hollogne est un homme qui dort, allongé dans la neige. Mais son corps est démembré, piétiné par une harde de cerfs, et il n'a plus de tête, car elle a été dévorée par les loups.

Remerciements

Jorge Luis Borges énonce, à juste titre, qu'un écrivain est avant tout un lecteur. Un livre comme *Une jeune fille en feu* n'aurait pu être écrit sans l'apport de développements intellectuels, d'hypothèses, de démonstrations, d'essais, de romans, de pistes proposées par des auteurs qui ont nourri mon travail. Que soient ici remerciés : Hadewijch d'Anvers, Tina Anderlini, Odette Baumer-Despeigne, Jeannine Bavay, Brigitte Miriam Bedos-Rezak, Georges Bernage, Dominique Boquet, Geoffroy Bourdin, Monique Bourin, Bertrand Bové, Caroline Bynum, Thomas de Cantimpré, Sophie Cassagnes-Brouquet, Bernardo Commodi, Vincent de Coorebyter, Pierre De Dacie, Gilles Daireaux, Giovanna della Croce, Joseph Delmeille, Robert Delort, Jane Draycott, Georges Duby, Dieudonné Dufrasne, Dom Jacques Dubois, Robert Durand, Michel Elsdorff, Lucia Feverati, Jean-Louis Flandrin, Bernard Forthomme, Robert Fossier, Jean Giono, Jacques Le Goff, Gustave Glotz, Johann-Joseph von Görres, Aaron J. Gourevitch, Myriam Greilsammer, Romana Guarnieri, Albert d'Haenens, Alfred Hansay, J. K. Huysmans, Dominique Iogna-Prat, Danielle Jacquart,

Jacqueline Kelen, Godefroid Kurth, Michel Lauwers, Ange Leclerc-Keroullé, Jean-Yves Leloup, Olivier Leroy, Didier Lett, Claude Louis-Combet, Mathilde de Magdebourg, Pascal Majerus, Pascal le Maléfan, Giuliana Di Norwich, Silvana Panciera, Michel Parisse, Michelle Perrot, Sylvain Piron, Xavier de Planhol, Marguerite Porète, Eileen Power, Karine Robert, Renata Salvarani, John Saxard, Lesley Saunders, Jean-Claude Schmitt, Pierre Arnold Simon, Claude Thomasset, Nathalie Tomsin, Herbert Henry, Charles Thurston, André Vauchez, Maaike Van der Lugt, Jean Verdon, Jacques de Vitry, Apolline Vranken, Jean-Noël Vuarnet.

DU MÊME AUTEUR

Le cycle des Enfants s'ennuient le dimanche

Les enfants s'ennuient le dimanche, Hachette, 1985. Babel/Actes Sud, 1999.

Une chambre à Turin, Editions du Rocher, 2002. Folio/Gallimard, 2002. Prix Cazes-Lipp 2002.

Spaghetti !, Gallimard, 2005.

Miss Monde, Gallimard, 2007.

Le Géorama Montparnasse, in *Paris Portraits*, Folio/Gallimard, 2007.

De Gaulle en maillot de bain, Plon, 2007.

Gitane sans filtre, Gallimard, 2008.

Giscard en short au bord de la piscine, Plon, 2010.

La Légende des 24 Heures du Mans, Albin Michel, 2014. Prix de l'association des écrivains sportifs 2014.

Je suis Charlie (collectif), Livre de Poche Hachette, 2015.

Les 24 Heures du Mans pour les nuls, First Éditions, 2016.

Le Goût de l'automobile, Mercure de France, 2017.

Laisse tomber les filles, Albin Michel, 2018. Livre de Poche Hachette, 2019.

Le Dictionnaire amoureux des sixties, Plon, 2018.

Une histoire de l'automobile en 100 modèles mythiques, Albin Michel, 2023.

Le cycle des Vice-rois (4 tomes)

1. *Assam*, 2002. Le livre de poche, 2004. Prix Renaudot 2002.
2. *Aventino*, Albin Michel, 2005. Le livre de poche, 2007.

3. *Les Vice-Rois*, Actes Sud, 1998. Babel/Actes Sud, 2000. J'ai lu, 2002. Folio/Gallimard, 2011. Prix du roman historique de la ville de Blois, 1998. Prix Baie des Anges, 1999.
4. *Cyclone*, Actes Sud, 2000. Babel/Actes Sud, 2002. J'ai lu, 2004. Folio/Gallimard, 2010.

Le cycle biographique historique

Le temps revient, L'Avant-scène, 2002.
Banditi, Albin Michel, 2004. Le livre de poche, 2006.
Laura, Plon, 2006. Folio/Gallimard, 2008.
Indigo, Plon, 2009. Prix Paul Féval, 2009.
La Belle Endormie, Éditions du Rocher, 2009. J'ai lu, 2011.
Miroirs, Plon, 2011. Folio/Gallimard, 2014.
L'An prochain à Grenade, Albin Michel, 2014. Prix Méditerranée 2014. Livre de Poche Hachette, 2015.
Les Amants de Coyoacán, Albin Michel, 2015. Livre de Poche Hachette, 2017.
Zazous, Albin Michel, 2016. Prix Jacques-Chabannes, 2017. Livre de Poche Hachette, 2018.
Femme qui court, Violette Morris, la scandaleuse, Albin Michel, 2019. Livre de Poche Hachette, 2021.
Moi, Tina Modotti, heureuse parce que libre, Albin Michel, 2020.
Le roi qui voulait voir la mer, Albin Michel, 2021.

Le cycle biographique autobiographique

Le Livre de la morte, Aubier-Montaigne, 1980.
Giuliana, Belfond, 1986. Le Livre de poche, 1987. Babel/Actes Sud, 1998.
Elle demande si c'est encore la nuit, Belfond, 1988.

L'Amour dans la ville, Albin Michel, 1993. Le Livre de Poche, 1996.
L'Ange de mer, Flammarion, 1995.
La Course de sa vie, in *Va y avoir du sport*, Gallimard, 2006.
Méli-Mélo a la tête à l'envers, Gallimard, 2007.

Le cycle de l'essai biographique

Dossier Paul Auster, Anagrama, 1996.
Le New York de Paul Auster, Le Chêne, 1996.
La Solitude du labyrinthe. Entretiens avec Paul Auster, Actes Sud, 1997. Rééd. augmentée, Babel/Actes Sud, 2004.
Le Madrid de Jorge Semprun, Le Chêne, 1997.
Hemingway à Cuba, Le Chêne, 1997. Folio/Gallimard, 2002.
Jean-Marie Gustave Le Clézio : le nomade immobile, Le Chêne, 1999. Folio/Gallimard, 2002 ; rééd. augmentée, Gallimard/Folio, 2018.
Philippe Sollers ou la Volonté de bonheur, roman, Le Chêne, 2001. Folio/Gallimard, 2007.
Jorge Semprun, l'écriture de la vie, Folio/Gallimard, 2004.
Paul Auster's New York, Le Livre de Poche Hachette, 2004. Nouvelle édition, revue et corrigée, sous le titre *Le New York de Paul Auster*, Le Livre de Poche Hachette, 2010.
Jean-Marie Gustave Le Clézio, France Culture/Gallimard, 2009.
Le Roman de Hemingway, Le Rocher, 2011.
Pierre Benoit, le romancier paradoxal, Albin Michel, 2011. Prix 2012 de la biographie de la ville d'Hossegor. Prix 2012 de la Forêt des Livres. Prix Pierre Benoit de l'Académie française 2013.

Le cycle biographique pictural

Antonio Saura, l'exil biographique, La Différence, 1990.
Tobiasse ou le patient labyrinthe des formes, La Différence, 1992.

Antonio Saura, La Différence, 1994.
Ateliers d'artistes, Le Chêne, 1994.
Richard Texier, la clé du monde, Somogy, 1997.
Zao Wou-Ki, La Différence, 1998.
L'Acier sauvage (avec des photos de Hélène Moulonguet), Actes Sud, 2000.
Lumières (avec des photos de Gilles Martin-Raget), collectif, Actes Sud, 2002.
L'Atelier intime, Éditions du Rocher, 2006.
Richard Texier, la route du Levant, Somogy, 2006.
Frida Kahlo ou la beauté terrible, Albin Michel, 2011. Livre de Poche Hachette, 2013.
Frida Kahlo par Gisèle Freund, Albin Michel, 2013.
Frida Kahlo, le petit cerf blessé, Phébus, 2020.
Viva Frida, Éditions JC Lattès, 2022.

Le cycle biographique du voyage

Le Surréalisme, MA Éditions, 1985 ; réédition augmentée : *Le Monde du surréalisme*, Veyrier, 1991 ; réédition augmentée : *Le Monde du surréalisme*, Éd. Complexe, 2005.
Le Baroque, MA Éditions, 1987 ; réédition augmentée : *Promenades baroques*, Éditions de l'Arsenal, 1995.
Long-courrier, Éditions du Rocher, 2005.
Le Goût de Turin, Mercure de France, 2007.
Une gigantesque conversation, Éditions du Rocher, 2008.
Le Goût de Grenade, Mercure de France, 2011.
Le Goût des arbres, Mercure de France, 2019.
Le Goût du sport, Mercure de France, 2020.
Le Goût de la nage, Mercure de France, 2023.

Le cycle autobiographique de la langue française

Passion de la langue française, Desclée de Brouwer, 2010.
Passion des livres, Desclée de Brouwer, 2011.
Éloge du mensonge, Éditions du Rocher, 2012.

Le cycle biographique de la poésie

Au seuil : la fêlure, PJO, 1974.
Altérations, Éditions de l'Atelier, 1973.
U. Cenote, Alain Anseuw Éditeur, 1980.
Los Angelitos, Richard Sébastian Imprimeur, 1980.
La Muerte solar, Pre-textos, 1985.
Jours dans l'échancrure de la nuque, La Différence, 1988.
La Porte de Cordoue, La Différence, 1989.
Le Mouvement des choses, La Différence, 1999. Prix SGDL-Charles Vildrac, 1999.

Le cycle biographique hispanique

Huidobro/Altazor/Manifestes, Champ Libre, 1976.
America libre, Seghers, 1976.
Une anthologie de la poésie latino-américaine, Publisud, 1983.
Littératures espagnoles contemporaines, éditions de l'Université libre de Bruxelles, 1985.
La Mémoire de Borges, Dominique Bedou, 1987.
Cent ans de littérature espagnole, La Différence, 1990.
Españas y Américas, La Différence, 1994.

Composition IGS-CP
Impression CPI Bussière en septembre 2023
Éditions Albin Michel
22, rue Huyghens, 75014 Paris
www.albin-michel.fr
ISBN : 978-2-226-46452-1
N° d'édition : ALB24561/01 – N° d'impression : 2072429
Dépôt légal : octobre 2023
Imprimé en France